Knaur.

Knaur.

Weitere Informationen über die Romane von Friedrich Ani im Knaur Taschenbuch Verlag finden Sie ab Seite 277.

Über den Autor:

Friedrich Ani wurde 1959 in Kochel am See geboren und lebt heute als Schriftsteller in München. Seine Romanreihe um Hauptkommissar Tabor Süden wurde mehrfach mit dem Deutschen Krimipreis ausgezeichnet. *Die Zeit* schrieb über Friedrich Ani: »Der beste deutsche Krimiautor.«

Friedrich Ani

Killing Giesing

Kriminalroman

Knaur Taschenbuch Verlag

Besuchen Sie uns im Internet:
www.knaur.de

Taschenbuchausgabe Oktober 2006
Knaur Taschenbuch.
Ein Unternehmen der Droemerschen Verlagsanstalt
Th. Knaur Nachf. GmbH & Co. KG, München

Umschlaggestaltung: ZERO Werbeagentur, München
Umschlagabbildung: FinePic
Satz: Adobe InDesign im Verlag
Druck und Bindung: Clausen & Bosse, Leck
Printed in Germany
ISBN 978-3-426-63205-5

2 4 5 3

München ist anormal.

Andreas, Türsteher

Wenn die Sonne im Bierglas steht,
das ist Heimat.

Lisa, Biergartenbesucherin

1

Es gab einmal eine Zeit, da habe ich geglaubt, wenn ich die Hand ausstrecke, ist das Glück gleich da und sagt: Komm mit!

Das ist schon lange her.

Vielleicht, als Winter war, hätte ich Feuer legen sollen im Park, in den ich hineingewachsen bin wie ein Unkraut, und mein Wiegennest ausräuchern mit Stumpf und Stiel. Hat nicht funktioniert.

Vom Gedanken bis zur Tat geht unsereiner unterwegs verloren, und der Doktor sagt später: Hebephrenie. Oder auch nicht. Ich rannte mit dem Schlitten überm Kopf durch den Schnee und rief ihren Namen, Natalias Namen. Na-ta-li-a! Und gefragt, wieso ich mich aufführe wie ein Verrückter, gab ich zur Antwort: In meiner Lunge hungern seit Jahrzehnten Rufe! Von nun an war ich der Medizin ein Staunen wert. Und ich erklärte ihnen: Wunden trocknen niemals aus wie Flüsse, und ich röchelte übermütig und schnitt Grimassen und fragte den Doktor, warum ich verkehrt sei auf diesem Planet. Wusste er nicht.

Manchmal nistete ein Elsternpaar im Park; das vergiftete meine Mutter mit weißen Körnern Abflussfrei, und aus den Schnäbeln der Vögel tropfte grüner Schaum, und sie zuckten so komisch, und meine Mutter nahm eine Schaufel und warf die Leichen samt dem Nest in einen blauen Müllsack.

Ich habe dann ein Kreuz aufgestellt aus abgebrochenen Zweigen und fünf Teelichte, die trotz des Windes brannten, und ich kniete im Gras, und meine Mutter holte meinen Vater aus der Kanzlei, und er brachte seinen Bambusstock mit, und ich schnappte nach Luft zwischen den Schlägen, aber ich schrie nicht, das habe ich niemals getan. Und alle Steine singen zu Jesaja, summte ich bloß, und alle Steine singen zu Jesaja.

Bei der Beerdigung meiner Eltern, die bei einem Segelausflug auf dem Starnberger See verunglückt waren, summte ich wieder, und die Leute zischten: Psst, aber der Pfarrer ließ mich sprechen, und ich sagte: Wir hausen in einer Religion wie der Kies, auf dem wir stehen, und dieser Friedhof mit der Sonne drüber, wir können uns fürchten oder auch nicht, denn Trostbrot gibt's keins mehr. Daraufhin kondolierte mir niemand mehr. In der Brecherspitze, *gleich gegenüber dem Ostfriedhof, trank ich bis zur Sperrstunde Obstler, weil, als ich sieben war, der Gott gestorben ist, an den ich geglaubt hatte, jeden Sonntag beim Gotteswehrdienst. Dann ging ich nach Hause und schlief vor der Wohnungstür ein, bis mich Frau Biber, meine Nachbarin, am nächsten Morgen mit einem Schlag auf den Kopf aufweckte.*

Obwohl ich noch immer Mitglied der katholischen Kirche bin, besitze ich eine Beretta 92D nur zu dem einen

Zweck: Heute Nacht mach ich Schluss. Es ist eine schöne, schwarze, mattglänzende Pistole mit fünfzehn Patronen im Magazin und einer im Lauf, neun Millimeter, das klassische Kaliber. Ich bin bereit.

2

Trauben von Menschen standen wie jeden Vormittag um Punkt elf Uhr vor dem neuen Rathaus auf dem Marienplatz und blickten hinauf zum Glockenspiel. An diesem 7. April war es kalt, und ein leichter Nieselregen fiel; doch unbewegt wie bei jeder Witterung drehten sich die zweiunddreißig Figuren im Kreis zum Tanz der Schäffler; Fotoapparate klickten, Videokameras summten; unter den Touristen befanden sich viele ältere Münchner, die ihre Einkaufsroute so gestalteten, dass sie rechtzeitig zu diesem Schauspiel aus dem sechzehnten Jahrhundert auf dem Marienplatz eintrafen. Niemand hier draußen ahnte etwas von den dramatischen Vorgängen hinter der Zuckerbäckerfassade des Rathauses, auch wenn einige der steinernen Figuren, die die kunstvoll ausstaffierte Vorderfront des Verwaltungsgebäudes schmückten, mit ihren fratzenhaften Gesichtern wirkten, als wüssten sie um die Geschehnisse und würden darüber erschrecken.
»Ich bitte Sie! Bitte, bitte!«
Franz Obst, der neununddreißigjährige Pressesprecher der CSU-Stadtratsfraktion, klatschte zum vierten Mal in die Hände, um die Journalisten, die sich in dem kleinen Raum zusammendrängten, zur Ruhe zu bringen.

»Lassen'S doch das Fotografieren, mich ham'S doch schon im Archiv!«

Die hohen Fenster waren beschlagen, Zigarettenrauch nebelte das Gemälde einer fränkischen Landschaft ein, und auf dem Tisch, hinter dem Franz Obst stand, hatten die Reporter ihre Kassettenrecorder platziert.

Aus dem weichen, blassen Gesicht des Pressesprechers mit dem flaumigen Schnurrbart verschwand das Lächeln, das er bei jedem Auftritt in der Öffentlichkeit zur Schau trug.

»Ich darf also noch mal wiederholen: Der Rechtsanwalt Georg Rauh ...«

»Der Schatzmeister Ihrer Partei im Wahlbezirk Bogenhausen ...«, unterbrach ihn Jens Aumann von der *Abendzeitung*.

Manchmal hatte Obst Lust, diese Presseheinis kurzerhand zu zermanschen.

»Dr. Rauh«, sagte er, »wurde heute Morgen von seiner Putzfrau leblos in seiner Wohnung aufgefunden. Nach der Mitteilung seines Hausarztes, die uns vorliegt, ist Dr. Rauh eines gewaltsamen Todes gestorben infolge von zwei Messerstichen. Über die Person des Täters gibt es noch keine Informationen ...«

»Des wissma doch scho!«, rief Georg Platt vom *Münchner Merkur*.

»Stimmt es, dass die Tochter verdächtigt wird?«, fragte Elsa Ruben von der *tz*, und für die rothaarige Elsa hatte Franz Obst immer gern eine Antwort auf Lager.

»Das müssen Sie die Polizei fragen.«

»Hab ich«, sagte Elsa, »die sagen, die Tochter ist verschwunden, und es gibt Fingerabdrücke von ihr am Tatort.«
»Echt?«, sagte Georg Platt und machte sich wie ein Besessener Notizen.
»Könnte es nicht sein, dass Georg Rauh ermordet wurde, weil seine Partei ihn loswerden wollte, nachdem er angekündigt hat, er würde in der Bestechungs- und Betrugsaffäre um den geschassten CSU-Mann Heinrich Eberle auspacken? Und zwar bis in jede Kleinigkeit?«, fragte Frank Leblanc von der Deutschen Presseagentur.
Endlich war es total still im Raum.
Von der örtlichen Presse bekam Franz Obst derartige Fragen nie zu hören, und das gehörte sich auch so; gegen die vorlaute Polemik der überregionalen Schmierfinken half nur ein seit Jahrzehnten in der CSU erprobtes Mittel: Attacke!
»Ich verbitte mir solche Fragen angesichts des tragischen Todes eines von uns allen geschätzten Mannes«, fauchte Obst und leckte sich die Lippen – eine Angewohnheit, die er von Franz Josef Strauß kopiert und lange vor dem Schlafzimmerspiegel einstudiert hatte.
»Also kein Dementi«, notierte Leblanc.
»Wie bitte?«
Obsts Stimme wurde laut, und er zeigte tatsächlich mit dem Finger auf Leblanc, was die Fotografen angesichts des hübschen Motivs in plötzliche Arbeit stürzte.
»Die CSU hat mit dem Tod von Dr. Rauh nicht das Geringste zu tun!«, wetterte er. Schweiß perlte von seiner

Stirn, und er stützte sich mit einer Hand auf dem Tisch ab, während er mit der anderen herumfuchelte, als watsche er ungezogene Kinder ab.
»Auch nur eine Zeile von so was, dann ham'S aber einen Ärger!«
Syntax und Stil pflegte Franz Obst normalerweise nur dann über Bord zu werfen, wenn er mit seinem Vorsitzenden Kapellner auf der alljährlichen Weihnachtsfeier den seligen Franz Josef hochleben ließ in Form von sagenhaften G'stanzln, die er aus dem Stegreif dichtete und in den Saal schmetterte, dass die Wände wackelten. Pressekonferenzen bewältigte er gewöhnlich souverän.
»Haben Sie das verstanden, Herr Leblanc?«, keuchte er.
Georg Platt vom *Münchner Merkur* grinste aus Versehen; sein Blatt vertrat traditionsgemäß die Meinung der Regierungspartei, und unbotmäßiges Grinsen mochte sein Chef überhaupt nicht; also widmete sich Platt wieder mit ernster Miene seinem Block und versuchte, einen Blick auf den Zettel seiner Nachbarin Elsa Ruben zu werfen oder wenigstens in ihr Dekolleté.
Franz Obst faltete die Hände und senkte den Blick.
»Der bayerische Ministerpräsident Josef Hufnagel sowie die gesamte bayerische CSU sind bestürzt über den schrecklichen Tod ihres langjährigen Mitglieds und Freundes Dr. Georg Rauh und werden ihn stets als treuen, zuverlässigen und ehrenvollen Begleiter in Erinnerung behalten.«
Warum, fragte sich Frank Leblanc, hat diese bayerische Partei das Schmierentheater zu einer ihrer elementaren

Lebensformen erkoren? Voller Vergnügen dachte er an die mittelalterliche Allianz zwischen Kirche und Staat, als es darum ging, das Bundesverfassungsgericht zu bezichtigen, einen gottlosen Freistaat heraufzubeschwören, indem es die Verordnung zur Kruzifixpflicht in Schulen für verfassungswidrig erklärte. Gott mit dir, du Land der Bayern, sangen Geistliche und konservative Politiker vor der Feldherrnhalle, wo einst Hitlers Putschversuch gescheitert war. Für Leblancs Hamburger Freunde waren diese bayerischen Exzesse ein Quell immer währender Freude, wie auch die nur in München vorstellbare Biergartenrevolution, als die Revolutionäre – Pokulisten jeder Couleur – gemeinsam mit dem Ministerpräsidenten auf den Marienplatz marschierten, um für längere Öffnungszeiten in den Biergärten zu demonstrieren. Nicht minder kreativ betätigte sich die städtische SPD während des Oktoberfestes, als Oberbürgermeister Ludwig Acht Handzettel verteilen ließ, auf denen er anonym vor einer Invasion gewalttätiger Punks warnte und damit einen Grund hatte, Macht zu demonstrieren. Er erließ ein Verbot für alle Punks, die Stadt zu betreten, da momentan die Wiesn stattfand und die Millionen von Trinkern nicht durch bunthaarige, sicherheitsnadeldurchstochene, siebzehnjährige Unholde gestört werden dürften. Nachdem Acht erklärt hatte, er wisse nicht, woher die Handzettel stammten, die er aber immerhin sehr ernst habe nehmen müssen, stiegen zwei Punks aus einem Zug am Hauptbahnhof und wurden sogleich von zehn Polizisten umzingelt und in Handschellen abgeführt. Die beiden Starnberger Jungen

wollten aber bloß auf dem Viktualienmarkt herumbummeln; frustriert darüber, dass sie es nicht einmal geschafft hatten, das Bahnhofsgelände zu verlassen, fuhren sie eine Stunde später wieder heim. Ansonsten wurden keine weiteren Punks gesichtet. Jedes Mal, wenn Frank Leblanc solche Highlights bayerischer Realpolitik in seine Redaktion faxte, rief der Chef vom Dienst an und bezweifelte den Wahrheitsgehalt.
»Noch Fragen?«, fragte Franz Obst.

Im Büro, das nach Lavendelöl duftete, legte er die Beine auf den Schreibtisch, wippte mit dem Stuhl nach hinten und starrte an die Decke. Dort oben hockte niemand und stellte ihm hinterhältige Fragen. Niemand knipste ihn dauernd mit grellen Blitzen, und niemand beobachtete ihn heimlich, wie er unauffällig seine verkrampften Finger zu lockern versuchte, seine vor Wut und Ratlosigkeit steif gewordenen Hände.
Sie schaffen das, Obst! Sie machen das einfach wie immer! Der Mann ist erstochen worden und von wem, das weiß man noch nicht, wenn's unbedingt sein muss, sagen Sie, dass die Tochter verschwunden ist, was nichts zu bedeuten hat, Vorverurteilung gibt es bei uns in Bayern bekanntlich nicht, alles klar, Obst?
Alles klar, Herr Kapellner, hatte er zu seinem Parteivorsitzenden gesagt, der sich zu einem Arbeitsessen mit dem Oberbürgermeister verabschiedet hatte.
Ein Mord an einem CSU-Mitglied! Einen Monat nach den Kommunalwahlen! Ein Mord an einem Mann, den

mindestens fünf schwarze Stadträte in den vergangenen zwei Jahren mehrmals umbringen wollten. Und sogar der rote Oberbürgermeister hatte in Gegenwart von Franz Obst einmal geschworen, er würde diesem Rechtsanwalt den Hals umdrehen, falls er noch ein einziges Mal gegen parteiübergreifende Abmachungen verstoßen sollte. Es ging dabei um ein Tunnelprojekt am Mittleren Ring, und die Kontrahenten der beiden großen Parteien hatten vereinbart, vorerst ihre gegenseitigen Beschimpfungen einzustellen, bis die Staatsregierung den Ausbau der vom Tunnel tangierten Staatsstraße beschlossen und entsprechende Bauverträge vergeben habe; von diesen Aufträgen würde dann auch die Stadt München profitieren, was wiederum einer Reihe untergeordneter Baufirmen zugute käme, deren Besitzer entweder CSU- oder SPD-Stadträte waren. Nicht zuletzt, um für sich und seine Kanzlei wieder einmal Werbung zu machen – darüber waren sich die Parteien einig –, lancierte Rechtsanwalt Georg Rauh einen Artikel im Lokalteil der *Süddeutschen Zeitung*, in dem der Autor zweihundert Zeilen lang von dubiosen Machenschaften im Zusammenhang mit der geplanten Untertunnelung des Mittleren Rings faselte. Bei dem Autor handelte es sich um den bei der CSU berüchtigten Berichterstatter Peter Huber, der in den Augen von Franz Obst und den meisten seiner Parteifreunde nichts anderes war als ein arroganter, defätistischer Drecksack.
Drecksack, murmelte Franz Obst und starrte an die Decke.

Jedenfalls hatte damals niemand in der Partei Zweifel daran, dass der *SZ*-Drecksack seine Informationen nur von Georg Rauh bezogen haben konnte. Man einigte sich mit der SPD-Spitze auf ähnlich lautende Dementis. So brauchte die CSU ihren eigenen Mann nicht in aller Öffentlichkeit abzuwatschen. Das besorgte Josef Kapellner, der Vorsitzende, dann hinter geschlossenen Türen; doch Rauh leugnete, mit dem Redakteur Huber Kontakt zu haben. Kapellner machte ihn zehn Minuten lang vor versammelter Mannschaft zur Sau. Anschließend erhob sich Rauh, trank einen Schluck Weißbier und erklärte, wenn er in Sachen Heinrich Eberle auspacke, könne die Partei samt dem Ministerpräsidenten einpacken. Dann verließ er den Saal.

Und jetzt war Georg Rauh tot.

Ich bring ihn um!, hatte Ministerpräsident Josef Hufnagel neulich gesagt.

Ich dreh ihm den Hals um!, hatte Oberbürgermeister Ludwig Acht gesagt.

Das Telefon klingelte, und Obst schreckte auf.

»Was ist, Miriam?«, sagte er in den Hörer.

»Ihre Frau«, sagte Miriam.

Obst schloss für einen Moment die Augen, bevor er den schwarzen Knopf auf der Telefonanlage drückte.

»So a Überraschung«, sagte er.

»Grüß dich Franzl, stör ich?«, fragte Susanne Obst.

»A was.«

»Du, im Radio ham's g'sagt, der Rauh ist tot. Stimmt des?«

»Was da Bayerische Rumpfung vermeldet, des stimmt oiwei.«
»Jetzt sag ehrlich, Franzl.«
»Den ham's dastocha«, sagte Franz Obst ehrlich.
»Wer hat den dastocha?«
»Sei Dochta.«
»Sei Dochta?«, rief Susanne ins Telefon, und Franz hielt den Hörer vom Ohr weg. Der Anruf seiner Frau erreichte ihn im richtigen Moment. Bei ihr konnte er jetzt seine Überzeugungskraft testen, nicht nur die äußere, vor allem die innere Überzeugungskraft, die darüber entschied, was die Journalisten ihm glaubten und was nicht.
»Ja«, sagte er und setzte sich aufrecht hin, die linke Hand flach auf dem Schreibtisch, die Beine leicht gespreizt, sehr relaxed.
»Sie ist geflohen, die Polizei sucht sie, man hat Fingerabdrücke von ihr am Tatort gefunden«, sagte Obst in einem Überschwang von Hochdeutsch.
»Da Wahnsinn!«, sagte Susanne und schwieg.
Es klopfte an der Tür. Obst hielt die Muschel zu.
»Ja?«
Miriam, die Sekretärin, streckte den Kopf herein.
»Da ist die Frau Berger, darf ich ...«
»Selbstverständlich, sie soll nur kommen. Kommen'S, Frau Berger.«
Miriam machte die Tür weiter auf und ließ eine Frau in einem schwarzen Mantel herein.
»Sekunde noch, Frau Berger, bitte setzen'S eahna.«
Evelin Berger war zweiundfünfzig Jahre alt, hatte graue

kurz geschnittene Haare und ein schmales braun gebranntes Gesicht mit Schatten unter den Augen. Ohne den Mantel aufzuknöpfen, setzte sie sich aufs Sofa und blickte zu Boden.

»Susi? Ich hab Besuch bekommen, war noch was?«

»Ja«, sagte Susanne, »wir wollten doch heut Abend ins Kino, den neuen Vilsmaier anschauen, des is doch da Claudia ihr Nachbar ...«

»Unmöglich«, sagte Obst abrupt, denn er bemerkte, wie Evelin Berger unruhig wurde.

»Wir sprechen uns später.« Er legte auf.

Sofort sah Evelin Berger zu ihm her.

»Frau Berger.«

Er stand auf, ging zu ihr und setzte sich neben sie. Sie weinte.

»Warten'S.«

Er kramte in seiner Jackentasche und reichte ihr ein Papiertaschentuch. Sie nahm es und behielt es in der Hand. Sie saß vornübergebeugt auf dem Sofa, und ihre Tränen tropften auf den Teppich.

Als sie anfing zu sprechen, verstand er sie kaum, weil sie so schluchzte. Das Papiertaschentuch glitt ihr aus der Hand, er hob es auf, legte es beiseite, kramte ein frisches heraus und hielt es ihr hin. Sie achtete nicht darauf.

»Er ... er hat gesagt, ich ... ich soll mich zum Teufel scheren«, sagte sie leise, und ihre Hände zitterten. »Er hat mich aus dem Haus geworfen, mich und ... und Roland, meinen Jungen ... ich wollte mit ihm reden, aber er ... er hat mich ausgesperrt, hat einfach die Tür zugesperrt ...«

Sie schaute ihn an, und er war sich sofort sicher, noch nie in seinem Leben einen so traurigen Gesichtsausdruck gesehen zu haben, nicht einmal bei der Beerdigung von Franz Josef Strauß.
»Ich bin dann weggegangen, weggefahren, mit dem Wagen ... und jetzt ...«
»Möchten Sie vielleicht einen Kaffee trinken, Frau Berger?«
»Nein!«, sagte sie heftig.
»Entschuldigung.«
Da huschte ein Lächeln über ihr Gesicht, und sie atmete tief ein und aus. Sie nahm ihm das Taschentuch aus der Hand und schnäuzte sich. Langsam fand sie ihre Fassung wieder.
»Er war ein Schwein, und jetzt ist er ein totes Schwein.«
Sie erhob sich, ging zum Fenster und schaute hinaus in den Innenhof.
Als sie sich wieder umdrehte, hatte sich ihr Gesichtsausdruck verändert. Die Traurigkeit war verschwunden, und eine seltsame Ängstlichkeit lag in ihrem Blick, die Franz Obst beunruhigte.
»Sie müssen mir helfen, Franz«, sagte Evelin Berger.
Er sagte erst mal nichts.
»Ich glaub, ich hab einen großen Fehler gemacht.«
In seinem Magen verspürte Franz Obst plötzlich einen Druck, eine üble Art von Völlegefühl, obwohl er seit fünf Stunden nichts gegessen und einen tierischen Hunger hatte. Er stand auf und leckte sich die Lippen.
Evelin Berger war seit sechs Jahren die Geliebte von Ge-

org Rauh, der verheiratet war und eine Tochter hatte. Und wenn jetzt, ein paar Stunden, nachdem der Mord an Rauh bekannt geworden war, seine Geliebte sagte, sie habe einen großen Fehler gemacht, dann konnte das nur etwas Schlechtes bedeuten, etwas sehr Schlechtes; und wenn man bedachte, welche Rolle Rauh innerhalb der Partei gespielt hatte, dann konnte jetzt nichts anderes drohen als eine apokalyptische Offenbarung. Davon war Franz Obst, gelernter Journalist beim *Münchner Merkur,* Ex-Redakteur des Bayerischen Rundfunks und seit zwei Jahren Pressesprecher der Münchner CSU, felsenfest überzeugt. Vorsichtshalber ging er zum Schreibtisch, setzte sich, stützte die Arme auf den Tisch, legte die Hände ineinander und kratzte sich mit den beiden Daumen den Schnurrbart.

»Ich hab die Polizei belogen«, sagte Evelin Berger und kam auf ihn zu.

Er blinzelte nervös, und sein Blick fiel auf einen Teller voller schwarzer und brauner kleiner Schokoladeneier, der auf dem Schreibtisch neben der gerahmten Fotografie von Ministerpräsident Josef Hufnagel stand. Er griff nach dem Teller und hob ihn hoch.

»Entschuldigung?«, sagte er.

»Ich ... ich weiß auch nicht warum, ich ...«

»Sie haben die Polizei angelogen?«

Evelin Berger stand jetzt direkt vor dem Schreibtisch und nickte.

»Mandeln mit Vollmilch«, sagte Obst.

»Bitte?«

»Vom Dallmayr.«
Er hielt ihr den Teller hin, aber sie starrte die Süßigkeiten nur an.
Franz Obst nahm sich eine Mandel, steckte sie in den Mund, schmatzte ein wenig, bevor er sie zerkaute, und fühlte sich auf einmal sehr geborgen an diesem Schreibtisch, der in Wirklichkeit gar nicht sein eigener Schreibtisch war, sondern der von Heinrich Eberle, dem Ex-Vorsitzenden der CSU-Stadtratsfraktion. Obsts Arbeitsplatz befand sich im vierten Stock der Parteizentrale in der Nymphenburger Straße.
Der Mann, der neun Jahre an diesem Schreibtisch im Neuen Rathaus am Marienplatz residiert hatte, war vor sechs Monaten von seinem Amt zurückgetreten, weil er drei Millionen Euro an Spendengeldern, die für den Verein »Helfende Hand Sudetenland« bestimmt waren, für seine eigene Baufirma abgezweigt hatte, die hoch verschuldet war. Eberle hatte die Parteiführung jahrelang belogen und über einen Freund im Finanzamt Steuervergünstigungen erhalten, die über das normale Maß weit hinausgingen.
Doch was man Eberle in der CSU am meisten übel nahm und was man ihm niemals verzeihen würde, war, dass er sich hatte erwischen lassen.
Und seit heute hatte er nicht einmal mehr einen kompetenten Anwalt. Denn Georg Rauh war ermordet worden.
Da Eberle bis zum Prozessbeginn nicht von der Sozialhilfe leben wollte – er hatte mehrere Stunden benötigt, um den Pfändungsbescheid als unwiderruflich zu be-

greifen, bis zum letzten Moment hatte er geglaubt, in einem Albtraum zu sein, der nichts, aber auch gar nichts mit der ihm vertrauten Wirklichkeit zu tun hatte –, fing er eine Arbeit als Koch in einer Kneipe an. In diesem Lokal verkehrten nach Feierabend regelmäßig die Mitglieder des Stadtrats, quer durch alle Parteien, und es war Oberbürgermeister Ludwig Acht von der SPD gewesen, der sich bei der Wirtin Franziska Bernmaier für Eberle eingesetzt hatte. Immerhin hatte sich Eberle in der Vergangenheit schon öfter als Kochkünstler im Rathaus präsentiert, zum Beispiel bei Geburtstagsfeiern verdienter Kollegen; er servierte dann Nackenschmorbraten mit Äpfeln oder gefüllte Schweinerippe süddeutsch, oder als Nachspeise Quarkschnitten mit Aprikosen oder Bühler Kirschtörtchen. Eine seiner ausgefeiltesten Spezialitäten waren knackige Schoko-Crossies, die er aus Corn-Flakes herstellte; möglicherweise fing an dem Tag, an dem er zum ersten Mal eine Werbung für fabrikfertige Crossies im Fernsehen sah, sein persönlicher Niedergang an, zunächst mental, dann psychisch, dann politisch, dann pekuniär, dann körperlich – er wurde von Monat zu Monat unförmiger – und schließlich auch räumlich. Sein neuer Arbeitsplatz in der Küche von Franziska Bernmaier lag vier Stockwerke unter seinem früheren Büro, im Kellergeschoss eines renovierten Gebäudes in der Ledererstraße, drei Minuten vom Rathaus und eine Minute vom Hofbräuhaus entfernt.
Franz Obst stellte den Teller mit den Schokomandeln wieder vor das Foto des Ministerpräsidenten. Es war die

Idee seines Vorsitzenden Kapellner gewesen, die Pressekonferenz nicht in der Parteizentrale, sondern im Rathaus abzuhalten, das erstens zentraler lag und zweitens so etwas wie ein neutraler Ort war angesichts der heiklen oder, wie Ministerpräsident Hufnagel sagen würde, beschissenen Angelegenheit.

»Sie haben also die Polizei belogen«, sagte Obst und sah Evelin Berger in die Augen.

»Ja.«

»Dann schlag ich vor«, sagte er und griff nach Schreibblock und Kugelschreiber, »Sie beantworten mir eine Frage, und wir schaffen das Problem aus der Welt. Einverstanden?«

»Was für eine Frage?«

»Haben Sie mit dem ... Mord ... dem Tod von Rauh etwas zu tun? Sie ganz persönlich, Frau Berger.«

»Sie meinen, ob ich ihn umgebracht hab?«

Obst kritzelte Ringe auf den Block, weil der Stift zunächst keine Farbe hergab.

»Haben Sie ihn umgebracht?«, fragte er.

»Nein«, sagte sie.

3

»Sie lügt«, sagte er.

Ungefähr zwei Kilometer vom Rathaus entfernt, im Dezernat 11 in der Bayerstraße, löffelte Kriminalhauptkommissar Benedikt Schwaiger Vollkornravioli aus seinem Teller. Sie schmeckten nach nichts außer nach Tabasco. Nebenher las der Siebenunddreißigjährige den Bericht, den seine Kollegin Daniela Schneider gerade zu Ende getippt hatte.

Dani, wie sie sich von allen nennen ließ, war dreiunddreißig Jahre alt und hatte blau gefärbte Haare und vier silberne Knöpfe im linken Ohr und einen auf der Zunge. Meistens kam sie mit ihrem auffrisierten Motorrad in den Dienst, und als sie vor einiger Zeit einen neuen Kollegen auf dem Gang getroffen hatte, hatte sie ihm freundlich die Hand gereicht und ihn geduzt. Hinterher hatte sie erfahren, dass sie ihren neuen Chef, Kriminaldirektor Eberhard Pilz, geduzt und der sich bereits erkundigt hatte, welche Möglichkeiten es gäbe, die ungehobelte Kollegin versetzen zu lassen.

Am Anfang ihrer Zusammenarbeit fand Benedikt Schwaiger seine Kollegin unausstehlich fröhlich und jugendlich. Schwaiger hatte kurze schwarze Haare, in denen sich mehr und mehr Silber bemerkbar machte. Er war ein untersetzter, schweigsamer Mann – Dani nannte ihn mufflig –, dessen höchstes Freizeitvergnügen ein Spaziergang durch den Tierpark Hellabrunn war, wo er vor allem die Bären bewunderte, für die er eine geradezu zärtliche Zuneigung hegte; er sprach von ihnen wie von alten, treuen Freunden. Was seine Freunde außerhalb des Tierparks betraf, so waren sie weder alt noch treu, sondern rar. Im Grunde war er eine Art geselliger Einzelgänger, einer, den seine Kollegen schätzten und zu ihren Feten einluden, an denen er gerne teilnahm; ansonsten verbrachte er praktisch jede freie Minute allein, und kein Mensch wusste, was er trieb. Gelegentlich besuchte er seine Schwester Elena, die in Ramersdorf wohnte, und regelmäßig ging er zum Grab seiner Frau, die vor fünf Jahren bei einem Autounfall gestorben war. Er hatte sich die schwersten Vorwürfe gemacht, weil sie angetrunken war und er es nicht geschafft hatte, sie vom Fahren abzuhalten. Darüber hatte er immer und immer wieder mit dem Polizeipsychologen gesprochen, so lange, bis er sich halbwegs wieder im Griff hatte und an seinen Schreibtisch zurückkehren konnte. Doch in Wahrheit war es nicht nur die intensive Arbeit mit dem Psychologen gewesen, die ihn vor dem totalen Zusammenbruch bewahrt hatte, sondern die Nähe und Geduld seiner Schwester Elena. Wenn sie damals nicht in letzter Minute, nach einer fieberhaften, panischen Suche nach ihm, in der alten Hütte an der Isar aufgetaucht wäre, dann würde er jetzt neben seiner Frau auf dem Ostfriedhof liegen; denn er hatte seinen Abschiedsbrief schon unterschrieben und seine Dienstwaffe geladen gehabt, als er draußen Elenas Stimme hörte und plötzlich nicht mehr fähig war, sich eine Kugel in den Kopf zu jagen.

Er hatte Maria kennen gelernt, da waren sie beide sechzehn gewesen, und mit dreiundzwanzig hatten sie geheiratet und mit zweiunddreißig war sie tot, und bis zu jener fürchterlichen Nacht hatte er keinen Tag ohne sie verbracht, keinen einzigen in sechzehn Jahren. Sie waren das unzertrennlichste Paar, das es gab. Nach Marias Tod hatte er mit keiner Frau mehr geschlafen, obwohl er es mehrmals versucht hatte. Er lebte nach wie vor in ihrer gemeinsamen Wohnung in der Pariser Straße 7 in Haidhausen. Marias Zimmer hatte er vollständig leer geräumt und blau streichen lassen, denn Blau war ihre Lieblingsfarbe gewesen. Wenn er lang genug eine der blauen Wände anstarrte, sah er ihr Gesicht. Dann trank er eine halbe Flasche Raki auf Ex und schüttelte seinen schweren Körper stundenlang zu kitschiger Popmusik, bis er erschöpft zusammensank und einschlief.

In den vergangenen fünf Jahren war er noch schweigsamer, muffliger geworden, und nach einer Eingewöhnungszeit von einigen Monaten freute er sich inzwischen sogar jeden Morgen ein wenig darauf, seiner neuen, dynamischen Kollegin mit dem Blech im Gesicht gegenüberzusitzen. Allerdings war er nach wie vor der Meinung, dass eine durchstochene blauhaarige Frau das Image der bayerischen Polizei nicht gerade verbesserte. Als jedoch der neue Kriminaldirektor ihn zu sich zitierte, um sich über die junge Kommissarin zu beschweren, erklärte Schwaiger, sie sei die beste Kollegin, die er je gehabt habe und ein großer Gewinn für die Mordkommission. Davon sagte er ihr später kein Wort, aber sie erfuhr trotzdem von seinem Lob und bedankte sich bei ihm mit einem Abendessen in der Trattoria Centrale, von dem er noch ein Jahr später schwärmte und bei dem er ihr nach der dritten Karaffe Rotwein aus seinem früheren Leben mit Maria erzählt hatte.

»Schmeckt gut«, sagte er und aß das letzte Ravioliteil.

Dani begnügte sich mit einer Banane und einem Bounty.

»Sie sagt, sie war heut Nacht nicht im Haus, aber ich weiß, sie lügt.«

»Und woher?«, fragte Dani.

»Evelin Berger war in den letzten Tagen dauernd da.«

»Toller Beweis.«

Schwaiger stellte seinen Teller in den Ausguss, zögerte, nahm ihn wieder heraus, spülte ihn mit Wasser ab und legte ihn verkehrt herum auf ein Geschirrtuch. Dann zündete er sich eine filterlose Salem an.

Auf dem Glastisch lagen die vergrößerten Aufnahmen des Polizeifotografen vom Tatort und von der Leiche. Um sieben Uhr zehn hatte die Putzfrau Waltraud Palertshofer die Leiche von Georg Rauh im Wohnzimmer seines Einfamilienhauses im Villenviertel Bogenhausen gefunden. Nach ersten Ermittlungen der Spurensicherung hatte Rauh die Nacht nicht allein in seinem Haus am Shakespeareplatz verbracht. Der Gerichtsmediziner ging davon aus, dass der Anwalt gegen fünf Uhr morgens

getötet wurde; der zweite der beiden Stiche war tödlich gewesen; die Waffe, ein Küchenmesser mit einer fünfzehn Zentimeter langen Klinge, steckte im Körper der Leiche, die Fingerabdrücke waren abgewischt worden. Etwa um halb fünf Uhr morgens kam eine Krankenschwester, die in der in unmittelbarer Nähe gelegenen Klinik ihren Dienst antrat, am Shakespeareplatz vorüber und beobachtete eine Frau, die aus dem Haus Nummer 3 rannte, in ihr Auto sprang und davonfuhr. Bei dem Wagen handelte es sich wahrscheinlich um einen dunkelfarbenen Mazda. Die Autonummer konnte die Krankenschwester auf die Schnelle nicht erkennen.
In einem Zimmer im ersten Stock fanden die Ermittler ein ungemachtes Bett vor, in dem jemand die Nacht verbracht hatte; nach einer ersten Laboranalyse stammten die Haare auf dem Kopfkissen von einer Frau.
Bei der Suche nach der Ehefrau des Toten, Anna Rauh, die von ihrem Mann getrennt lebte, kamen Schwaiger und seine Leute bisher nicht weiter; sie hielt sich weder in ihrer Wohnung in der Gewürzmühlstraße im Lehel noch in ihrer Boutique La Perla in der Schwabinger Hohenzollernstraße auf.
Was die Haare auf dem Kopfkissen betraf, so waren sie identisch mit denen an einem Mantel und einem Schal an der Garderobe sowie an der Strickjacke des Toten. Außerdem hatte Rauh während seines Todeskampfes den Täter zu packen versucht und ihm dabei ein Büschel Haare ausgerissen, die ebenfalls identisch waren mit denen vom Kopfkissen und von der Garderobe. Waltraud

Palertshofer wusste, wem der Mantel und der Schal gehörten und wer gewöhnlich in dem Bett im ersten Stock übernachtete: Katharina Rauh, die zweiundzwanzigjährige Tochter des Anwalts. Sie war, wie ihre Mutter, unauffindbar.

»Warum lügt Evelin Berger?«, fragte Benedikt Schwaiger den Aschenbecher, in dem er seine Salem ausdrückte.

Vielleicht will sie jemanden decken, dachte Dani, aber sie sprach es nicht aus, da ihr Chef Sätze, die mit »vielleicht« anfingen, hasste.

»Sie hat Angst um ihre Karriere«, sagte er. Dass sie einen schwarzen Mazda fuhr, wusste er bereits.

Das Telefon klingelte. Er nahm den Hörer ab.

»Schwaiger.«

»Beni, ich bins«, sagte Jan Baum, der Pressesprecher der Kripo. »Mein christlicher Kollege Obst hat mich grad angerufen und gesagt, die Frau Berger will ihre Aussage revidieren, sie habe da einen Fehler gemacht.«

»Und warum ruft die nicht bei uns an?«

»Der Obst und ich sind alte Kumpels, das weißt du doch, früher beim *Merkur* waren wir ein Team, der Obst-Baum! He, lach doch mal zur Abwechslung.«

»Worüber denn?«, fragte Schwaiger.

Dani Schneider zog ihren Anorak an und fuhr sich mit den Händen durch die blauen, chaotischen Haare.

»Jedenfalls kommt die jetzt bei dir vorbei, Chef«, sagte Baum, »und mein Kollege hat mich gebeten, die Sache nicht an die Öffentlichkeit zu geben.«

»Welche Sache?«

»Die Aussage.«

»Dein Kollege kann mich am Arsch lecken«, sagte Schwaiger.

»Wann krieg ich das Bild von der Tochter?«

Jan Baum hatte keine Lust, die Launen eines notorisch zwiedernen Kommissars ausgerechnet an einem Tag zu ertragen, an dem sämtliche Polizeireporter der Stadt in der Pressestelle anriefen, um zu erfahren, ob es zutraf, dass der Täter aus den Reihen der CSU stammte. An die Anrufe aus den Reihen der CSU mochte Baum im Augenblick nicht denken.

»Rechtzeitig«, sagte Schwaiger.

»Danke«, sagte Baum und legte auf.

»Ich fahr zu dieser Freundin von Katharina«, sagte Dani.

Schwaiger machte sich Notizen in sein rotes, kariertes Quartheft.

»Glaubst du, sie hat es getan?«, fragte Dani.

»Wer denn sonst?«

»Jemand, der ihn weghaben wollte, dem er gefährlich wurde.«

»Jemand aus der Partei?«, fragte Schwaiger und klopfte sich mit den beiden Zeigefingern mehrmals an die Stirn, als wollte er Dani einen doppelten Vogel zeigen; dabei verzog er das Gesicht zu einer Grimasse und kniff die Augen zusammen.

»Wieso bist du dir so sicher, dass sie es war?«

Schwaiger machte eine Geste, sie solle endlich verschwinden, und Dani nahm den Autoschlüssel und ging hinaus.

Er lehnte sich zurück, ballte die Faust vor seinen Augen und streckte den Zeigefinger aus, der genau auf seine Knollennase zeigte. Er schielte den Finger an.
Draußen auf dem Flur bellte ein Hund.

Ernst, wie es sich für einen Landesfürsten ziemt, schaut er auf seine Bewunderer und Verächter gleichermaßen herab. Sie sitzen unter ihm an langen oder runden Tischen, tafeln und trinken und werfen ihm gelegentlich Blicke zu. Ein Mann wie Bayern, ein Foto für die Ewigkeit.
An diesem frühen Nachmittag hatte keiner der vier Männer, die unter dem Foto zusammengekommen waren, um ihre Strategie zu besprechen, ein Auge für ihn. Sie saßen sich an einem weiß gedeckten Tisch gegenüber, die grauen Jacketts aufgeknöpft, die Hemdkragen gelockert, die Hände feucht von Schweiß. Assistiert von ihren persönlichen Referenten, wälzten die großen Chefs ihr Problem hin und her, waren schon beim fünften Aquavit und wussten noch immer keine Lösung. Der Mann über ihnen in diesem mit Muschelintarsien verzierten Raum blieb stumm wie eine Starnberger-See-Renke. Franz Josef Strauß in Farbe, wie er leibte und lebte, strahlte auf diesem Bild eine Ruhe aus, die den Herren unter ihm seit Stunden vollkommen fehlte.
Für Ministerpräsident Josef Hufnagel und Oberbürgermeister Ludwig Acht geriet dieser 7. April mehr und mehr zu einer Geisterbahnfahrt, bei der sie jeden Augenblick damit rechneten, dass die Geister sie in einen gräss-

lichen Schlund zogen, in dem die Höllenhunde der Öffentlichkeit bereits danach gierten, sie mit Haut und Haaren zu verschlingen.

»Noch einen Aquavit«, bestellte Hufnagel bei der Bedienung. Seine braunen glatten Haare klebten ihm am Kopf, und jedes Mal, wenn er sich mit ausgestrecktem Zeigefinger in der Mitte des Kopfes kratzte, geriet sein präziser Scheitel einen halben Zentimeter mehr in Unordnung.

»Für mich auch«, sagte Ludwig Acht, der drahtige Bürgermeister mit der randlosen Brille. Er war ein passionierter Squashspieler, und es gab niemanden in der Partei, der es beim Sport mit ihm aufnehmen konnte; was seine Fähigkeiten als Kommunalpolitiker anbelangte, so hatte er eine Menge Konkurrenten in den eigenen Reihen, die kompetenter waren als er, aber weniger clever und intrigant.

Die beiden Referenten tranken stilles Mineralwasser.

Der Ministerpräsident hatte sich vier Weißwürste mit drei Brezen schmecken lassen, der Oberbürgermeister die hausgemachte Bratensülze, die er für die beste in der ganzen Stadt hielt; die Referenten aßen Schweinsbraten. Der Tisch für zehn Personen war ausschließlich für den hohen Besuch reserviert. Als ein koreanischer Tourist das Bild des CSU-Ehrenvorsitzenden knipste, wäre einer der Referenten beinah aufgesprungen und hätte den aufdringlichen Gast verscheucht; doch Hufnagel hielt ihn zurück und verzog den Mund, was ein sardonisches Grinsen ergab, das er selbst für ein freundliches Lächeln hielt.

»Danke«, sagte Hufnagel zur Bedienung, die die zwei Aquavit hinstellte, und lächelte. Sie lächelte auch.
»Mist«, sagte Acht.
Sie tranken ihren Schnaps und husteten gleichzeitig. Obwohl sie zwei verschiedenen Parteien angehörten, stimmten sie in den wesentlichen Dingen des politischen Lebens überein. Natürlich hielten sie das so geheim wie möglich, aber ein roter Oberbürgermeister in der Landeshauptstadt eines schwarz-katholischen Landes wäre ein verfluchter Depp vor dem Herrn, wenn er zu viele eigene Ideen entwickeln und womöglich verbreiten würde. Ludwig Acht zog seine SPD hinter sich her wie einen Sack sinnloser Steine, und da die CSU ausgerechnet in der Millionenstadt an der Isar keinen Mann aufbrachte, der das rote Rathaus erobern konnte, erlaubte die Staatsregierung ihrem Volk, ausnahmsweise einen Sozialdemokraten zu wählen, weil sie wusste, dass die Pfeife, nach der er tanzte, aus christlich-sozialem Holz geschnitzt war.
Vor einigen Jahren hatte aus unerfindlichen Gründen ein CSU-Mann, Hans Elfer, die Wahl zum Oberbürgermeister gewonnen. Doch die Vorstellung, die er daraufhin sechs Jahre lang bot, erschreckte seine Parteifreunde derart, dass sie bei der nächsten Wahl für Adelbert Fachinger, einen Roten, stimmten, der seine Qualifikation zum Bürgermeisteramt zwar ebenso wie Elfer beim Oktoberfest an der Losbude gewonnen hatte; aber wenigstens blamierte sich mit ihm dann nur die SPD und nicht die gesamte Staatsregierung mit dazu.

Solche Vernetzungen, die gleichzeitig eine staatstragende Basis bilden, sind der Grund dafür, weshalb Bayern – und in seinem Herzen München – ein gesundes, unaufhörlich blühendes, unveränderliches Bundesland ist und weshalb Franz Josef Strauß an der Wand der Augustiner-Großgaststätte in der Neuhauser Straße auch angesichts Hunderttausender von Japanern und Sachsen nie seine Ruhe und Gelassenheit verliert.

»Ham Sie des vorhin am Telefon richtig verstanden, Gschwendtner?«, fauchte Hufnagel plötzlich seinen Referenten an.

»Ja«, sagte Gschwendtner, dessen Wortkargheit den Ministerpräsidenten manchmal geradezu hysterisch machte – und Hysterie zeigte er gewöhnlich allenfalls bei größeren Aufmärschen, zum Beispiel an der Seite von Kardinal Fellhauer, wenn es gegen gott- und schamlose Bundesrichter zu wettern galt. Gschwendtner war ein rotbäckiger, feister Mann mit Bürstenhaarschnitt, dessen Bauch weit über den Gürtel seiner Hose hinausragte und der bevorzugt weißblaue Hosenträger und Haferlschuhe trug, als müsse er jederzeit sein Bayerntum zur Schau stellen.

»Die Presse sieht also schon einen Zusammenhang zwischen Rauh und uns.«

Nur mit eiserner Selbstdisziplin konnte Hufnagel an sich halten.

»Der Mann«, sagte Gschwendtner und klopfte mit seinem Parkerkugelschreiber auf den Rand seines Mineralwasserglases, »der Mann von der dpa hat da so eine Frage gestellt, aber unser Obstler hat ihn abgewürgt. Des is ja klar, dass die da was wissen wollen. Der Rauh verteidigt ... ich mein, er hat den Eberle verteidigt, und nach dera Tunnelgschicht hat die Presse sowieso das Gras wachsen hören, dass mia und die SPD gemeinsam da dieses Projekt durchziehen, ohne ...«

»Was reden Sie da eigentlich, Gschwendtner?«

Hufnagel zog die Stirn in Falten, seine Brille rutschte nach vorn, und jeder Muskel seines Körpers war angespannt. Er war ein Mann von der Autorität und Ausstrahlungskraft eines Gummiknüppels.

»Bidde?«, fragte Gschwendtner.

»Ich will endlich wissen, ob das offiziell ist, dass die Tochter als Täterin in Frage kommt.«

»Mein Gewährsmann in der Bayerstraße hat des so g'sogt.«

Hufnagel rekapitulierte das Dilemma.

»Die Transaktionen mit der ›Helfenden Hand Sudetenland‹ und die Steuersachen sind die eine Seite. Die andere Seite sieht so aus: Wir, die CSU, haben einen Mann zum Schatzmeister in Bogenhausen gewählt, der jahrelang versucht hat, seine Ehefrau in eine psychiatrische Klinik zu bringen und sie entmündigen zu lassen, um an ihr Geld ranzukommen, weil er sich auf dem Immobilienmarkt verspekuliert hat. Er hätt sich eben auf seine Anwaltskanzlei konzentrieren sollen, der Schorsch.«

OB Acht nickte unauffällig.

»Außerdem«, fuhr Hufnagel fort, nachdem er einen

Schluck Bier getrunken und sich mit dem Finger am Kopf gekratzt hatte, »hatte er jahrelang ein Verhältnis mit der Stadträtin Evelin Berger, die Witwe ist und einen Sohn hat, der nicht von ihrem verstorbenen Mann ist.«
Die drei Zuhörer des Ministerpräsidenten drehten gleichzeitig den Kopf zu ihm.
»Geh weida«, sagte Gschwendtner überrascht.
Jeder im Rathaus hielt Roland Berger für den Sohn von Evelin und Sebastian Berger, der bei einem Flugzeugabsturz in Thailand ums Leben gekommen war.
»Ja, von wem ist der nachha?«, wollte Lutz, der junge Referent des Oberbürgermeisters, wissen, dessen Zahnlücke oben links schon auf Hunderten von Pressefotos zu bewundern war.
»Das tut jetzt nichts zur Sache«, sagte Hufnagel. »Rauh redete ihr ein, sie heiraten zu wollen, aber er hat gar nicht daran gedacht, er hat sie angelogen und beschissen, wie's beschissener nicht geht. Seine Frau ist ins Lehel gezogen, und seine Tochter Katharina lebt bei einer Freundin in Schwabing. Sie wissen, was mit der jungen Frau los ist: Seit dem schrecklichen Autounfall vor ein paar Jahren ist sie auf einem Auge blind und kann auf dem anderen kaum noch was sehen. Angeblich wollte ihr Rauh, der ja den Unfall verursacht hat, eine Laseroperation in den Vereinigten Staaten bezahlen, die Heilungschancen sollen da sehr hoch sein. Das ist die private Seite der Angelegenheit.«
»Noch ein Bier, Herr Ministerpräsident?«, fragte die Bedienung, die plötzlich aufgetaucht war.

Hufnagel zuckte zusammen. Diese Gefühlsregung verabscheute er.
»Wenn Sie uns bitte einfach in Ruhe lassen wollen, danke!«
Sofort machte die Bedienung ein bayerisches Bedienungsgesicht, sie zog eine Lätschn, was die auswärtigen Gäste gern als urig und typisch grantig deuteten. Dann verschwand sie.
»Ich werde nicht zulassen«, sagte Hufnagel, »dass die CSU in den Dreck gezogen wird, nur weil ein überfordertes und dummes Mitglied wie der Eberle sich nicht mehr unter Kontrolle hat und weil ein aus vollkommen zerrütteten Familienverhältnissen stammender Rechtsanwalt wie der Rauh sich einbildet, die Partei unter einer plötzlichen Aufwallung von egoistischem Rechtsempfinden erpressen zu müssen.«
Er blickte auf wie von einem Rednerpult, und da stand ein leerer Stuhl hinten in der Ecke, auf dem ein schwarzer Schal lag, der in dem Moment, als Hufnagel hinsah, auf den Boden rutschte.
In seiner Partei war Oberbürgermeister Acht der Einzige, der über die Absprachen bei der Kandidatenaufstellung innerhalb der CSU Bescheid wusste, denn er achtete später präzise darauf, welche Aufträge im Baureferat an Firmen von CSU- und SPD-Leuten vergeben wurden.
Missliebige Kandidaten ließ Hufnagel so lange psychisch und physisch unter Druck setzen, bis sie auf alle Ansprüche verzichteten.
Jonas Breitner hatte vor drei Jahren Selbstmord began-

gen, weil die Partei damit drohte, seine Kontakte zu polnischen Autoschiebern publik zu machen und ihn wirtschaftlich zu ruinieren.
Eva Ring, vier Jahre Schatzmeisterin der CSU in Bogenhausen, hatte für einen Posten auf der Stadtratsliste kandidiert, aber kein Mann wollte sie haben; sie war mit einem Libanesen verheiratet, der ein Juweliergeschäft betrieb; eines Abends drang eine Gruppe maskierter Täter in den Laden ein, erschoss den Inhaber und flüchtete mit einer geringen Beute. Eva Ring hatte sich standhaft geweigert, als Kandidatin zurückzutreten; nach der Ermordung ihres Mannes trat sie – eine gebrochene, tablettensüchtig gewordene Frau – aus der Partei aus und hoffte auf die Festnahme der Mörder; Polizei, Stadt und CSU werteten den Überfall als Akt ausländerfeindlicher Hooligans, die irgendwelchen Banden in der Hasenberglsiedlung im Münchner Norden angehörten; die Täter wurden nie gefasst.
»Wenn die Tochter ihren Vater umgebracht hat, dann ist für uns alles in Ordnung«, sagte Hufnagel und hielt nach der Bedienung Ausschau.
»Ich geh schon«, sagte Gschwendtner schneidig, stand auf und machte sich auf den Weg zur Registrierkasse, an der die Kellner und Bedienungen darüber nachgrübelten, was die beiden Politiker wohl so emsig zu besprechen hatten.
»Und was passiert mit Eberle?«, fragte Acht.
»Wenn der sich in den Wahn reinsteigert, unsere Partei könnte was mit Rauhs Tod zu tun haben, dann wird's

eng. Der Rauh war seine letzte Hoffnung für den Prozess vor der Wirtschaftstrafkammer. Ohne den Rauh ist der fertig, der Eberle, der hat sonst niemanden mehr.«
»Kommt gleich«, sagte Gschwendtner, setzte sich und schnaufte.
Da klingelte sein Handy. In Sekundenschnelle drückte er den Knopf.
»Gschwendtner. Was? Was? Was? Ja.«
Auf einmal war der dicke Referent blass.
»Der Klassner ...«, sagte er.
Die Bedienung brachte zwei Halbe Bier und zwei Halbe Mineralwasser.
»Für den Herrn Oberbürgermeister auch eins, gell?«
»Danke«, flüsterte Acht. Er starrte den Referenten des Ministerpräsidenten an, der ihm schräg gegenüber saß.
»Was ist mit dem Klassner?«, fragte Hufnagel und grinste die Bedienung an, deren Lätschn immer noch rudimentär vorhanden war.
Paul Klassner war CSU-Stadtrat und neuer Vorsitzender des Vereins »Helfende Hand Sudetenland.«
»Die Polizei hat den Klassner gefunden«, sagte Gschwendtner und drückte das Handy an sich wie einen Säugling, »dastochen, in seinem Auto dastochen, in der Tiefgarage.«
Vier Männer und drei Schweigen.
Der Ministerpräsident fing sich als Erster wieder.
»Die Tochter«, sagte er.
Drei Männer und drei Schweigen.
»Um Gottes willen«, sagte Oberbürgermeister Acht.
Zwei Männer und zwei Schweigen.

»Unfassbar«, sagte der Referent Lutz.
Ein Mann und ein Schweigen.
»A echte Serienkillerin«, sagte der Referent Gschwendtner.
Schweigen.

4

Gegen die Geburt ist jeder machtlos. Ich war achtundneunzig Jahre alt, als ich geboren wurde, und heute bin ich siebenunddreißig. Alle, denen ich unterwegs begegnet bin, haben mich angelogen, denn ich bin leichtgläubig von Natur aus. Ich ging, und rechts wuchsen Vergissmeinnicht und links, und in der nächstbesten Stadt fraß mich die Lüge wie einen Wurm. Das lehrte mich, dem Lachen nicht zu trauen. Manchmal, zu der Zeit, als ich in Zimmer 14 untergebracht war, kam eine Schwester herein, und wenn sie lachte, lächelten die Steine auf meinem Fensterbrett. Jetza geh nach draußen und mach, wasd magst, sagte sie, und ich: Mag aba nix. Und da musste sie laut lachen, und ich wiegte den Kopf hin und her und freute mich wie Al Pacino in Frankie und Johnny, als er endlich Frankie kriegt, die Serviererin. Was ich am liebsten tat, war dasitzen und Maulaffen feilhalten. Kam die Schwester vorbei, sagte ich: Wolln'S amal mein Maulaffen halten? Und sie lachte wieder. Der Arzt war ernst. Er wollte mein Bestes. Das wollten sie alle immer. Man muss erwachsen werden und vergessen, sagte ich gehorsam zu ihm, und: Ich erwachs schon, wie ein Angler fang ich Fische mit dem Haken, da hängen dann die

Lügen dran und stinken, und ich angle immer weiter wie ein Mann. Für den Arzt war ich ein hoffnungsfroher Fall. Er glaubte an meine Heilung. Ich bin mit Fischen angefüllt, die in meine Blicke und die Silben schlüpfen, und alles ist Lüge.

Ich schreibe dies auf, damit der Hausmeister, wenn er mich findet, eine Vorstellung von mir bekommt. Das ist mir wichtig, da er sich viel geärgert hat über mich in den vergangenen neunzehn Jahren, seit ich hier in der St.-Martin-Straße 8 in Giesing wohne.

Dieses Zimmer habe ich mir von der Erbschaft meiner Eltern gekauft, und für den Rest des Geldes bekomme ich Zinsen auf einer Bank. Ich verbrauche sehr wenig, ich besitze kein Auto, nur einen wuchtigen Fernseher, den mir Anton Melzer, der Hausmeister, einmal im Jahr repariert; ich gebe ihm hundert Euro dafür; wenn dem Fernseher nichts fehlt, mach ich was kaputt, damit Herr Melzer zu seinem Geld kommt. Manchmal schäme ich mich meiner Einsamkeit.

Dann setze ich mich in die Brecherspitze *an der Ecke Eintrachtstraße oder in das griechische Lokal* Orama *am Walchenseeplatz und denke an Natalia. Ich stand auf der Straße mit ihr, und es schneite, und wir standen im Schneien. Ihre Wange hat gerochen, aber wonach, das weiß ich nicht mehr. Von der ersten Wange zehren wir ein Leben lang. Wohin mag sie gegangen sein vom Grünwalder Marktplatz aus? Ich ging zurück in die Kastanienallee, in der meine Eltern wohnten, und sie? In die Sonne? Oder in den Ärmelkanal? Oder in die Vereinigten*

Arabischen Emirate? Am Gedächtnis hätte ich mich operieren lassen, wenn dieser Abschied von Natalia dann verschwunden wär wie ein Geschwür, das nie mehr wuchert.

Ich hätt meinen Schädeldeckel aufklappen können und sagen: Darf ich Ihnen Frau Biber, meine Nachbarin, anbieten und ihren Streuselkuchen, den besten in ganz Grünwald? Oder lieber ihren Mann, den Herrn Biber, und sein Bremer Hafenkonzert? Zum Arzt sagte ich: Nehmen'S! Geniern'S Ihnen nicht! Sie dürfen alles nehmen, was Sie wollen, aus meinem Schädel. Da schaute er mich an, denn er wusste ja nicht, dass Natalia nicht mehr drin war, dass die rausoperiert worden ist vor Menschengedenken. Welche Erlösung!

Wohin ist sie gegangen? Ich saß in der Brecherspitze *oder im* Orama *und trank dunkles Bier die halbe Nacht. Ich hab die Nacht für Natalia ausgetrunken und gedacht, dann kommt der Morgen ins Glas und die Sonne geht auf.*

Wohin bist du gegangen?

Ob den Hausmeister das interessiert? Ob er mich an solchen Sätzen wiedererkennt? Er hielt mich für einen Taugenichts. Aber ich lebte gern im neunzehnten Jahrhundert. »Der Schnee tröpfelte vom Dache, die Sperlinge zwitscherten und tummelten sich dazwischen; ich saß auf der Türschwelle und wischte mir den Schlaf aus den Augen; mir war so recht wohl in dem warmen Sonnenscheine.« So hat meine Geschichte nie begonnen. Vielleicht war mein Platz im achtzehnten Jahrhundert, oder im siebzehnten, und ich bin zu spät ausgestiegen aus

dem kosmischen ICE. Jetzt kann ich den Arzt nicht mehr fragen, jetzt bin ich alleine bis zum Ende meines Aufenthalts. Nichts getaugt und trotzdem ausgelaugt.
Manchmal besuchten uns leibhaftige Poeten, und ich verließ mein Zimmer 14 und setzte mich in den Empfangsraum mit den Phoenixpalmen. Thomas, mein bester Freund, war immer der Gesprächigste. Jaja, sagte er, ich spiel gern Fußball ohne Ball, und dann nickte der Poet, oder er köpfte ein Tor in seinem Kopf, das weiß ich nicht. Was ich weiß, ist, dass Thomas am liebsten mit einem sechshundert Gramm schweren Lederball von Nike *Streetball spielte, wenn der Arzt das erlaubte, und dass wir ein Winning Team waren, er und ich. Wir waren geübt im Poetenumdribbeln. Nicolas Born stellte ich mir als Zitronenfalter vor, weil in seinen Büchern auf jeder Seite ein Schmerz und ein Begehren aller Düfte zur gleichen Zeit war; Gott, der Wolfshund, hat ihn zerrissen im Alter von einundvierzig Jahren. Born hat uns nie besucht.*
Gibt's einen Himmel, Doktor, oder bloß ein Sanatorium? Egal, ich leg mich überall hin.
Im Paradies wachsen uns Beeren in den Mund wie Schläuche, die machen süße Bäuche. So schnell wird man Poet. In meinem Rachen hockt ein Lachen wie in einem Vogelhaus, das will nicht raus, das will nicht raus und du bist aus.
Einmal, als ich dem Arzt die Zunge rausstreckte, schlug er mit der flachen Hand drauf, und ich biss mir vor Schreck so heftig auf die Zunge, dass sie blutete.

Auf der Zunge auf der Zunge sitzt ein kleiner Frosch, der scheißt mir in die Lunge, auf der Zunge auf der Zunge liegt mir was, das sag ich nicht, denn ich halt die Gosch.
Meinem Freund Thomas, der auf dem Ostfriedhof begraben liegt, statte ich hernach einen Besuch ab, damit er die Biere kalt stellt und ich nicht erst warten muss, wenn ich komme.

Die junge Frau trug einen schwarzen Wollschal als Kopftuch, eine schwarze Lederjacke und schwarze Plateauschuhe. Ihr rundes Gesicht war weiß, und ihre Augen wirkten merkwürdig fern und starr. Sie kam die Treppe vom Restaurant im Ostbahnhof herunter, blieb auf der letzten Stufe stehen und blickte zu Boden.
»Schleich dich, Schatzi!«, röhrte hinter ihr ein korpulenter Mann mit Glatze, der einen ausgewaschenen Drillich trug.
Die junge Frau machte einen Schritt zur Seite.
»Ist was?«, stieß der Mann hervor, und sein roter Kopf schien jeden Moment zu zerplatzen.
»Die Beine tun so weh«, sagte die Frau leise.
Der Mann drängte sich an ihr vorbei, blieb stehen und drehte sich zu ihr um.
»Musst Milch trinken, ist gut für die Knochen.«
Dann stapfte er durch die Bahnhofshalle hinaus zu den Taxis.

Den ganzen Vormittag war die junge Frau durch die Stadt gelaufen, von Bogenhausen zuerst ziellos die Röntgenstraße entlang bis zum Böhmerwaldplatz, wo sie nahe daran war, in die U-Bahn zu steigen; doch sie wollte keine Menschen sehen. Sie lief über die Richard-Strauss-Straße in die Buschingstraße und dann quer durch den Bürgerpark über die viel befahrene Denninger Straße in den Arabellapark mit den neuen modernen Häusern und den Straßen, in denen sich niemand auskannte. In der St.-Rita-Kirche hätte sie gern ein paar Minuten verweilt, doch die Pforte war abgeschlossen, und so ging sie den ganzen Weg wieder zurück, diesmal auf der Westseite des Mittleren Rings, parallel zur Ismaninger Straße, und wenn sie das Martinshorn eines Polizeiwagens hörte, setzte sie sich auf eine Parkbank und zog ihren Schal vors Gesicht.
Die junge Frau hatte einen Schock, und nur weil sie keine Sekunde darüber nachdachte, welchen Weg und welche Richtung sie gerade einschlug, schaffte sie es, zwei Stadtteile zu durchqueren, ohne sich zu verirren und panisch zu werden, was ihr im normalen Zustand oft passierte.
Denn ihr linkes Auge war aus Glas, und auf dem rechten trug sie eine Kontaktlinse mit fünf Dioptrien.
Aber heute Morgen hatte sie ihre Kontaktlinse zu Hause liegen lassen.
Alles, was sie sah, waren Umrisse, verschwommene Häuser und Straßen, wabernde, breiige Lichter, eine einzige undefinierbare Welt.
Als sie jetzt auf der letzten Stufe der Treppe vor dem

Bahnhofslokal stand, kehrte sie auf einmal in die Gegenwart zurück. Plötzlich begriff sie, wo sie sich befand und was geschehen war, und ihre Beine begannen zu schmerzen, als würden Fackeln in ihnen brennen. Sie setzte sich auf die Treppe und hielt sich krampfhaft am Geländer fest.

Vor ihr in der Halle, an der Fensterfront, waren zwei Stände aufgebaut, an denen Tücher in bunten Farben hingen, es gab Ringe, Ketten und allen möglichen Tand zu Niedrigpreisen.

Der jungen Frau fiel ein, dass sie irgendwann in den vergangenen Stunden in einem kleinen Café bei der roten Johanniskirche eingekehrt war und ein Fleischpflanzerl mit Kartoffelsalat gegessen hatte, auf nüchternen Magen, und dass sie dazu Kaffee getrunken hatte, und eine alte Frau hatte sie angesprochen, ob es ihr schlecht ging, und sie schüttelte den Kopf, und es war warm in dem Lokal und es roch modrig. Am liebsten wäre sie für den Rest des Tages dageblieben, doch ohne zu wissen, warum, stand sie plötzlich auf, legte einen Zehneuroschein auf den Tisch und eilte hinaus. Die Bedienung lief ihr mit dem Wechselgeld hinterher, doch die junge Frau war schon in der Metzgerstraße verschwunden.

Sie zitterte, denn sie fror.

Sie erhob sich schwerfällig.

Wenn sie längere Zeit keine Kontaktlinse trug, gewöhnte sie sich etwas an die verschwommene Umgebung und hatte weniger Angst, zu stürzen oder jemanden anzurempeln.

Sie tastete sich voran, die Stufen hinunter ins Untergeschoss des Ostbahnhofs, von wo aus man die S-Bahnen und Fernzüge erreichte. Hier waren auch Telefonsäulen. Beinah wäre sie über einen Dackel gestolpert, den eine Frau, die ein rotes Hütchen trug, an der Leine führte.
»Tschuldigung«, murmelte die junge Frau.
»Aufpassen, gä?!«, gellte die Frau mit dem Hütchen.
Die junge Frau nahm den Hörer an einer der Säulen und wählte eine Nummer.
»Bist du's Silke?«, sagte sie.
Die Frau am anderen Ende brachte keinen Ton heraus.
»Silke? He!«
Am anderen Ende, in der Ainmillerstraße in Schwabing, wusste Silke Roth in diesem Moment nicht, was sie sagen sollte.
Sie schaute ihre Besucherin an, die ihr zuflüsterte: »Fragen Sie sie, wo sie steckt.«
»Hallo?«, sagte Silke.
»Ja, verdammt.«
»Wo bist du denn? Alle suchen dich schon.«
»Wer sucht mich?«
»Ich, alle ...«
»Hat meine Mutter bei dir angerufen?«
»Deine Mutter? Nein ...«
»Bist du nicht allein?«
Silke hielt die Muschel zu und schaute wieder ratlos ihre Besucherin an, die nickte.
»Ich bin allein, wo bist du?«
»Am Ostbahnhof, ich muss dich sehen.«

»Ich hol dich ab«, sagte Silke.
»Mir geht's nicht gut.«
»Mach dir keine Sorgen, Katharina, bleib, wo du bist.«
»Danke.«
Sie legte auf.
Silke Roth behielt den Hörer in der Hand.
»Und jetzt?«, fragte sie.
»Ich fahr hinter Ihnen her«, sagte Dani Schneider.
»Ich hab meine beste Freundin angelogen.«
»Ihre beste Freundin hat vielleicht ihren Vater erstochen.«
»Ist das ein Grund, sie anzulügen?«, fragte Silke laut und knallte den Hörer auf, ging hinaus auf den Flur und warf sich ihr Cape über. Sie steckte den Autoschlüssel ein, der an der Pinnwand hing, und verließ die Wohnung.
Dani Schneider kämmte mit den Fingern ihre blauen Haare.

Auf der Ludwigstraße herrschte wenig Verkehr, und Dani hatte keine Mühe, Silkes rotem Polo zu folgen. Dani benutzte den Dienstwagen, einen weißen BMW, für den sie eine Schwäche hatte, seit sie ihn auf der Nürnberger Autobahn auf zweihundertzwanzig Stundenkilometer hochgeheizt hatte und sich dabei vorgekommen war wie ein Jetpilot in einem Klubsessel.
An der Kreuzung Franz-Josef-Strauß-Ring mussten sie an einer Ampel warten und fuhren dann weiter die Prinzregentenstraße hinauf zum Friedensengel.
»Zwei Kollegen genügen«, sagte Dani ins Telefon.
»Richtig«, sagte der Dienst habende Beamte in der Zen-

trale. Dani wollte schon auflegen, da meldete er sich noch einmal. »Momenterl, Frau Kollegin, da kommt grad was rein, vom Schwaiger, Ihrem Chef, oha ...«

»Was ist denn?«

Fast wäre sie ihrem Vordermann auf die Stoßstange geknallt, da die Ampel Rot zeigte und sich die Autos vom Europaplatz bis um die Kurve zur Auffahrt zum Friedensengel stauten.

»Fuck.«

»Bitte, Frau Kollegin! Also, Nachricht vom Chef, Mord in der Tiefgarage am Rathaus, ein Politiker, oje, erstochen, Sie sollen sofort hinkommen, Frau Schneider.«

»Ich bin grad dabei, eine Mordverdächtige festzunehmen. Ich sag ihm Bescheid, Ende.«

Endlich ging die Fahrt weiter. An der großbürgerlichen Fassade von Feinkost Käfer brannten Lämpchen, und ein Haufen glitzernder Schnickschnack empfing die Kunden, die gesalzene Preise gewöhnt waren.

Auf Höhe des renovierten Prinzregententheaters, einem prunkschlossartigen Bau mit einer Auffahrtsrampe, bretterte Silke mit ihrem Polo bei Rot über die Ampel, und Dani trat auf die Bremse.

In der nächsten Sekunde gab sie wieder Gas und bog ebenfalls bei Rot ab, was einige Autofahrer mit einem kräftigen Hupkonzert quittierten.

Dani wusste, wo sich Katharina und Silke treffen wollten, aber sie hatte kein Interesse daran, die Festnahme unnötig zu verzögern, nur weil Silke eventuell Probleme wegen ihrer Loyalität bekam.

»Polizist?«, sagte Dani ins Telefon, und Hauptkommissar Benedikt Schwaiger rief außer Atem: »Wo steckst du denn?«
»Wir haben die Tochter. Ich bring sie ins Präsidium.«
»Wo hast du sie aufgetrieben?«
»Sie wartet am Ostbahnhof. Ihre Freundin Silke Roth fährt mir voraus. Wir sind jetzt am Haidenauplatz.«
»Pass auf.«
»Klar, Polizist.«
Niemand im Dezernat wusste mehr genau den Tag, an dem Benedikt Schwaiger zum ersten Mal Polizist gerufen wurde. Sogar seine Schwester nannte ihn manchmal so, allerdings nur, um ihn zu ärgern. Die beiden Schwaiger-Kinder waren nach dem Tod ihrer Eltern bei ihrer Tante und ihrem Onkel aufgewachsen, der von Beruf Polizist und letztendlich dafür verantwortlich war, dass auch Benedikt bei der Truppe landete. Er schlug die gehobene Beamtenlaufbahn ein, denn er wollte nicht wie sein Onkel Streifenpolizist bleiben, sondern Kommissar werden. Irgendwann war ein elfjähriger, dunkelhäutiger Junge im Dezernat aufgetaucht und hatte zu ihm gesagt: Du Polizist, du gut. Damit hatte es angefangen. Auf einmal kursierte der Spitzname Polizist in der Dienststelle, und Schwaiger versäumte es, sich rechtzeitig dagegen zu wehren. Wenn sie ihn wenigstens »Bulle« genannt hätten! Aber dieser Ausdruck war in Bayern nicht besonders beliebt, zumindest nicht für Beamte im gehobenen Dienst.
»Der Tote in der Tiefgarage heißt Paul Klassner, ein CSU-

Stadtrat, Vorsitzender des Vereins ›Helfende Hand Sudetenland‹. Sagt dir das was?«, fragte Schwaiger.
»Nö.«
»Der Täter hat ihm in den Hals gestochen. Der Mann ist verblutet. Ich sag dir, sei vorsichtig bei der Festnahme dieser Frau.«
»Du denkst, sie hat beide Männer getötet?«
»Ich denke, du sollst vorsichtig sein, klar?«
»Ja. Ende.«
Sie hatten den Ostbahnhof, an den sich ein großer Güterbahnhof anschloss, fast erreicht. Im Gegensatz zum Nachbarstadtteil Bogenhausen, einer Gegend mit schmucken Villen und ehemaligen Künstlerpalais wie dem Hildebrandhaus in der Maria-Theresia-Straße, erinnerte Haidhausen, wo sich der Ostbahnhof befand, immer noch an seine proletarische und kleinbürgerliche Vergangenheit; hier gab es eine, wenn auch mittlerweile ziemlich schickimickiisierte linke Szene, und das einzige Gebäude, das jemals in München von Hausbesetzern heimgesucht worden war, stand in Haidhausen.
Jahrelang hatte Dani Schneider beim *Friedl* in der Gravelottestraße überbackenen Camembert gegessen und Billard gespielt; gegenüber, im *Sedan,* hatte die Scene verkehrt und braunen Tequila getrunken. In den siebziger und frühen achtziger Jahren war das Franzosenviertel eine Hochburg für Kneipengeher, heute residierten hier hauptsächlich Bars und Restaurants, die Preise waren in die Höhe geschnellt, und die Kultur der alternativen Einkaufsläden und Wohngemeinschaften ver-

schwand allmählich wie der legendäre Flohmarkt in der Einsteinstraße; es entstanden lukrativere Immobilien und glätteten das raue Gesicht dieses Stadtteils; so trostlos wie Schwabing allerdings würde Haidhausen niemals werden.

»Wo ist sie denn?« Silke Roth lief im Untergeschoss des Ostbahnhofs hin und her und suchte ihre Freundin. Dani kontrollierte die Geschäfte. Vier Polizisten in Uniform blieben in Silkes Nähe.

Passanten beobachteten die kleine Gruppe und warteten darauf, dass etwas passierte.

Aus den Bratwurstbuden roch es nach altem Öl von Currywürsten, Pommes und Hähnchen; eine junge Asiatin bot an ihrem Sand gebratenen Reis mit Gemüse und Frühlingsrollen an; im Zeitungsladen drängten sich Jugendliche vor den Fächern mit den Comics.

Im Bistro neben einer kleinen Buchhandlung band eine Frau ihren schwarzen Wollschal über den Kopf und blieb hinter der Glastür stehen. Sie riss die Augen auf, um besser sehen zu können. Dann hielt sie sich das linke Auge zu und starrte mit dem rechten in die Menschenmenge, die unaufhörlich vorüberströmte.

Jetzt bemerkte sie die vier Polizisten, die nach jemandem Ausschau hielten – nach ihr, Katharina Rauh. Also hatte ihre beste Freundin sie ausgetrickst!

»Darf ich mal vorbei, bittschön?«

Eine mit drei prallen Plastiktüten bepackte Frau drängte sich an Katharina vorbei und ging in Richtung der S-Bahnen.

Katharina lief los.
Wohin sie rannte, wusste sie nicht. Hoffentlich hatten die Polizisten sie nicht bemerkt. Sie stolperte und taumelte und stieß mit einem Mann zusammen, der ihr entgegenkam und keinen Zentimeter Platz machte. Der Schal rutschte ihr vom Kopf, und im Gedränge blieb er irgendwo hängen und sie verlor ihn. Sie keuchte und hetzte die Treppe zu den Bahnsteigen hinauf.
»Bleiben Sie stehen!«, rief jemand hinter ihr.
Sie drehte sich nicht um.
»Stehen bleiben! Polizei!«
Es war Dani Schneider. Gerade als Katharina das Bistro verlassen hatte, hatte Silke in ihre Richtung geblickt und Dani auf sie aufmerksam gemacht. Und die Kommissarin war sofort losgerannt. Die vier Uniformierten folgten ihr verwirrt.
Auf dem Bahnsteig lief Katharina bis ans Ende des Plateaus, überquerte die Gleise und lief zwischen zwei Schienen weiter in Richtung Rosenheimer Straße. Nach fünfhundert Metern teilte sich die Strecke, zwei Gleise führten durch einen Tunnel in die Innenstadt und zwei oberirdisch nach Giesing.
Katharina sprang vom Bahndamm in die Wiese, fiel auf den Rücken, rutschte ein paar Meter im feuchten Gras und schlug mit den Beinen gegen einen Metallpfosten. Sie schrie vor Schmerz, und als sie aufstehen wollte, knickte sie ein und fiel wieder hin. Ihre Lederjacke war am Ärmel zerrissen, und sie blutete im Gesicht.
Sie musste an Eva denken. Sie hatte auf einmal eine

unbändige Sehnsucht, mit ihr zu sprechen. Sie wollte ihr alles erklären.
»Katharina!«
Aus der Ferne rief eine Frau nach ihr.
Katharina sprang auf und zuckte zusammen. Die Schmerzen in ihren Unterschenkeln wurden immer stärker. Nicht daran denken! Weiter! Weiter! Sie feuerte sich an, und dabei rannen ihr Tränen übers Gesicht. Sie kroch unter einem Zaun hindurch, der das Areal des Präsidiums der bayerischen Grenzpolizei und des Instituts für Informatik abgrenzte, und erreichte die Orleansstraße an der Kreuzung zur Rosenheimer.
Sie achtete nicht auf die Ampeln, ein Lastwagenfahrer hupte, und sie zeigte ihm den Mittelfinger. Der Fahrer, ein bulliger Typ mit einer Wollmütze, dessen Name, Günther, auf einem Blechschild hinter der Windschutzscheibe stand, kurbelte das Fenster herunter und brüllte:
»Bassbloßaufduschnoin!«
Katharina rannte die Balanstraße bis zur S-Bahn-Unterführung und dann den schmalen geteerten Weg entlang, der am Ostfriedhof vorbei bis zur St.-Martin-Straße führte.
In dem Moment, als Dani Schneider in diesen Weg einbog, tauchte ein Fahrradfahrer vor ihr auf und schleuderte sie zu Boden. Auch der Radler stürzte, und etwas in seinem schwarzrosa Rucksack, den er auf dem Rücken trug, zerbrach klirrend. Er sprang sofort wieder auf die Beine.
»Kanscht ned aufbasse, oda was?«

Er riss sich den Rucksack von der Schulter, öffnete ihn wütend und stieß ihn von sich weg.
»Herrgottsack!«
Dani rappelte sich auf, sie hatte einen Schlag ins Gesicht und an den Hals abbekommen. Sie schnappte nach Luft, und ihr war schwindlig.
»Und was machema jetzt na?!«, sagte der Radler und starrte sein Fahrrad an wie den Leichnam seines besten Freundes. »Moanscht du, du konscht da durch die Gegend renna wie a blinds Huhn, oder was? Schau dir desch an! SCHAU DIR DESCH AN!«
»Kriminalpolizei.«
Dani zeigte ihm ihre Dienstmarke.
»Sie haben eine Kriminalbeamtin in Ausübung ihrer Pflicht behindert. Kann ich mal Ihren Ausweis sehen?«
Der Mann hatte auf einmal ein komisches Gefühl. Er geriet mit seinen Blicken durcheinander, weil er sich nicht entscheiden konnte zwischen der Betrachtung seines desolaten Gefährts, der Dienstmarke und der blauhaarigen, keuchenden Frau.
»Mein Ausweis?«, sagte er.
Dani schaute auf ihre Armbanduhr; es war zwölf vor vier. Sie hatte ihren Auftrag vermasselt, und wenn es tatsächlich zutreffen sollte, dass Katharina Rauh nicht nur ihren Vater, sondern auch den Politiker Klassner erstochen hatte, dann hatte sie soeben eine Doppelmörderin entwischen lassen, und zwar auf eine absolut dämliche und unprofessionelle Weise.
»Hau bloß ab!«, sagte sie zu dem Radler, einem BWL-

Studenten, der sich gerade sein erstes eigenes, original oberbayerisches Weißbierglas von Unertl gekauft hatte; das war jetzt hin.

Dani humpelte auf dem schmalen Teerweg bis zur St.-Martin-Straße, wo neben dem Friedhofseingang eine alte Telefonzelle stand.

Katharina Rauh war nirgends zu sehen.

»Ich hab sie verloren«, sagte Dani in den Hörer. »Sorry, Chef.«

»Das kommt nicht alle Tage vor, dass uns eine halb blinde Täterin vor der Nase wegläuft«, sagte Benedikt Schwaiger.

Es kam nicht alle Tage vor, dass der Hauptkommissar eine zynische Bemerkung machte.

Außer dem Röcheln der verkalkten Kaffeemaschine und dem ewigen Getrampel draußen auf dem Flur war nichts zu hören.

Die beige Gardine am Fenster bewegte sich leicht von der warmen Luft, die von der Zentralheizung nach oben stieg.

Auf dem Tisch lagen Fotos von Toten.

Benedikt Schwaiger rauchte nicht.

Das tat er nie, wenn er stocksauer war und die Ermittlungen stagnierten. Oder wenn ein Zeuge versuchte, ihn zu verarschen. Oder eine Zeugin.

»Mehr weiß ich nicht«, sagte Silke Roth zum siebten Mal.

Der Hauptkommissar schaute nicht von seinem Quartheft auf.

»Sie behaupten, Ihre Freundin Katharina, mit der Sie zusammenwohnen, sei die ganze Nacht zu Hause gewesen«, sagte er ziemlich leise.
»Ja, weil ...«, sagte Silke.
»Und am Morgen, als Sie im Badezimmer waren, wunderten Sie sich, dass die Tür zu Katharinas Zimmer offen war, und da sind Sie hingegangen und haben festgestellt, dass sie nicht da ist und dass ihr Bett unberührt ist.«
»Vielleicht hat sie es ja gemacht, bevor sie aus dem Haus ist.«
»Hat sie das gewöhnlich getan?«
Die Kaffeemaschine röchelte.
»Eigentlich nicht.«
»Wieso wollen Sie uns weismachen, Ihre Freundin war die ganze Nacht zu Hause?«
»Sie ist doch fast jeden Morgen beim Joggen, ich dachte, sie ist halt früh aufgestanden und gleich raus. Das macht sie manchmal. Und wenn sie zurückkommt, bin ich schon weg.«
»Sie arbeiten in der Kanzlei Blauweis am Gärtnerplatz.«
»Hab ich doch gesagt.«
Dani Schneider stand auf, ging zur Kaffeemaschine, goss Kaffee in Schwaigers bauchige, rote Tasse mit dem Bärenkopfmotiv, warf drei Stück Zucker hinein und stellte die Tasse vor den Kommissar auf den Tisch.
»Kaffee?«, fragte sie Silke.
»Nein.«
Dani nahm sich eine Tasse, halb voll mit Milch, und ging

zum Fenster. Die Wärme der Heizung und der heiße Kaffee taten ihr gut.
»Sie haben mich angelogen«, sagte sie.
»Nein«, sagte Silke.
»Sie haben mir gesagt, Katharina wartet bei den Telefonsäulen, aber sie war im Café, und Sie wussten das.«
»Nein.«
»Sie sind dauernd auf und ab gelaufen, Sie müssen sie an der Tür des Cafés gesehen haben.«
»Ich hab Sie doch gleich gerufen, als Katharina zur Tür raus ist. Was wollen Sie eigentlich von mir?«
»Wir wollen von Ihnen wissen, wo sich Katharina Rauh jetzt aufhält«, sagte Schwaiger.
»Keine Ahnung«, sagte Silke.
Schwaiger griff zum Telefon.
»Geben Sie mir Rogner bitte, Observation ... Rogi? Ich bins, Beni, was Neues? Gut, ihr bleibt dort, in einer halben Stunde kommt die Freundin, von der ich euch erzählt hab, ihr geht mit in die Wohnung ... genau ... Servus.«
Er legte auf.
»Was soll'n das?«, fragte Silke.
»Wir fahnden nach einer Mordverdächtigen, Frau Roth, und ich bitte Sie um Kooperation.«
»Ich mag aber keine Bullen in meiner Wohnung.«
Schwaiger trank seinen Kaffee und blickte Silke über den Rand der Tasse an.
Auf einmal fühlte er sich sehr entspannt. Sekundeneuphorie nannte er diese Zustände, die ihn oft ohne be-

sonderen Grund überkamen, einen Augenblick dauerten und ihm eine mysteriöse Form der Zuversicht gaben.
Er steckte sich eine Salem an.
»Sie wollen Ihre Freundin nicht verpetzen«, sagte er und stand auf. »Das respektiere ich. Aber Ihre Freundin hat in dieser Nacht aller Wahrscheinlichkeit nach ein Verbrechen begangen, an ihrem Vater, sie hat ihn erstochen. Der Mann ist verblutet, sehen Sie sich die Fotos an. Und Sie wissen, warum Katharina das getan hat. Sie konnten die Tat nicht verhindern, aber Sie können uns helfen, sie aufzuklären.«
Silke Roth warf ihre Haare nach hinten und krallte die Finger in ihr Cape. Ihre Stimme war hart und aggressiv.
»Wenn ich die Tat, Herr Kommissar, verhindern hätte können, dann hätt ich's nicht getan, das schwör ich Ihnen! Ich hätt's nicht getan! Dieses Schwein hat sie kaputtgemacht, er hat ihr Leben vernichtet. Sie wollte Malerin werden, wussten Sie das, sie ist nämlich eine Künstlerin, sehen Sie sich ihre Bilder an! Und dieses Schwein fährt sie besoffen halb tot und tötet ihre Schwester Eva.«
»Bitte?«, sagte Schwaiger.
»Bei dem Unfall ist Rauhs jüngere Tochter gestorben. Eva. Sie saß vorn, und sie hat sich das Genick gebrochen bei dem Aufprall. Und Katharina wäre beinah blind geworden. Können Sie sich vorstellen, was das bedeutet für jemanden, der Maler werden will? Der gerade davorsteht, auf die Kunstakademie zu gehen und sogar schon eine eigene Ausstellung hat? Und er hat immer wieder

versprochen, ihr in Amerika eine Augenoperation zu finanzieren, Laser, hypermodern. Aber er hat immer nur gelogen, so, wie er seine ganze Familie belogen hat, seine Frau, die er in die Klapsmühle stecken wollte, und sogar seine Geliebte, diese Politikerschnepfe, der hat er versprochen, sie zu heiraten. Ja, ich hab mir gleich gedacht, dass Katharina bei ihm ist heut Nacht. Erst gestern nämlich hat er ihr gesagt, dass es jetzt erst mal wieder nichts wird mit Amerika, weil er angeblich keine Knete hat, angeblich hat er hohe Schulden, was weiß ich, Scheiße! Kann ich eine Zigarette haben?«

Benedikt Schwaiger hielt ihr die Packung hin und gab ihr Feuer. Sie inhalierte tief, und für einen Moment veränderte sich ihre Gesichtsfarbe, sie wurde leicht rötlich.

»Ist da Haschisch drin?«, stieß sie hervor und hustete.

»Keine Ahnung«, sagte Schwaiger.

Silke schnappte nach Luft, und Dani grinste. Schwaiger schaute seine Kollegin ernst an, und sie war froh, dass er offensichtlich nicht mehr wütend auf sie war.

»Und das Irre ist, sie hat damals nach dem Unfall zu seinen Gunsten ausgesagt.«

»Was hat sie?«, fragte Dani.

»Sie hat den Bullen erzählt, da war eine Wespe oder so im Auto, und ihr Vater wär davon irritiert gewesen. Scheiße war der irritiert! Sie hat für ihn gelogen, weil sie gedacht hat, er bleibt dann bei ihr und bei ihrer Mutter, und die Familie hält zusammen. Die blöde Kuh hat ihm seine Karriere gerettet, weil sie so sehr an ihm hing, können Sie sich das vorstellen? Sie liebt ihn immer noch abgöttisch. Aber er hat sich trotzdem abgeseilt! Er hat das Leben seiner Töchter zerstört und das seiner Frau, und das war ihm alles scheißegal! Und wenn Katharina ihn heut Nacht umgebracht hat, dann hat es auf keinen Fall den Falschen erwischt, soviel steht schon mal fest!« Sie nahm noch einen Zug und drückte die Zigarette im Aschenbecher aus.

»Und Sie bleiben dabei, diesen Mann nicht zu kennen?« Schwaiger deutete auf eines der Fotos auf dem Tisch, das den toten Paul Klassner in der Tiefgarage zeigte.

»Nie gesehen, den Typ. Bei Politikern kenn ich mich nicht aus.«

»Okay«, sagte Schwaiger. »Das war's. Danke für Ihre Hilfe. Meine Kollegen werden Sie bestimmt nicht stören ...«

»Hey, ich ruf Sie an, wenn Katharina kommt, ehrlich«, sagte Silke und stand auf.

»Nein«, sagte Schwaiger.

»Und wenn die über mich herfallen oder so was?«

»Dann treten Sie ihnen in die Eier. Auf Wiedersehen, Frau Roth.« Sie knöpfte ihr Cape zu, nickte Dani zu und ging eilig hinaus.

Einige Sekunden verstrichen, ohne dass ein Wort gesprochen wurde, dann sagte Dani: »Ganz schön heiß hier.«

»Ja, kann man wohl sagen«, sagte Schwaiger, »ich schwitz schon wie Konstantin Wecker.«

Er knöpfte sein Hemd auf und zog sein Sakko aus. Über der Schulter trug er den Pistolengurt mit seiner Dienstwaffe, einer Neun-Millimeter Heckler & Koch.

»Zwei Leichen, zwei Mörder«, sagte Dani.

»Und jede Menge Lügner«, sagte Schwaiger.
Evelin Berger hatte sich bei ihm entschuldigt in einer Weise, als würde sie eine politische Erklärung abgeben. Dass es sich bei der Frau, von der sie sprach und die aus diversen, sehr komplizierten Gründen eine Falschaussage gemacht hatte, um sie selbst handelte, wäre für einen neutralen Zuhörer zunächst kaum zu erkennen gewesen. Sie habe sich plötzlich in einer Situation wiedergefunden, in der ihre Position als Politikerin gefährdet war, obwohl es sich um eine rein persönliche Angelegenheit drehte; sie habe nicht in eine Mordsache hineingezogen werden wollen, hatte sie dem Hauptkommissar erklärt, und sie sei bei ihrer ersten Vernehmung völlig durcheinander gewesen, nicht im Vollbesitz ihrer Kräfte, da sie nach der nächtlichen Auseinandersetzung mit Rauh kein Auge zugetan habe vor Wut und Enttäuschung. Auf keinen Fall habe sie die ermittelnden Behörden in die Irre führen wollen, und es sei ihr auch am Anfang nicht klar gewesen, welche Bedeutung ihre Aussage für die Arbeit der Polizei habe. Alles in allem habe sie nicht willentlich falsch gehandelt, und sie möchte betonen, dass sie die Polizei nicht belogen habe; ja, sie war in der Wohnung ihres Bekannten Georg Rauh, und sie habe diese Wohnung nach einem heftigen Streit gegen halb fünf Uhr morgens verlassen. Ob sich in dem Haus auch Rauhs Tochter Katharina aufgehalten habe, wisse sie nicht, sie habe sie jedenfalls nicht gesehen, und Rauh habe nicht von ihr gesprochen. Sie, Evelin Berger, sei gegen ein Uhr nachts in das Haus gekommen, nachdem sie mit Rauh

bereits am Telefon eine längere Auseinandersetzung gehabt hatte; möglicherweise habe Katharina im oberen Zimmer geschlafen, was sie ja öfter tat; Genaueres könne sie, Evelin Berger, jedoch zu diesem Punkt nicht aussagen, und sie betone noch einmal, sie habe sich in einem Zustand extremer Anspannung befunden und sich bei ihrer Aussage von der Anwesenheit der Kriminalpolizei irritiert und auch in die Enge getrieben gefühlt ...

»Sie hat mir erklärt, ihr Name darf auf keinen Fall in der Zeitung erscheinen«, sagte Schwaiger, »ansonsten wird sie mit unserem Direktor sprechen, deinem Duzfreund.«

»Ihr Name wird hundertprozentig in der Zeitung stehen«, sagte Dani und überhörte die Bemerkung ihres Chefs.

»Mit Foto«, sagte Schwaiger.

»CSU-Politikerin war die Geliebte des Mordopfers«, sagte Dani.

Jemand klopfte an die Tür.

Schwaiger ging hin und öffnete.

Auf dem Flur stand ein Mann in einem braunen Anzug, einen Meter neunzig groß, schlaksig, ernst.

»Guten Tag, Herr Schwaiger«, sagte er.

»Grüß Gott«, sagte Schwaiger.

Kriminaldirektor Eberhard Pilz kam herein, und Schwaiger schloss die Tür.

»Grüß Gott«, sagte Dani Schneider.

»Tag, Frau Schneider, ich hab gehört, Sie haben eine Mordverdächtige entwischen lassen, die noch dazu behindert ist.«

Dani warf Schwaiger einen Blick zu. Hatte er das weitergetratscht? Der Hauptkommissar schüttelte den Kopf.
»Wer sagt das?«, fragte Dani.
»Spielt das eine Rolle? Oder spielt nicht vielmehr die Tatsache eine Rolle, dass Sie kläglich versagt haben in Ausübung Ihres Dienstes?«
»Frau Schneider hat sofort die Verfolgung der Frau aufgenommen, aber sie wurde in einen Unfall verwickelt, so dass die Verdächtige entkommen konnte. Es war nicht ihre Schuld«, sagte Schwaiger, setzte sich und steckte sich eine Salem an. Er reichte dem Direktor die Packung, Pilz nahm eine Zigarette, warf die Packung auf den Tisch, und Schwaiger gab ihm die Streichholzschachtel.
»Ich weiß, Herr Schwaiger, Ihre Kollegin ist die unschuldige Miss 110. Und ob Sie's glauben oder nicht, ich bin nicht gekommen, um mich über Sie zu beschweren, Frau Schneider.«
»Klasse«, sagte sie.
»Kann ich einen Kaffee haben?«, fragte Pilz.
Dani brachte ihm eine Tasse, ohne ihn zu fragen, ob er Milch oder Zucker hineinhaben wollte.
»Schwarzer Kaffee ist mir am liebsten, danke, Frau Kollegin«, sagte er.
Dani setzte sich.
Kriminaldirektor Pilz schaute auf die beiden herab.
»Nur keine Umstände, ich steh gern«, sagte er.
Schwaiger schob ihm einen Stuhl hin. Pilz blieb stehen.
»Wo ist die Verdächtige jetzt?«, fragte er.
»Wir suchen sie«, sagte Schwaiger.

»Wenn der idiotische Radfahrer mich nicht über den Haufen gefahren hätte, wäre sie jetzt hier«, sagte Dani.
»Schade, dass Sie Ihr Motorrad nicht dabeihatten«, sagte Pilz.
»Ich muss mal schnell wohin«, sagte sie.
»Sie bleiben bitte hier«, sagte Pilz und stellte seine Tasse ab. Er sah nicht so aus, als würde er bei der geringsten Widerrede vor Freude an die Decke springen.
»Ich hatte Besuch von der Stadträtin Berger. Sie bat mich, dafür zu sorgen, dass ihr Name aus der Angelegenheit rausgehalten wird. Sie möchte unter keinen Umständen da hineingezogen werden.«
»Kann ich verstehen«, sagte Schwaiger, »aber sie hat uns angelogen.«
»Sie hat was?«
Pilz stützte sich mit beiden Händen auf dem Tisch ab.
»Sagen wir«, sagte Schwaiger, »sie war etwas verwirrt und hat ein paar Sachen durcheinander gebracht, die sie dann später richtig gestellt hat. Deswegen kam sie ins Präsidium.«
»Sie hat Sie nicht angelogen, Herr Schwaiger. Sie war sich der Situation nicht bewusst und fühlte sich überfordert. Also, nichts davon an die Presse, verstanden?«
»Ich hab niemandem was gesteckt«, sagte Schwaiger.
»Und Sie?«, fragte Pilz und sah Dani Schneider an.
»Ich auch nicht.«
»Dann wird ihr Name also nicht in der Zeitung auftauchen«, sagte Pilz.
Benedikt Schwaiger hatte keine Lust mehr, seinem neuen

Chef zuzuhören; sie hatten noch eine Reihe von Vernehmungen durchzuführen und mussten endlich eine Verbindung herstellen zwischen dem ermordeten Rechtsanwalt Rauh und dem ermordeten Politiker Klassner.

»Der Name dieser Frau«, sagte er, »wird mit hundertprozentiger Sicherheit in der Zeitung stehen. Sie hatte ein Verhältnis mit dem Anwalt, und wir haben sie vernommen, denn sie war praktisch zur Tatzeit im Haus. Alle Journalisten Münchens werden das herausfinden, auch wenn unser Presse-Baum keinen Ton sagt, was er nicht kann. Ich muss jetzt mit den Ermittlungen weitermachen, entschuldigen Sie bitte.«

Eberhard Pilz richtete sich auf, und sein brauner Anzug sah zerknittert aus. Er hatte die Zigarette in der Hand und sah Dani an, die sich wieder einmal mit den Fingern ihre blauen Haare kämmte.

»Wenn Sie nicht in den nächsten Tagen zum Friseur gehen und sich die Haare schneiden lassen und diese widerliche Farbe wegmachen, werde ich Sie wegen ungebührlichen Auftretens im Dienst versetzen. Was meinen Sie, von wie vielen Leuten ich schon angesprochen wurde, seit ich hier in München bin, und nur wegen Ihnen. Wenn Sie unbedingt so rumlaufen wollen, tun Sie's, aber nicht bei der Polizei, nicht in meinem Dienstbereich. Haben Sie das verstanden, Frau Schneider?«

Dani nickte.

»Ich hoffe, Sie finden diese Mörderin bis heute Abend, und ich hoffe für Sie beide, dass der Name von Evelin Berger nicht in den Zeitungen auftaucht. Guten Tag.«

Er warf noch einen bedeutsamen Blick in die Runde und verließ das Büro.
Ein schmutziges Wort hing in der Luft. Dani öffnete das Fenster und beugte sich hinaus. Die Luft war kalt, und unten fuhr gerade ein Streifenwagen aus dem Hof.
In einem anderen Teil der Stadt, in Giesing, kontrollierten zur selben Zeit Polizeibeamte die Gegend um den Ostfriedhof, die Schlierseestraße, den Spitzingplatz und den Giesinger Bahnhof. Zwei Männer durchquerten zu Fuß den Ostfriedhof. Sie gingen auf den Kieswegen und behielten die Trampelpfade zwischen den Gräbern im Auge. Sie warfen einen Blick in die Urnenhalle, inspizierten die Aussegnungshalle und hielten sich dann südlich, zur St.-Martin-Straße hin. Sie bemerkten nicht, dass sie beobachtet wurden. Hinter dem efeubewachsenen, breiten Grabstein einer Familiengruft kauerte Katharina Rauh. Trotz ihres schwachen Augenlichts hatte sie die Uniformen rechtzeitig erkannt.
Sie umklammerte den feuchtkalten Grabstein und hielt den Atem an. Bald waren die Schritte der Polizisten nicht mehr zu hören. Katharina musste sich übergeben.

5

In Elfies Büro roch es nach frischem Kaffee. Ilse Wild, die Chefsekretärin des Ministerpräsidenten, schloss leise die Tür hinter sich und ging auf ihre Kollegin zu, die an ihrem Schreibtisch vor der breiten Fensterfront saß. Unten führte der Franz-Josef-Strauß-Ring vorbei, der früher Altstadtring hieß.

Elfriede Schuster, die in der Abteilung für Mitgliederbetreuung arbeitete, goss Milch in zwei Tassen und schüttete Kaffee hinein. Dann gab sie dem grünen Stoffpapagei, der in der Palme bei den Regalen mit den Leitzordnern hockte, ein Küsschen und reichte Ilse die Tasse.

»Hast du mitgekriegt, was passiert ist?«, fragte Ilse Wild und senkte ihre Stimme, als wären irgendwo Mikrofone versteckt. Die beiden Frauen hielten das für möglich.

»Logisch«, sagte Elfie.

Sie war die Jüngere der beiden, einunddreißig Jahre alt, schlank und ständig bemüht, Diät zu halten. Das versuchte auch Ilse, aber bei ihr funktionierte es nicht. Sie war fünfundvierzig, wog achtzig Kilo und hatte ständig Hunger. Sie arbeitete seit zehn Jahren in der Staatskanzlei, zuerst in der Honorarabteilung, dann im erweiterten Sekretariat des Ministerpräsidenten, zuständig für die

Organisation und Terminplanung bei Sightseeing-Tours ausländischer Gäste, und seit drei Jahren als Chefsekretärin.

»Darf ich?«, fragte Ilse und nahm sich eine Weintraube aus einer Glasschale, die vor Elfie auf dem Tisch stand.

»Erst der Rauh und jetzt der Klassner«, sagte sie. »Die haben da einen Spezialisten, der erledigt das. Soll ein Schrotthändler sein.«

»Und was denkst du?«, fragte Elfie und sah sich um, als stünde sie unter heimlicher Beobachtung. Auch das hielten die beiden Frauen für möglich in diesem Neubau mit all seinen elektronischen Tricks und Geheimapparaturen.

»Sie haben ihn abserviert«, sagte Ilse so leise, dass Elfie erst einige Sekunden überlegen musste. Dann nickte sie.

»Von ganz oben, erst den Rauh, dann den Klassner«, sagte Ilse.

»Nächstes Jahr hör ich auf«, sagte Elfie, nahm sich eine Weintraube und hielt die Schale Ilse hin, die drei Trauben abzupfte. »Neuerdings knackst es immer so komisch in der Leitung, wenn ich telefoniere, ich wette, die hören uns ab.«

»Ist mir auch schon aufgefallen«, sagte Ilse mit vollem Mund.

»Erinnerst du dich noch an die Frau Ring? Ihr Mann ist umgebracht worden ...«

»Psss ...«, machte Ilse, und sie verstummten.

Draußen auf dem Flur waren Schritte zu hören. Zwei Männer sprachen miteinander. Sie gingen vorbei, und die Schritte verhallten.

Ilse beugte sich über den Schreibtisch.

»Daran kann ich mich noch genau erinnern, ich hab sogar ein Gespräch mitgehört, am selben Abend, als der Überfall in dem Juwelierladen passiert ist.«

»Echt?« Elfie zündete sich hastig eine Zigarette an. »Davon hast du mir noch nie was erzählt.«

»Sei bloß still, ja? Also, der Hufnagel hat den Gschwendtner gefragt, ob alles glatt gegangen ist, stell dir das vor! Ich hab's gehört, weil die Zwischentür nicht richtig zu war. Das war noch drüben in der alten Staatskanzlei.«

»Glaub ich nicht«, sagte Elfie atemlos.

»Hör zu, und der Gschwendtner sagt, alles klar, es ist alles so gelaufen wie geplant, die Frau ist am Ende. Stell dir das vor, Elfie, er sagt: Die Frau ist am Ende!«

Elfie brachte keinen Ton heraus.

Ilse richtete sich wieder auf und strich ihren Rock glatt.

»Wenn die rauskriegen, dass ich das gehört hab, dann bringen die mich auch um.«

»Und mich auch!«, sagte Elfie laut und hielt sich erschrocken die Hand vor den Mund. Als sie sich wieder beruhigt hatte, fragte sie ihre Kollegin: »Und warum bist du nicht zur Polizei gegangen?«

»Ich hab mich nicht getraut. Und was sagt so ein Gespräch schon aus? Und mein Mann hatte damals doch gerade diesen Autounfall. Die hätten mich sofort entlassen, wenn ich was gesagt hätte. Nein. Vielleicht hab ich mich ja auch verhört, vergiss einfach, was ich dir grad gesagt hab, vergiss es bitte. Hast du noch einen Schluck Kaffee für mich?«

Die beiden Frauen sahen sich an. Sie wussten, dass sie sich aufeinander verlassen konnten, in jeder Situation und was immer in nächster Zeit passieren würde.
Im Besprechungszimmer drei Türen weiter hatte der Referent Gschwendtner inzwischen Hauptkommissar Schwaiger und dessen Kollegin Schneider zu ihren Plätzen dirigiert.
»Nehmen'S Platz, bitte, Sie hier, Sie da, bitte, der Ministerpräsident kommt gleich.«
Auf allen Fluren, in allen Räumen der Bayerischen Staatskanzlei herrschten an diesem Nachmittag Hektik und Chaos. Die Ermordung eines Parteimitglieds und eines der Partei nahe stehenden Anwalts löste wüste Spekulationen aus, und die Journalisten drängelten sich im Presseraum.
Gschwendtner goss den beiden Polizisten Mineralwasser ein, wobei sein gigantischer Bauch Dani gefährlich auf die Pelle rückte. Auf der anderen Seite des langen Tisches saßen der Münchner CSU-Vorsitzende Herbert Kapellner, ein unscheinbarer Mann im dunkelblauen Anzug, der gerne gedankenlos den goldenen Ehering an seinem Finger drehte, und Pressesprecher Franz Obst, der reichlich beeindruckt war von der jungen, blauhaarigen Polizistin. Kapellner betrachtete Dani mit heruntergezogenen Mundwinkeln.
»Grüßi!«
Plötzlich stand der Ministerpräsident da.
»Bleiben Sie sitzen«, sagte er, obwohl weder Schwaiger noch Dani Anstalten gemacht hatten, aufzustehen.

Hufnagel grinste und setzte sich. Gschwendtner legte ihm ein betipptes Blatt Papier hin.
»Meine Herren«, sagte Hufnagel, »verzeihen Sie, meine Dame, meine Herren, jetzt hab ich Ihren Namen vergessen, Frau ... Frau ...«
»Schneider«, sagte Dani.
»Schneider«, sagte der Ministerpräsident. »Vor wenigen Stunden ist unser Parteimitglied Paul Klassner auf entsetzliche Weise ums Leben gekommen, und dies an einem Tag, da wir um unseren Freund Georg Rauh trauern, der ebenfalls gewaltsam zu Tode gekommen ist. Ich danke Ihnen, Herr Schwaiger, Frau Schneider, dass Sie sich hierher bemüht haben, um diese schreckliche Angelegenheit aufzuklären, um so schnell wie möglich den feigen Mörder zu fassen. Wie ich gehört habe, fahndet die Polizei nach der Tochter von Georg Rauh, und ich darf sagen, dass es für mich und für meine Freunde ein geradezu unerträglicher Gedanke ist, dass diese junge Frau ihren Vater ermordet haben soll. Und möglicherweise auch unseren geschätzten Paul Klassner. Klassner ist seit ... seit ... seit ...«
Er schaute auf den Zettel.
»Seit achtzehn Jahren Mitglied der CSU und seit knapp einem Jahr Vorsitzender des Vereins ›Helfende Hand Sudetenland‹, einer Initiative, die uns besonders am Herzen liegt und mit der wir bereits viel Gutes tun konnten. Ich kann mir nicht vorstellen, wer Paul Klassner ermordet haben könnte, außer es handelt sich tatsächlich um die bedauerliche Katharina Rauh.«

»Warum glauben Sie, hätte Katharina Rauh einen Grund gehabt, Klassner zu ermorden?«, fragte Schwaiger.
Der Ministerpräsident starrte ihn an. Dann tippte er sich mit dem Finger an die Brille.
»Bitte?«
»Können Sie sich ein Motiv für diese Tat vorstellen?«
»Wie der Ministerpräsident schon erläutert hat«, sagte Gschwendtner und steckte den rechten Daumen unter seinen weißblauen, straff gespannten Hosenträger, »stehen wir vor einem großen Rätsel, das uns alle sehr betrübt. Sollte Katharina Rauh tatsächlich die Täterin sein, so wäre das für uns eine fürchterliche Sache. Unvorstellbar. Grotesk.«
Benedikt Schwaiger kratzte sich den Bauch.
»Ob Katharina Rauh etwas mit den beiden Verbrechen zu tun hat, wissen wir noch nicht«, sagte er. »Wir wollen wissen, ob es in letzter Zeit Hinweise gab, dass Ihr Kollege Klassner bedroht wurde, dass er Schwierigkeiten hatte, dass jemand ihn unter Druck setzte.«
»Davon ist mir nicht das Geringste bekannt«, sagte Josef Hufnagel.
Als Schwaiger und Dani eine halbe Stunde später den Raum verließen und Hufnagel seiner Sekretärin Ilse den Auftrag gab, der Polizei sämtliche Unterlagen über Paul Klassner zur Verfügung zu stellen, konnten sie einen Satz auswendig aufsagen: Paul Klassner war ein von allen Parteimitgliedern und Parteifreunden geschätzter Mann, an dessen Integrität und Loyalität niemand zweifelte.

»Hast du je an diesem wunderbaren Mann gezweifelt?«, fragte Dani vor der Tür zum Sekretariat.
»An keinem Tag meines Lebens«, sagte Schwaiger.
»Das ist immer wieder interessant, wie bei Vernehmungen manche Leute Fragen beantworten, die ihnen kein Mensch gestellt hat.«
»Das kommt daher, dass sie unter allen Umständen etwas verschweigen wollen und glauben, je heftiger sie das Gegenteil behaupten, desto unauffälliger wird die Wahrheit.«
»Wenn Sie bitte mitkommen wollen«, sagte Ilse Wild und führte Schwaiger und Dani zu einem Tisch, auf dem zwei Aktenmappen lagen. »Das hier soll ich Ihnen geben. Und Sie möchten die Unterlagen wieder zurückbringen, wenn Sie sie nicht mehr benötigen.«
»Kannten Sie Paul Klassner?«, fragte Schwaiger.
»Kaum«, sagte die Sekretärin, und ihre Lippen bewegten sich kaum.
»Wie genau kaum?«
»Vom Sehen«, sagte Ilse.
»Haben Sie eine Idee, wer ihn ermordet haben könnte?«, fragte Dani und beobachtete Ilse, wie sie umständlich eine Tafel Schokolade öffnete und darin herumfingerte, bis sie endlich ein Stück herausbekam.
»Mich dürfen'S so was nicht fragen. Mögen'S ein Stück?«
Dani schüttelte den Kopf, und Ilse legte das Stück auf einen Unterteller.
»Wir können Sie auch vorladen lassen«, sagte Dani.

Ilse schaute Schwaiger an, da sie immer lieber direkt mit dem Chef redete.

»Ich arbeite hier seit über zehn Jahren, und ich hab schon einiges erlebt. Aber dass hier jemand etwas mit einem Mord zu tun haben soll, das ist ausgeschlossen. Glauben Sie mir.«

»Danach hab ich Sie gar nicht gefragt«, sagte Schwaiger.

»Bitte?«

»Ich wollte nur wissen, ob Sie den Politiker Klassner kannten.«

»Ich hab ihn ein paar Mal gesehen, aber gekannt hab ich ihn nicht.«

»Hat Ihnen der Ministerpräsident Anweisungen gegeben, nichts zu sagen?«, fragte Dani.

»Hier darf jeder sagen, was er will. Das ist ein demokratisches Haus.«

»Selbstverständlich«, sagte Schwaiger, klemmte sich die Akten unter den Arm, und sie verließen das Büro.

Im Besprechungszimmer instruierte Josef Hufnagel seine Mitarbeiter.

»Und wenn du ihn aufgetrieben hast, sagst du ihm, er soll auf mich warten«, sagte er zu Gschwendtner.

»Mach ich.«

»Ist das nicht riskant, sich ausgerechnet heute in diesem Lokal zu treffen?«, sagte Franz Obst.

»Da sucht uns heute niemand«, sagte Hufnagel.

»Und wenn's doch die verrückte Tochter war?«, meinte Herbert Kapellner und drehte seinen Ehering.

»Dann ist alles in Ordnung für uns«, sagte Hufnagel. »Aber wenn sie's nicht war, dann will ich wissen, wer. Und zwar *vor* der Polizei.«
»Hältst du Eberle wirklich für fähig, jemanden umzubringen?«, fragte Obst.
»Jeden von uns«, sagte der Ministerpräsident.
Die drei anderen Männer zuckten zusammen, als hätte ihnen ihr allmächtiger Chef das Knie ins Gemächt gedonnert.

Als er die Hofgartenstraße entlangradelte, hatte Gschwendtner noch immer dieses drückende Gefühl im Unterleib, und er trat kräftig in die Pedale. Er schwitzte, und seine Hose spannte zwischen den Beinen. Regelmäßiges Radeln hielt er für Fitnesstraining; allerdings war er hinterher immer alles andere als fit und benötigte erst einmal zwei Hefeweizen, um wieder in Schwung zu kommen.
Von der Maximilianstraße bog er rechts ab und gelangte über die Hochbrückenstraße in die Ledererstraße, in der sich die Bar befand, die er nach dem Willen seines Chefs aufzusuchen hatte.
Er kettete sein Rad an ein Halteverbotsschild und ging in den Hinterhof. Von dort führte eine Eisentreppe in den Keller zur Bar. Die Hintertür war nicht abgeschlossen.
Es roch nach Rauch und Moder. Fotos von nackten Frauen hingen an den Wänden, an der Decke brannten winzige rote Glühbirnen. Der Gang war schmal und der Bo-

den, der von ausgetretenen Teppichen bedeckt war, leicht gewölbt. An einer Tür stand: *Privat.*

Gschwendtner klopfte an.

Stille.

Er klopfte noch einmal, diesmal fester.

Plötzlich tauchte lautlos ein klein gewachsener Mann hinter ihm auf, dessen nackte Füße in Sandalen steckten.

»Was wollen Sie?«, fragte er.

Gschwendtner erschrak. Er machte einen Schritt zur Seite. »Du bist's!«, sagte er dann.

Der kleine Mann hieß Ahmed Kabir, ein Inder, der als Koch in der Bar arbeitete. Er lachte. In der Hand trug er einen Bastkorb voller Zwiebeln, Karotten und Gurken.

»Was so früh hier?«

Er öffnete die Tür, auf der *Privat* stand, und Gschwendtner folgte ihm, wobei er noch einen Blick zur Hintertür warf.

Die Küche war höchstens zehn Quadratmeter groß, ein kleiner Elektroherd, ein Kühlschrank, ein breiter Tisch und ein schmaler Schrank, in dem das Geschirr, die Gewürze und eine Unmenge von Kleenexpackungen untergebracht waren.

Ahmed, der ein fleckiges T-Shirt und eine schwarze Pluderhose trug, fing an, Zwiebeln zu schneiden. Er lachte immer noch.

»Hast du gesehen Heinzi?«, fragte Gschwendtner.

»Heinzi nix«, sagte Ahmed, und dem Referenten, der sich in diesem engen Kabuff unwohl fühlte, tränten die Augen.

»Was heißt das, Heinzi nix? Hast du ihn heute gesehen oder nicht?«
»Nein, Heinzi nix. Muss schon da sein jetzt, aber nix. Wo steckt? Muss helfen, Salat machen und Suppe.«
Gschwendtner rieb sich die Augen.
»Pass auf, Ahmed, wenn Heinzi kommt, du sagen, er soll warten auf mich hier, nix weggehen, verstanden? Auf keinen Fall weggehen, warten auf Chef.«
»Was für Chef, Chef?«
»Ministerpräsident.«
Jetzt freute sich Ahmed erst richtig und machte sich mit dem Messer über die Karotten her.
»Ah, Ministerpräsident! Sehr gut! Tanzt wieder Samba mit russische Ilona wie letztes Mal und steckt ihr viel Geld in Busen? Ministerpräsident guter Tänzer, sehr gut!«
»Heute wird er bestimmt nicht tanzen«, sagte Gschwendtner und wandte sich zur Tür.
»Nicht vergessen, Ahmed, klar?«
»Klar.«
Gschwendtner war schon fast wieder auf dem Flur, als Ahmed von seiner Arbeit aufblickte.
»Heinzi nix heute gesehen, aber Wastl. Wastl da, vorhin, vor eine Stunde, hat mich gefragt wie du, ob Heinzi hier ist.«
Im roten Dämmerlicht des Kellerflurs nahm Gschwendtner den Gesichtsausdruck eines aufgescheuchten Wolpertingers an.
»Was für ein Wastl?«, fragte er, obwohl er genau wusste, was für einen Wastl der Inder meinte.

»Wastl mit große Ohren und Schnurrbart wie Handfeger. Immer geht in Séparée, diese Wastl, mit rumänische Sonja. Freund von Heinzi.«

Es gab nur einen Mann, der regelmässig hier verkehrte, und zwar hauptsächlich mit der rumänischen Sonja, und der einen Handfeger unter der Nase hatte, aber schon lange nicht mehr der Freund von Heinrich Eberle war, den seine Parteifreunde Heinzi nannten: Sebastian Weinfels, Stadtrat der CSU und ebenso wie Paul Klassner, der an diesem Nachmittag ermordet worden war, einer der Drahtzieher bei der Demontierung des ungeliebt und unkontrollierbar gewordenen Parteikollegen Heinrich Eberle.

Gschwendtner hustete.

»Und was hast du ihm gesagt?« Er kriegte keine Luft mehr. Der Geruch der Desinfektionsmittel und der Küchenabfälle war unerträglich.

»Hab gesagt, er soll gehen nachsehen in Hofbräuhaus, wo Heinzi vor Arbeit Bier trinkt in Schwemme mit Chinesen.«

»Und Wastl ist hingegangen?«

»Weiß nicht. Willst du Karotte? Gut für Augen.«

»Ich muss los.«

Gschwendtner stürzte den Flur entlang, riss die Hintertür auf und nahm auf der Eisentreppe zwei Stufen auf einmal.

Es hatte angefangen zu regnen.

Mit aufgerissenem Mund atmete er tief ein und aus.

In der Ledererstraße blieb er stehen und betrachtete über

dem Eingang das gebogene, schwarze Schild mit dem Namen der Bar: *Busenwunder* stand da in krummer, roter Schrift.
Bis zum Hofbräuhaus waren es nur wenige Meter.

Inzwischen war die Ehefrau des ermordeten Rechtsanwalts aufgetaucht. Angeblich hatte sie sich den ganzen Tag bei einer Freundin in Diessen am Ammersee aufgehalten und keine Ahnung gehabt, dass ihr Mann getötet worden war. Auf der Heimfahrt hörte sie im Autoradio die Meldung von seinem Tod und fuhr daraufhin in seine Bogenhausener Villa, wo sie im Moment von Schwaiger und Dani vernommen wurde.
Sie machte nicht den Eindruck, als wäre sie zutiefst erschüttert über den gewaltsamen Tod ihres Mannes.
Anna Rauh war sechsundvierzig Jahre alt, schlank und hatte schwarze, halblange Haare. Sie trug graue Leggings und einen dünnen, weißen Wollpullover mit reichlich großen Maschen. Darunter trug sie nichts. Das brachte Schwaigers Blicke etwas durcheinander, und sie bemerkte es. Sie ging vor ihm auf und ab, und gelegentlich kam sie ihm näher, als es seiner Ruhe gut tat.
»Sie haben Ihren Mann also vorgestern zum letzten Mal gesehen«, sagte er und stierte in sein rotes Notizheft, weil Anna Rauh gerade wieder einmal dicht vor ihm stand.
»Genau«, sagte sie.
»Ihre Kollegin im Geschäft hat auf Sie gewartet«, sagte Dani. »Sagen Sie ihr nicht Bescheid, wenn Sie mal nicht kommen?«

»Ich musste raus aus der Stadt. Ich bin früh los, ich wollte sie noch anrufen, und dann hab ich's vergessen.«
»Sie sagten, Sie sind gegen sechs Uhr morgens losgefahren«, sagte Schwaiger.
»Ja.«
»Weil Sie nicht schlafen konnten.«
»Ja.«
»Und abgefahren sind Sie von Ihrer Wohnung im Lehel.«
»Natürlich.«
Es klingelte an der Haustür. Ein Streifenbeamter öffnete.
Schwaiger zündete sich eine Salem an.
»Steht meine Tochter unter Mordverdacht?«, fragte Anna Rauh.
»Wir suchen sie«, sagte Dani.
»Kennen Sie Evelin Berger?«, fragte Schwaiger.
»Diese Frau hat mir meinen Mann weggenommen. Aber er hat eingesehen, dass sie nichts taugt. Er wollte wieder zu mir zurückkehren. So war das nämlich.«
»Wir haben gehört, er wollte sich scheiden lassen«, sagte Dani.
»Wer so was sagt, lügt!«, rief Anna Rauh. »Der lügt! Der lügt!«
Zornig stieß sie mit dem Fuß gegen die Stehlampe, dass das Gestänge klirrte.
»Wir sind eine Familie, Katharina, mein Mann und ich. Wir gehören alle drei zusammen, vor allem seit Eva nicht mehr ist. Eva ...«
Sie schluchzte und presste die Arme an ihren Körper.

»Georg wollte wieder zurückkommen zu mir, das hat er mir versprochen.«
»Entschuldigung, Herr Hauptkommissar ...«
Der Streifenbeamte winkte Schwaiger zu sich. »Können Sie mal kommen, ist wichtig, glaub ich.«
Dani blieb im Wohnzimmer. Anna Rauh schaute zur Tür, in der Schwaiger mit dem Polizisten verschwand.
»Das ist Petra Gebhard, eine Zeugin ...«
»Ich hab doch Ihrem Kollegen heute Vormittag schon gesagt, dass ich einen Wagen vor dem Haus gesehen hab, so gegen halb fünf.«
»Ich hab Ihre Aussage gelesen«, sagte Schwaiger. »Sie sind die Krankenschwester von der Klinik da vorn?«
»Ja.«
»Ist Ihnen noch was eingefallen?«
»Nein, aber ... aber ich möchte Ihnen was zeigen. Draußen ...«
Sie war verunsichert und zupfte an ihrem Mantel herum. Die Umhängetasche glitt ihr von der Schulter, und Schwaiger fing sie auf.
»Bitte.«
»Danke, ich ...«
»Was wollen Sie mir zeigen?«
Die Krankenschwester ging hinaus in den Garten. Schwaiger und der Beamte folgten ihr. Am Tor blieb sie stehen und zeigte auf ein Auto, das gegenüber geparkt war.
»Das ist der Wagen, den ich heute früh gesehen hab.«
»Sind Sie da sicher? Sie haben ausgesagt, es war dunkel, und das Auto hatte einen ziemlichen Zahn drauf.«

»Ja, aber ich erinner mich jetzt genau an diese gebogene Antenne.«

»Und warum haben Sie das nicht heut Vormittag ausgesagt?«

»Hab einfach nicht dran gedacht, tut mir Leid, Herr Kommissar. Ich komm grad vom Dienst, und da seh ich das Auto, und je näher ich hingeh, umso sicherer bin ich mir. Das ist es, dasselbe wie heute früh.«

»Haben Sie das Auto schon öfter hier gesehen?«

»Vielleicht.«

Er hasste dieses Wort.

»Vielleicht gilt nicht«, sagte er.

»Ich weiß es nicht«, sagte sie, »aber heute früh hab ich's gesehen, das kann ich beschwören.«

Schwaiger ging ins Haus und bat Anna Rauh, mitzukommen. Draußen fragte er sie: »Ist das Ihr Auto?«

»Ja. Warum?«

Die Vier-Mann-Kapelle schmetterte Ein-Prosit-der-Gemütlichkeit, und die Zecherinnen und Zecher hoben ihre Masse, stießen an und tranken. In einem Paradies aus Zigarettenrauch, scheppernder Livemusik, Schweiß- und Fettgestank pulsierte das Leben.

Dicht gedrängt saßen Hunderte von Touristen und Einheimische nebeneinander und schunkelten und schrien sich an. Gruppen von Japanern, die zu ihren Weißwürsten Ketchup aßen und Cola tranken, hatten hier in der Schwemme ausnahmsweise eine Daseinsberechtigung, wenn auch nur vorübergehend und bei einer Spende von

mindestens einer Mass für den bayerischen Nebenmann als Entschädigung für den grässlichen Anblick.
In den Toiletten stemmten sich die Betrunkenen gegen die Wände, damit sie beim Bieseln nicht umkippten.
Dreimal war Gschwendtner in der Schwemme des Hofbräuhauses auf und ab gelaufen und hatte nach Heinrich Eberle, genannt Heinzi, oder nach Sebastian Weinfels, genannt Wastl, Ausschau gehalten, bevor er im ersten Stock weitersuchte, im gediegenen, ruhigen Restaurant. Aber auch da saß keiner von beiden.
Jetzt war er in den Toiletten angelangt und blickte in jede Kabine, deren Tür offen war.
Ein Mann mit einem voluminösen Gschwendtner-artigen Bauch, der gerade seinen Kopf unter den Wasserhahn gehalten hatte, beobachtete ihn.
»Suachst wen?«, lallte er.
Gschwendtner kam bei der letzten Kabine an, drückte gegen die Tür, die klemmte. Etwas blockierte. Gschwendtner drückte fester dagegen.
»Wos soin des wern?«
Gschwendtner presste seinen Rücken gegen die Tür und schob sie Stück für Stück auf.
Auf dem Boden lag der breite Körper eines Mannes, der Kopf in einer Pfütze aus Blut. Gschwendtner erkannte ihn sofort. Der Tote war Sebastian Weinfels. Sein Hals war eine einzige offene Wunde.
Hastig machte Gschwendtner die Tür wieder zu.
»Wos isn da?«, lallte der Betrunkene.
Gschwendtner verließ die Toiletten, sah sich im Gang

nach allen Seiten um und entdeckte einen Hinterausgang, durch den er verschwand.
So unauffällig wie möglich ging er auf der Orlandostraße vorbei am ehemaligen Platzl-Theater bis zur Ledererstraße, schloss sein Fahrrad auf und schob es bis zum nächsten Telefon.
»Gschwendtner. Den Ministerpräsidenten!«
Nach dem Gespräch radelte er keuchend und so schnell er konnte zurück in die Staatskanzlei.

6

Ein Kind ist ermordet worden, Herr Melzer, und das ist nicht wieder gutzumachen. Der, der ich bin, war ich nämlich nie. Da kasperte ein anderer die ganze Zeit herum, und für meine Mutter war ich ein braver Junge und für meinen Vater gehorsam. Sie sind auf dem Starnberger See ertrunken ohne mein Zutun, im Sturm eines Sommers, mit ihrem Segelboot, auf das sie stolz waren. Ich stellte mich neben das Boot, doch der Stolz schwappte nicht über auf mich. Wenn sie mich wahrgenommen hätten, wäre ich möglicherweise normal geworden im Lauf der Jahre. Ich fing dann an, mit Dingen um mich zu werfen, und ich setzte den weißen Hut meines Vaters auf und ließ ihn später auf der Isar treiben wie eine Untertasse für Biber. Dafür wurde ich bestraft, weil ich böse war. Und bald war ich unnormal. Das sind so Worte, von denen die Leute, die sie in den Mund nehmen, keine Ahnung haben, an die sie aber glauben wie an die Vorhersagen der Meteorologen.
In meiner Welt war niemand außer mir, und ich erfand mir Gestalten, die mit mir sprachen, und ich sprach mit ihnen, und wir versammelten uns Abend für Abend im Bettchen und machten uns Mut. Ich gab ihnen Namen,

die weiß ich nicht mehr. Wir kletterten Hügel hinauf, und oben schweifte mein Blick ins Weite, und ich ging los und ging und ging, und die Sonne war gelb und das Gras grün und die Bäume blühten, und die Natur nahm mich in Empfang, und ich gehörte zu ihr. Dann schlug eine Tür, und ich war wieder der Fremde, der verrückt geworden war, weil er unter der Zudecke redete und sogar sang und seltsame Geräusche machte. Ich hätte alles erklären können, aber niemand fragte mich, und also wurde ich still mit der Zeit und gehorchte, und sie hatten mich lieb.

Als ich das Grab aushob im Park, um mich endlich zu beerdigen, schlug mir mein Vater die Schaufel auf den Rücken, und als der Arzt kam und mich befragte, sagte ich zu ihm, ich kenne den Mann nicht, der mich geschlagen hat. Und ich kannte auch die Frau nicht, die im Hintergrund weinte. Und ich hatte auch ihren Namen vergessen, ich nannte mich Simon de Bacle und erklärte dem Arzt, meine Vorfahren sind Belgier aus Lüttich, und sie kamen nach München, weil sie in ihrer Heimat wegen Mordes gesucht wurden. In den Augen der Anwesenden war ich jetzt übergeschnappt.

Aber ich hoffte immer noch, das Glück zu finden in Form einer Stimme oder einer Umarmung. Bis heute, Herr Melzer, habe ich gehofft, wenn auch abnehmend wie der Mond.

Jetzt ist Finsternis, und ich winke niemandem mehr, weil es niemanden gibt, nicht einmal mich.

Er sperrte die Wohnungstür ab und schlug den Kragen seiner roten Windjacke hoch. Er trug eine abgewetzte, grüne Stoffhose und weiße Turnschuhe. Er hatte dunkelblonde, zerzauste Haare und Bartstoppeln im Gesicht. Seine Augen waren groß und grün. Er ging vornübergebeugt, als kämpfe er gegen einen Orkan an und käme nur schwer voran. An der Haustür begegnete er einem Mann, der Werbeprospekte in einen Plastikeimer warf.
»Habe die Ehre«, begrüßte ihn Anton Melzer, der Hausmeister.
»Hallo«, sagte Simon.
»Scheißwetter«, sagte Melzer.
Simon war schon draußen und ging in Richtung Zugspitzstraße. Er achtete auf nichts. In der Abenddämmerung brannten die Straßenlampen, und ein leichter Regen fiel.
Die Tür zur *Schwarzen Katz* war angelehnt. Die rustikale Giesinger Nachtbar hatte von elf Uhr vormittags bis ein Uhr nachts geöffnet und glich mehr einer heruntergekommenen Vorstadtkaschemme als einem Vergnügungsort; die Stripteasevorführungen auf der knarzenden Bühne interessierten gewöhnlich kaum einen der wenigen Gäste, und wer gerade mit dem Spielautomaten beschäftigt war, ließ sich von keiner nackten Frau stören; die meisten Männer saßen nicht an den blanken Holztischen, sondern am Tresen und redeten über die Löwen, die Probleme in der Abwehr hatten, und über die Bayern, die in Giesing für jeden aufrechten Fußballfan indiskutabel waren.

Weil er glaubte, drinnen ein Geräusch gehört zu haben, blieb Simon vor der Tür stehen, betrachtete kurz seine nassen Turnschuhe und machte einen Schritt über die Schwelle.
Da tauchte ein Mann aus dem Dunkel des Lokals auf, stolperte und stürzte zur Tür hinaus. Jemand rief: »Beeil dich, Harry!«, und Simon schob einen schweren, weinroten Vorhang beiseite. Gleißendes Scheinwerferlicht stach ihm in die Augen.
»Wer sind Sie denn?«, brüllte jemand hinter ihm.
Harry, der Mann der gerade hinausgelaufen war, war zurückgekommen.
»So ein Mist!«, sagte er und keuchte.
»Grüß Gott«, sagte Simon.
»Was wollen Sie hier?«, fragte ihn eine junge Frau mit einer dicken Kladde unterm Arm.
»Nichts«, sagte Simon.
»Dann hauen Sie verdammt noch mal ab! Wir drehen hier!«, brüllte ein Mann, irgendwo im grellen Licht.
Zwei Tränensäcke schälten sich aus der Dunkelheit. Simon wich zurück, denn der Mann mit den Tränensäcken hatte einen gefährlichen Blick.
»Bitte gehen Sie«, sagte Derrick.
Simon griff in die Innentasche seiner Windjacke, wo seine Beretta steckte.
Dann ging er rückwärts, Schritt für Schritt, auf die Straße hinaus. Derrick verschwand im Licht.
Die junge Frau mit der Kladde unterm Arm machte eine abweisende Handbewegung, und Simon beeilte sich, die

St.-Bonifatius-Straße zu erreichen, die direkt am Ostfriedhof entlangführte.
Auf dem Grab, das er besuchte, blühten Schmetterlingsblumen, und in einem Glasgefäß brannte eine rote Kerze. Auf dem Grabstein stand: Thomas Schwarz, geb. 8. Februar 1957, gest. 27. April 1989.
Simon faltete die Hände und versuchte, sich das Gesicht seines Freundes vorzustellen, doch es gelang ihm nicht. Er steckte die Hände in die Jackentasche und schloss die Augen. Er war bereit. Er brauchte nur noch nach Hause zu gehen, sich auf die Couch zu setzen und zu schießen. Alle Vorbereitungen waren getroffen, die schriftlichen Hinterlassenschaften lagen auf dem Tisch, und die Anweisungen für Hausmeister Melzer, die Feuerbestattung betreffend, in einem Kuvert daneben. Stell die Biere kalt, sagte er zu seinem Freund Thomas und wandte sich ab.
Da hörte er das Schluchzen einer Frau. Es kam vom Grab nebenan, er konnte niemanden sehen. Er schaute sich um: weit und breit kein Mensch. Er beugte sich nach vorn, und da entdeckte er sie: Sie hockte hinter dem Grabstein auf dem Boden, die Beine an den Körper gepresst, und weinte.
Simon ging zu ihr und kniete sich neben sie. Ihr Körper bebte vom Schluchzen, und sie zitterte so heftig, dass ihr Kopf auf und ab zuckte. Simon legte den Arm um sie, und sie sah ihn an. Tränen liefen ihr in den Mund, und ihr linkes Auge glänzte.
»Sind ... Sie von der ... Polizei?«, fragte sie stockend.
Simon schüttelte den Kopf.

»Wirklich ... wirklich nicht?«
»Nein«, sagte er.
In diesem Moment begriff er, dass etwas geschah, das er nicht eingeplant hatte, und er ließ die Frau los und stand abrupt auf.
»Nicht weggehen«, flüsterte sie.
Er bewegte sich nicht. Die Frau schaute zu ihm hoch, eine jammervolle Gestalt, die fror und Angst hatte. Sie lehnte den Kopf an den Grabstein.
»Meine Schwester ... ist da drin ... meine Schwester Eva ...«
Sie stieß einen lauten Schrei aus und erschrak darüber. Sie sprang auf und blickte sich hastig um.
»Sehen Sie jemanden? Ist da irgendwo jemand?«, stieß sie hervor.
Simon sah niemanden.
»Was ist mit Ihnen los?«, fragte er, und bereute die Frage sofort. Er wollte die Antwort gar nicht wissen.
»Ich bin auf der Flucht«, sagte sie.
»Ich kann Ihnen nicht helfen.«
»Warum denn nicht?«
»Ich muss gehen.«
»Lassen Sie mich nicht allein«, flehte sie.
Er griff nach der Pistole in der Innentasche seiner Jacke.
»Nein«, sagte er, wandte sich um und machte einen Schritt von ihr weg.
»Sie bringen mir bestimmt Glück«, sagte sie, und ein zaghaftes Lächeln verschönte ihr müdes Gesicht. Schwankend kam sie auf ihn zu und griff nach seiner Hand.

Er zog seine Hand weg. Ihre Finger waren kalt und nass. Sie war einen Kopf größer als er.
»Ich muss gehen«, sagte er noch einmal.
»Ich heiß Katharina«, sagte sie leise.
Sie streckte den Arm aus und berührte beinah seinen Rücken.
Simon steckte die Hände in die Taschen seiner Jacke und ging los. Der Kies knirschte unter seinen Schuhen.
Mit gesenktem Kopf stand Katharina im Regen. Die nassen Haare hingen ihr ins Gesicht, und sie schien nicht zu bemerken, dass sie immer noch ihren Arm ausgestreckt hielt.

»This is the greatest fucking event I joined in since I'm in this fucking Germany!«, grölte der Mann aus Ohio und schwenkte seine Mass. Sein Begleiter, ein Rotgesicht aus Miesbach, schrie: »Da verreckst, hä! Da verreckst, hä! Da verreckst, hä!« Dann trank er die letzte Hälfte seines Bierkrugs in einem Zug aus und brüllte: »Erni, schwing di ummi, bring ma was zum Saufa und meim Spezi aus Ameriga aa, host mi. Und schick di, sonst schäbats!«
Während sich die Völker in der Schwemme des Hofbräuhauses verstanden, versuchten Hauptkommissar Benedikt Schwaiger und seine Kollegin Dani, einige Gäste zu befragen.
Der tote Sebastian Weinfels lag immer noch in der Toilette, in der sich die Experten der Spurensicherung gegenseitig auf die Füße traten. Wenn ein Gast des Hofbräuhauses aufs Klo musste, wurde er in den ersten Stock ge-

schickt. Kurzzeitig hatte Schwaiger überlegt, das gesamte Wirtshaus schließen zulassen, aber beim Anblick der tobenden Massen hatte er sich dafür entschieden, lediglich die Toilettenräume und den Bereich beim Hinterausgang absperren zu lassen. Dass der Täter – oder die Täterin – mit blutigen Händen mitten durch die Schwemme geflohen war, erschien ihm unwahrscheinlich.

»Wia schaugst'n du aus?«, sagte ein Gast, der einen spitzen grauen Filzhut auf dem Kopf hatte, zu Dani Schneider.

»Wie heißen Sie?«, fragte sie.

»Ich bin da Klaus.«

»Schneider, Kriminalpolizei.«

Sie zeigte ihm ihre Marke.

Sein Kopf schnellte nach vorn, und er riss die Augen auf.

»Bist du a Bulette?«, fragte Klaus und holte Luft. »Mogst an Schluck?«

»Nein. Wir suchen Zeugen, die den Täter oder die Täterin gesehen haben könnten. Sie sitzen doch direkt hier beim Durchgang zu den Toiletten. Ist Ihnen vielleicht jemand aufgefallen, mit blutverschmierter Kleidung oder mit einer Waffe, einem Messer vielleicht? Hallo, ist da jemand?«

Klaus glotzte sie mit roten Augen an.

»Konst des noamoi wiedahoin, bitte ... was hob i gseng?«

Das passierte ihr nun schon zum dritten Mal. Die Leute hatten nichts gesehen, sie waren alle total betrunken, und morgen würden sie sich erst recht an nichts mehr

erinnern. Irgendjemandem muss doch etwas aufgefallen sein!
Sie versuchte es bei einem älteren Ehepaar, das ebenfalls beim Durchgang saß und einen eher nüchternen Eindruck machte.
»Da miassn'S mein Mo frogn«, sagte die Frau als Erstes.
»Waren Sie in der letzten halben Stunde mal auf der Toilette?«, fragte Dani.
»I war überhaupts no net auf der Toilette, Frau Kommissarin, wei: Vor der dritten Mass geh i nia auf di Toilette. Und i bin erst bei der ersten Mass.«
»Des stimmt«, sagte die Frau.
»Seit wann sitzen Sie an diesem Tisch?«
»Wer is'n die Leich da drin?«
»Das tut im Moment nichts zur Sache«, sagte Dani.
»Ja, genau, sei staad«, sagte der Mann.
»Seit wann sitzen Sie an diesem Tisch?«
»Seit a hoibn Stund ungefähr. Oda, Hanni?«
Hanni nickte und schaute weiter unentwegt zu den Toiletten und den Männern mit den Gummihandschuhen.
»Ist ihnen jemand aufgefallen, der es besonders eilig hatte? Der nervös gewirkt hat?«
»Muaß i was sogn?«
»Sie sind zu keiner Aussage verpflichtet ...«
»Genau.«
»Ich kann Sie aufs Präsidium mitnehmen und da ausfragen, wenn Ihnen das lieber ist.«
»Gä, gä, drohen loß i mir net, gä! Kommen'S mir bloß net so, gä!«

»Wenn Sie mit mir nicht vernünftig reden wollen, nehm ich Sie mit, klar?«
Er musterte sie.
»Seit wann dearf ma bei der Polizei überhaupts a so rumlaffa, ha? Schau dir amoi di Haar oo.«
»Blau sans«, sagte Hanni und wartete darauf, dass endlich die Leiche aus dem Klo getragen wurde.
»Okay«, sagte Dani, »ich muss Sie bitten, mitzukommen.«
Sie packte den Mann am Arm, und er machte sich los.
»Jetzt wern'S net nervös, junge Frau. Da war a Mann ...«
»Was für ein Mann?«
»Ein Mann in einem Anorak. Aba unta dem Anorak hat der a weiße Jackn o'ghabt, hot ausgschaugt wia a Koch oda so.«
Dani hielt ihm ihr Diktiergerät nah vor den Mund, damit der Lärm des Lokals die Aussage nicht völlig übertönte.
»Und was hat der Mann getan?«
»Er is aufs Klo ganga, und wiara wieda raus is, is der da vorn gstanden, wo der Typ mit da Lederjackn jetz stäht ...«
Der Typ war Benedikt Schwaiger, der mit Hermann Auer, dem Staatsanwalt, sprach.
»Und dann«, sagte der Mann, »is er da hinta verschwundn. Mehra hob i net gseng.«
»Oamoi Schweinsbrodn, oamoi Hendl!«
Die Bedienung stellte das Hähnchen vor die Frau und den Braten vor den Mann und fragte: »No oans, Herr Stadler?«, und Herr Stadler trank den Krug aus und

reichte ihn der Bedienung, die wieder wegging, ohne Dani eines Blickes gewürdigt zu haben.
»Wie sah der Mann aus?«, fragte Dani.
Stadler nahm Messer und Gabel in die Hand, stach in den Knödel, wälzte ihn in der braunen Sauce und verschlag ein Viertel davon. Hanni aß ihr Hendl mit den Händen.
»Er war so groß wia i, oansachtsiebzge ungefähr, kräftig, a Bruin hot er g'habt ...«
»Wie sah die Brille aus?«
»Wia a ganz normale Bruin hoit.«
Obwohl sie aß, behielt Hanni die Ereignisse bei den Toiletten im Auge.
»Und die Farbe des Anoraks?«
»Goib«, mümmelte Stadler. Er hatte die knusprige Schwarte im Mund.
»Gelb? Ein Friesennerz?«, fragte Dani laut, denn irgendwo krachten mehrere Masskrüge auf den Boden.
»Genau, a Friesennerz, so hoasst ma des. Ganz genau, Frau Kommissarin.«
»Und wie lang war der Mann in der Toilette?«
Stadler betrachtete die Scheibe Schweinsbraten, die er auf die Gabel gespießt hatte, dann beugte er sich nach vorn, machte den Mund weit auf und schob die Gabel hinein. Er verharrte drei Sekunden, zog die Gabel heraus, kaute kurz und schluckte das Fleisch runter.
»Ja, net lang«, sagte er.
Die Bedienung stellte die Mass auf den Tisch und eilte weiter.

»Wie lang, Herr Stadler?«
»A Minutn vielleicht.«
Er hob den Masskrug, beugte wieder den Kopf nach vorn, schlürfte den Schaum und trank einen anständigen Schluck. Dann reichte er die Mass seiner Frau, die sie in beide Hände nahm. Beim Bierschlucken stand sie ihrem Mann in nichts nach.
»Ist Ihnen noch was an dem Mann aufgefallen, Herr Stadler? Eine bestimmte Bewegung, der Gang ...«
»Ja, Turnschuh hot a og'habt.«
»Wie alt war der Mann?«
»Wia oid war der, Hanni, wos moanst?«
»Sie haben ihn auch gesehen?«, fragte Dani und wurde langsam sauer.
»I hob nix gseng«, sagte sie und nagte an den Hendlknochen.
»Geh weida«, sagte Stadler, und eine kuriose Fröhlichkeit bemächtigte sich seines stoischen Gesichts, »sprich ruhig, de duad da nix, de is doch ganz nett, trotz de blaua Hoor. Turnschua, hob i Recht?«
»Ja, Turnschua«, sagte sie und blickte wieder zu den Toiletten.
»Welche Farbe?«, fragte Dani.
»Weiß hoit, wia olle Turnschua«, sagte Hanni Stadler.
»Es gibt auch rote, gelbe, grüne und schwarze Turnschuhe«, sagte Dani.
»Blaue gibt's aa«, sagte Stadler.
»Und wie alt war der Mann?«
»Wos moanst?«, fragte Stadler seine Frau.

»Sechzge«, sagte sie.
»Ende fufzge«, sagte er zu Dani.
»Über sechzge«, sagte Hanni.
»Ende fufzge, Frau Kommissarin.«

Seit fünfzehn Minuten saß Hauptkommissar Schwaiger in der Ecke und sagte kein Wort. Vor ihm auf dem Tisch lagen die beiden Mappen aus der Staatskanzlei über den Stadtrat Klassner, vier prall gefüllte Schnellhefter in verschiedenen Farben sowie ein Extrahaufen DIN-A4-Blätter mit Aufzeichnungen seiner Kollegin aus der Mordkommission. Er trank Kaffee und rauchte nicht.
Im Büro des Hofbräuhaus-Geschäftsführers saßen und standen außer Schwaiger noch seine Kollegin Dani, der ermittelnde Staatsanwalt Hermann Auer und Emilio Trattoni, ein Beamter aus der Mordkommission.
»Der Mann wurde auf die gleiche Art erstochen wie Klassner, zwei Stiche in den Hals, von vorn und aus nächster Nähe«, sagte der Staatsanwalt.
»Es gibt trotzdem noch keinen Hinweis darauf, dass es sich in beiden Fällen um denselben Täter handelt«, sagte Dani.
»Die Obduktion findet morgen früh um sieben Uhr statt«, sagte Auer. »Die Anordnung von Richter Murmann ist unterwegs. Unsere Freunde in der CSU stehen jetzt schon Kopf, vermute ich mal.«
»Kopfstand ist gesund«, sagte Dani.
Auer zog die Augenbrauen hoch.
»Wie weit sind Sie mit der Befragung der Zeugen?«,

fragte er und hob sich die Gelegenheit, die junge Beamtin angemessen zu rügen, für später auf.
Statt Dani, die Schwaiger einen Blick zuwarf, ergriff Emilio das Wort. Er war Kriminaloberkommissar und gehörte zum festen Stamm der Dienststelle Delikte am Menschen in der Direktion Verbrechensbekämpfung. Seine Stärken lagen weniger in der Arbeit vor Ort – der Anblick verunstalteter, toter Körper bereitete ihm auch nach acht Jahren noch Probleme, und das eine oder andere Mal hatte er sich auch schon als tollpatschiger Vernichter von Spuren einen Namen gemacht –, dafür war er bei der Auswertung von Akten und sonstigem schriftlichen Material einsame Spitze. In kürzester Zeit gelang es ihm, Zusammenhänge herzustellen, Personen und Ereignisse einander zuzuordnen und die Ergebnisse seiner Tüftelarbeit knapp und präzise niederzuschreiben.
Im Zusammenhang mit der Ermordung der beiden CSU-Politiker und des Anwalts hatte er in der vergangenen Stunde eine erste Analyse erstellt.
»Wir haben einen Zeugen«, sagte er, denn er wusste, dies war eine Antwort, die der Staatsanwalt gern hörte. »Er hat vermutlich den Täter gesehen.«
»Wo ist der Zeuge?«, fragte Auer und fixierte Danis Silberknöpfe an ihrem Ohr.
»Er sitzt unten in der Schwemme, gemeinsam mit seiner Frau. Ein gewisser Ernst Stadler. Ein Stammgast. Er hat den vermeintlichen Täter nur von hinten gesehen, aber wir wissen, was er anhatte und so weiter. Interessant ist, dass beide Männer, sowohl Klassner als auch Weinfels,

offensichtlich in jüngster Zeit, also in den Monaten vor den letzten Wahlen, innerhalb der Partei aufgestiegen sind, während der eine oder andere die Leiter nach unten gefallen ist.«

»Ich hab gehört, Sie sind so ein präziser Analytiker«, sagte der Staatsanwalt, »davon merk ich aber nichts.«

Während der harten Ermittlungen in einem Mordfall zählten diese Scharmützel mit der Staatsanwaltschaft zum entspannendsten Ausgleich, den es für Emilio gab.

»Die Sache ist komplex, Herr Staatsanwalt.«

Warum klopfte ihm eigentlich nie jemand auf die Schulter für solche Erwiderungen in der Höhle des Löwen?

Dani ließ die beiden Männer stehen und ging zu Schwaiger, der ihr ein Zeichen gegeben hatte.

Diese Heimlichtuerei missfiel Hermann Auer, und er beobachtete die beiden. Emilio redete weiter und ließ sich nicht davon stören, dass der Staatsanwalt ihn nicht anschaute.

»Der ermordete Georg Rauh war der Anwalt eines CSU-Mannes, der demnächst wegen Steuerhinterziehung, Unterschlagung und Untreue vor Gericht kommt. Rauh, übrigens Mitglied in der CSU, war schon vor einigen Jahren in Erscheinung getreten, als er den Selbstmord eines Parteifreundes anzweifelte und behauptete, der Mann sei unter Druck gesetzt und praktisch gezwungen worden, sich umzubringen. Außerdem vertrat Rauh eine CSU-Politikerin, die für den Vorsitz kandidiert hatte, später aber überraschenderweise aus der Partei austrat, nachdem das Geschäft ihres Mannes von Unbekannten überfallen und ihr Mann, ein Araber, dabei getötet worden war. Auch in diesem Fall äußerte Rauh Zweifel an den offiziellen Erklärungen, wonach der Überfall auf das Konto rassistischer Banden vom Hasenbergl ging. Vielmehr ließ Rauh durchblicken, dass man die Frau zwingen wollte, auf das Amt zu verzichten. Und nachdem sie sich weigerte ...«

»Das ist ja absurd!«, sagte Hermann Auer laut und zeigte mit dem Finger auf Emilio.

»Sie behaupten, die CSU benimmt sich wie eine Horde Krimineller, die nach Mafia-Art unliebsame Mitglieder einfach ermordet? Wissen Sie überhaupt, was Sie da sagen, Herr Trattoni? Sind Sie betrunken oder was?«

Auer schüttelte den Kopf.

Er war nahe daran, Emilios direkten Vorgesetzten, Benedikt Schwaiger, unter vier Augen zu sprechen. Doch er war allein in der Lage, diese ungeheuren Anschuldigungen sofort aus der Welt zu schaffen.

»Erstens, Herr Trattoni: Ich bin nicht Mitglied der CSU, ich bin in keiner Partei Mitglied. Zweitens: Sie sind nicht Beamter der Mordkommission geworden, um mit aberwitzigen Spekulationen um sich zu werfen, weil Sie unfähig sind, handfeste Beweise zu erbringen. Drittens, Herr Trattoni: Sie sind Oberkommissar in der Mordkommission, und Ihre Aufgabe ist es, Verbrechen aufzuklären und nicht unschuldige Personen des öffentlichen Lebens in den Schmutz zu ziehen! Viertens: Wenn auch nur irgendjemand von Ihren hirnrissigen Behauptungen erfährt, dann werde ich dafür sorgen, dass Sie wieder auf

der Straße arbeiten, und zwar irgendwo, wo nie ein Auto langfährt. Und genau da lasse ich Sie hinstellen und Geschwindigkeitskontrollen durchführen, und wenn Sie dreißig Jahre auf ein einziges Fahrzeug warten, ist mir das scheißegal! Haben Sie mich verstanden, Herr Trattoni?«
Emilio blickte zu Boden.
»Tschuldigung.« Hinter Auer war Hauptkommissar Schwaiger aufgetaucht, und er machte keinen Schritt nach vorn, so dass Auer gezwungen war, sich umzudrehen.
»Wie weit sind Sie?«, fragte Auer. »Was ist mit der Ehefrau des ermordeten Anwalts? Ich würde sie gern persönlich vernehmen, um festzustellen, ob ich einen Haftbefehl gegen sie beantragen muss.«
»Die Frau ist eine Lügnerin und keine Mörderin. Sie ist psychisch krank. Zwei Kollegen von uns sind bei ihr. Zwei weitere Kollegen sind in der Wohnung der Tochter des Ermordeten. Ich gehe davon aus, dass sie ihren Vater erstochen hat.«
»Ach. Ist denn Haftbefehl gegen die junge Frau erlassen worden?«, fragte Auer süffisant.
»Wenn's so wäre, dann wüssten Sie davon.«
»Was ist das eigentlich für eine merkwürdige Ermittlungsarbeit, die Sie diesmal treiben? Ich warne Sie ...«
»Die junge Frau ist suizidgefährdet ...«
»Woher wissen Sie das?«, unterbrach ihn Auer.
»Ich weiß es nicht, es ist eine Vermutung. Es gibt Aussagen von ihrer Mutter und ihrer Freundin in dieser Richtung.«

»Selbst wenn es so ist, was hat das damit zu tun, dass Sie keinen Haftbefehl beantragen wollen?«

»Ich habe keinen Beweis, dass sie ihren Vater getötet hat.«

»Und die Laboranalyse der Haare? Das ist ein Beweis, Herr Schwaiger. Ist das Foto an die Presse raus?«

»Nein. Ich bin sicher, sie kommt von alleine zurück. Ich möchte sie nicht unnötig in Panik versetzen.«

»Wie bitte? Sie wollen eine Mörderin nicht unnötig in Panik versetzen?«

Auer sah Schwaiger an, als habe er einen Außerirdischen vor sich.

»Sie ist eine mutmaßliche Mörderin, und sie kommt von alleine zurück, und dann werde ich Haftbefehl gegen sie beantragen«, erklärte der Hauptkommissar.

»Und wer sagt Ihnen, dass sie nicht auch die beiden anderen Männer getötet hat?«

»Der Grund« sagte Schwaiger, »warum der Kollege Trattoni demnächst zum Hauptkommissar befördert wird, obwohl er eigentlich noch ein Jahr warten müsste, ist, dass seine Analysen brillant sind und dass wir mit seiner Hilfe, dank seiner speziellen Fähigkeiten, im letzten Jahr drei Mordfälle aufklären konnten, von denen zwei schon 1993 passiert sind, ohne dass es uns gelungen war, stichhaltige Beweise ranzuschaffen. Wenn der Kollege Trattoni nach dem Studium der ihm vorliegenden Akten sagt, es gibt eine enge Verbindung zwischen den Enthüllungsabsichten des Anwalts Rauh und den ermordeten Politikern, und es gibt weiterhin extreme Auffälligkeiten bezüglich der Art und Weise, wie die CSU in jüngster

Zeit Mitglieder behandelt hat, und wenn der Kollege Trattoni zu dem Schluss kommen sollte, dass diese Morde, und ich meine die an Klassner und Weinfels, möglicherweise auf kriminelle Machenschaften innerhalb der CSU hindeuten, dann glaube ich ihm das.«

Dem Staatsanwalt imponierten Monologe wenig, sie waren sein täglich Brot vor Gericht. Er knöpfte seinen Kamelhaarmantel zu.

»Ich erwarte für morgen Ihren Bericht, Herr Schwaiger. Glauben Sie mir, ich werde jedes Wort fünfmal lesen. In dieser Angelegenheit nehme ich mir jeden Zeugen selbst vor.«

Auer hustete in sich hinein und verließ das Büro.

Es war keine Zeit für lange Echos.

»Wie heißt der Mandant von Rauh?«, fragte Schwaiger.

»Heinrich Eberle«, sagte Emilio. »Wohnt mit seiner Frau in der Walhallastraße in Nymphenburg. Scheint eine tragische Geschichte zu sein.«

»Wir fahren sofort hin.«

»Ich erzähl dir alles unterwegs«, sagte Emilio.

»Und ich?«, fragte Dani.

»Du rufst den Ministerpräsidenten an und bestellst ihn aufs Präsidium.«

»Da kommt der nie hin.«

»Dann beschatte ihn.«

»Was soll ich?«

Schwaiger raffte die Papiere zusammen. Emilio knallte seinen Aktenkoffer auf den Tisch, und Schwaiger warf die Unterlagen hinein. Emilio nahm den Koffer mit.

»Noch nie einen Ministerpräsidenten beschattet?«
Schwaiger grinste. Nach der Auseinandersetzung mit dem Staatsanwalt schien sich seine Laune gebessert zu haben.
»Krieg raus, wo er steckt, und fahr hin. Lass dich aber nicht sehen. Wenn die Beschattung auffliegt, begleitest du ihn einfach aufs Präsidium, von mir aus kann er so viele Anwälte mitnehmen, wie er will.«
Sie ließen die Tür offen.
Unten vermischte sich das Gewirr der tausend Stimmen mit dem Klirren der Masskrüge und dem donnernden Hummtata der Blaskapelle.

Beschlagene Scheiben, betretene Gesichter.
Sie fuhren die Prinzregentenstraße hinauf, vorbei am Nationalmuseum und der alten Staatskanzlei, ziellos, ohne Leibwächter im Schlepptau. Es war eine private Fahrt, geheim, niemand wusste davon.
Hinter dem Lenkrad des dunkelblauen BMW saß der Referent Gschwendtner, auf dem Rücksitz Josef Hufnagel. Sie schwiegen.
Der Wagen erreichte die Ismaninger Straße, von wo aus die Fahrt weiter stadtauswärts ging.
»Die Kripo wird was rauskriegen«, sagte Hufnagel tonlos und nestelte an seiner Brille.
»Wie denn?«, meinte Gschwendtner.
»Ruf in der Bar an, beeil dich!«
Gschwendtner nahm den Telefonhörer und wählte eine Nummer.

Am Herkomerplatz war Stau. Autos und Straßenbahnen behinderten sich gegenseitig. Der Regen wurde stärker.
»Frenzi? Ich bin's, Schwan. Ist Heinzi schon da? Mist! Nein, sag ihm nicht, dass ich angerufen hab. Halt ihn fest, wenn er kommt ... ist mir egal, wie ... Blas ihm einen.«
Er legte den Hörer weg.
»Noch nicht da«, sagte er und leckte sich die Lippen.
»So ein Mensch wie der Eberle«, sagte Hufnagel, »der steht jetzt unter enormem Stress, der dreht durch, der verliert jede Kontrolle, der hasst das Leben, das der anderen und sein eigenes.«
»Soll ich umkehren?«
»Ja. Dieser Autotandler, Deiser, wie geht's dem?«
»Er hat sich spezialisiert, Mercedes, Volvo ...«
»Solide Marken.«
»Kümmert sich sehr um Osteuropa.«
»Ist er gesund?«
»Er hat's im Rücken.«
»Immer noch verheiratet?«
»Waltraud, eine treue Seele. Rübchen nennt er sie.«
»Was weiß Rübchen?«
»Ich schätze mal: nix.«
»Fahr mich in die Kaiserstraße zu der Weinfels-Witwe. Wir sind im Stau gestanden und waren in einen Unfall verwickelt, ist aber nichts passiert. Hat eben gedauert, die Fahrt.«
»Ludwig Ecke Schelling, MVV-Bus und ein Range Rover, Mordsaufregung, kein Durchkommen, ein Radler ist

gestürzt, saudumme Situation«, sagte Gschwendtner. Er war bayerischer Meister im Alibibasteln.
»Deiser gibt's für uns nicht«, sagte Hufnagel.
»Weiß ich doch.«
Langsam ging dem Ministerpräsidenten seine Brille auf die Nerven; dauernd saß sie schief, er rückte sie gerade, und sie verrutschte; er nahm sie ab, rieb sich die Augen und setzte sie wieder auf: Die Welt war unverändert. Die Brille saß irgendwie schräg. Er kratzte sich mit dem Zeigefinger in der Mitte des Kopfes, nah beim Scheitel.
Sie überquerten die Isar auf der Max-Joseph-Brücke und gelangten über den Isar-Ring nach Schwabing.
Inzwischen regnete es wie aus Kübeln.
»Welche Nummer in der Kaiserstraße?«
»Direkt beim Kaisergarten.«
Das war ein Gasthaus mit Biergarten, in dem im Sommer vornehmlich Regisseure, Schauspieler, Redakteure und andere Medienmenschen zu Deals-and-Dates zusammenkamen. Im Winter war die Kneipe sinnlos.
Hufnagel schob seine Brille zurecht und setzte ein christlich-soziales Kondolenzgesicht auf.

Ihren Wagen hatten sie in der Fafnerstraße abgestellt, und jetzt näherten sie sich langsam dem Haus mit der Nummer 4 in der Walhallastraße. Die Häuser sahen gepflegt aus nach dem Motto: klein, aber fein und mein, und waren umgeben von Gärten und ordentlich gestutzten Hecken und Sträuchern. Überquerte man die Wotanstraße und ging die Walhallastraße nach Westen, kam man zur Zuccallistraße, die am Nymphenburger Park entlangführte bis zum südlichen Schlossrondell. Hier war der Eingang zum Schloss Nymphenburg, dessen Grundstein Kurfürst Ferdinand Maria gelegt hatte und dessen südlicher Pavillon das Bild der schönsten Frau Bayerns beherbergte; in der Schönheitsgalerie nahm das Gemälde von Lola Montez, das wie alle anderen Damenporträts von Hofmaler Joseph Stieler stammte, den zentralen Platz ein; für den sechzigjährigen König Ludwig I. war die achtundzwanzigjährige Tänzerin die Rose seines Reiches, nicht nur, weil sie einen üppigen Busen hatte, sondern auch, weil sie angeblich mit einer bizarren Fantasie gesegnet war.

»Ich weiß nicht, wovon Sie sprechen.«

Die vierundfünfzigjährige Klara Eberle geleitete die beiden Männer ins Wohnzimmer, bot ihnen aber keinen Platz an.

Die Einrichtung war rustikal. Schrank und Schreibtisch, beides aus massiver Eiche, erdrückten beinahe den Raum, in dem eine Stehlampe brannte, die kaum Helligkeit verbreitete; in einem Sessel lag ein aufgeschlagenes Buch.

Benedikt Schwaiger sah sich um. Emilio Trattoni hielt einen grünen Schnellhefter in der Hand, in dem er blätterte, auf der Suche nach einer bestimmten Seite.

»Ich wiederhole meine Frage noch mal, Frau Eberle: Hat Ihr Mann einmal davon gesprochen, dass er wütend auf die Partei ist, dass er ihr am liebsten alles heimzahlen möchte, was sie ihm angetan hat?«

Schwaiger schaute sie an, und sie wich seinem Blick nicht aus.
Ihr Gesicht wirkte hart und undurchdringlich.
»Und ich sage es Ihnen auch noch mal: Mein Mann und ich haben uns getrennt, ich habe keine Ahnung, was er macht, und es ist mir auch egal.«
»Sie wissen, dass er in einer Bar als Koch arbeitet, das stand in der Zeitung.«
»Ich habe es nicht gelesen.«
»Wann haben Sie sich getrennt, Frau Eberle?«
»Vor zehn Monaten.«
»Also ungefähr zu der Zeit, als bekannt wurde, dass Ihr Mann offenbar größere Summen Spendengelder veruntreut hatte.«
»Es geht niemanden etwas an, warum ich mich von ihm getrennt habe und warum ich mich scheiden lassen werde.«
»Frau Eberle?«
Emilio hatte die richtige Seite gefunden.
»Hier steht, der ermordete Paul Klassner wurde Nachfolger Ihres Mannes als Vorsitzender des Vereins ›Helfende Hand Sudetenland‹, in dem auch der ermordete Sebastian Weinfels Mitglied war. Außerdem ...«
Er blätterte wieder in der Mappe.
Klara Eberle zündete sich eine Zigarette an und wandte sich den beiden Polizisten zu, regungslos, als wäre sie nicht gemeint.
»Außerdem liegen uns Informationen vor, wonach Ihr Mann gegenüber seinem Rechtsanwalt Georg Rauh mehr-

mals geäußert hat, wenn er bei seinem Prozess keine Unterstützung aus der CSU erhalte, könne er für nichts garantieren. Wörtlich soll er gesagt haben: ›Wenn die nicht so viel für mich tun, wie ich für die getan habe, werden einige dran glauben müssen.‹ Zitat Ende.«

»Da ist wohl mit jemandem die Fantasie durchgegangen«, sagte Klara Eberle.

Vom Büro im Hofbräuhaus aus hatte Emilio mit Peter Huber von der *Süddeutschen Zeitung* telefoniert, dem bestinformierten Münchner Journalisten, wenn es um Stadtpolitik und speziell um die Christsozialen ging. Huber und Rechtsanwalt Rauh waren öfter zusammen essen gewesen, und im Laufe der Zeit hatte der Redakteur einen Berg von Details und Interna zusammengetragen, ohne das Material allerdings bisher auch nur auszugsweise publiziert zu haben. Über die Absprachen zwischen dem SPD-Oberbürgermeister Acht und der CSU-Fraktion wusste Huber ebenso Bescheid wie über die Einschüchterungskampagnen in der CSU. Emilio und Huber hatten sich angefreundet, als sie feststellten, dass sie beide leidenschaftliche Sammler kleiner roter Feuerwehrautos und regelmäßig Besucher bei Spielzeugbörsen auf dem Nockherberg waren.

»Seine Parteikollegen wollten, dass er seinen Mitgliedern in der Helfenden Hand weismacht, bei den Transaktionen in tschechische Städte seien Hunderttausende von Euro verschwunden. Wie er halt so ist, der Tscheche, immer zu einem kleinen Diebstahl bereit«, sagte Emilio zu Klara Eberle. »Wahrscheinlich stecken ein paar korrupte Beamte dahinter, so was kann man immer behaupten. Bei seinem nächsten Staatsbesuch würde der Ministerpräsident dann eine Rüge aussprechen, und die Sache wäre erst mal vom Tisch. Außerdem hat die zuständige Sachbearbeiterin im Finanzamt, eine gewisse Christa Kern, schon ihre Zustimmung bei der Steuerabrechnung des Vereins signalisiert.«

»Was reden Sie denn da für einen Unsinn?«

»Ich als Italiener versteh das: Die Frau kriegt dafür das Amt der Fraktionsvorsitzenden im Stadtrat, also den Posten Ihres Mannes. Eine Hand wäscht die andere. Aber Ihr Mann wollte da nicht mitspielen. Er outete sich als Betrüger, und seine Partei wurde dafür heftig von der Presse beschossen.«

Klara Eberle schüttelte den Kopf und spielte mit ihrem Feuerzeug.

»Jedenfalls hat der Rechtsanwalt Rauh für den Fall, sein Freund und Mandant Eberle werde von der CSU nicht entsprechend unterstützt in dieser schwierigen Lage, damit gedroht, an die Öffentlichkeit zu gehen und ein paar delikate Sachen zu erzählen, zum Beispiel über den Tod von Jonas Breitner und dem Ehemann von Eva Ring; für Rauh war seit damals klar, dass die CSU in beiden Fällen ihre Finger im Spiel gehabt hatte. Die Folge war, dass Kapellner, der Parteichef, seinem unfolgsamen Kollegen, Ihrem Gatten, Frau Eberle, wieder mal den Leitsatz der Partei ins Gesicht schrie: Entweder du gehorchst, oder du g'hörst daschossen! Habe ich das einigermaßen richtig ausgesprochen?«

Schwaiger lächelte.

»Rauh hatte nicht gehorcht, sondern die *Süddeutsche Zeitung* informiert«, sagte Emilio, »und nun ist er tot; allerdings erstochen, nicht erschossen. Ihr Mann hat ebenfalls nicht gehorcht, aber immerhin lebt er noch.«

»Sie spinnen.«

»Unsere Quelle ist zuverlässig«, sagte Emilio.

»Ich bitte Sie, uns zu sagen, wo sich Ihr Mann im Moment aufhält«, sagte Schwaiger und hatte plötzlich das Gefühl, an diesem Tag von allen, die er befragte, nach Strich und Faden verarscht zu werden.

»Tut mir Leid«, sagte Klara Eberle.

»Wem gehört eigentlich dieses Haus?«

Der Schrank, vor dem Schwaiger stand, roch nach einer Überdosis Möbelpolitur, und der Schreibtisch glänzte vor Sauberkeit.

»Ihren Mann?«, fragte Schwaiger.

»Mein Mann, Herr Kommissar, hat weniger Geld als ein Penner. Ich musste meine eigene Familie anbetteln, um dieses Haus halten zu können, und Sie können sich darauf verlassen, dass Heinrich Eberle hier nie wieder einzieht. Heinzi wohnt hier nicht mehr.«

»Hassen Sie Ihren Mann?«, fragte Emilio, und Schwaiger sah ihn erstaunt an. Solche Fragen stellte der Oberkommissar selten. Seine Standards waren normalerweise: Wo waren Sie um zwanzig Uhr dreißig? Haben Sie einen Mantel angehabt oder eine Jacke? Wie lange kennen Sie den Mann schon?

An der Wand neben der Tür hing das gerahmte Foto

eines stattlichen Reiterhofes, im Vordergrund Pferde und eine junge Frau, die Klara Eberle ähnlich sah.
»Ich hasse meinen Mann nicht«, sagte sie. »Kann ich sonst noch etwas für Sie tun?«
»Haben Sie Kinder?«, fragte Schwaiger.
»Mein Mann war zeugungsunfähig«, sagte sie.
»Wieso *war*? Er lebt doch noch«, sagte Schwaiger.

Ilse Wild, die Sekretärin, sagte, er sei irgendwo im Haus unterwegs, bei einer Besprechung, sie wisse nicht, wo. Als Dani fünf Minuten später erneut anrief, sagte die Sekretärin, er habe gemeinsam mit seinem Referenten das Haus verlassen, aber wohin die beiden gefahren seien, das wisse sie nicht. Sie verschwieg der Kommissarin, dass Gschwendtner sie angewiesen hatte, keinen Anruf zum Autotelefon durchzustellen, keinen, auch nicht von der Polizei. Die Sekretärin hielt sich an die Anweisung. In dieser angespannten Situation wollte unter keinen Umständen sie es sein, die in ein Donnerwetter ihres Chefs geriet, falls irgendetwas nicht nach Plan laufen sollte.
Zwanzig Minuten später meldete sich Gschwendtner bei Dani Schneider und sagte, der Ministerpräsident habe in aller Stille der Witwe des tragisch zu Tode gekommenen Stadtrats Weinfels einen Kondolenzbesuch abgestattet. Sie fragte ihn, wo sich Hufnagel im Moment aufhalte, und er sagte, er habe ihn bei der Frau Weinfels abgesetzt und sei dann zurück in die Staatskanzlei gefahren; der Ministerpräsident würde seinen Fahrer anrufen und sich

abholen lassen. Der Fahrer war noch im Haus. Dani erklärte, dass Hauptkommissar Schwaiger noch einmal mit dem Ministerpräsidenten sprechen müsse, und zwar auf dem Polizeipräsidium, und zwar noch heute Nacht. Da sähe er kaum eine Chance, sagte Gschwendtner. Dani sagte: Ich warte auf ihn in der Staatskanzlei. Dann brauste sie mit ihrem Wagen in die Kaiserstraße, nachdem sie sich von ihrer Zentrale die Adresse der Weinfels hatte geben lassen.

Sie wartete nur fünf Minuten. Dann fuhr der Mercedes des Ministerpräsidenten vor, der Fahrer klingelte an der Haustür, Hufnagel kam herausgeeilt, und sie fuhren los. Von unterwegs rief sie Schwaiger an und fragte ihn, was es Neues gebe. Schwaiger und Emilio waren auf dem Weg in die Nachtbar *Busenwunder*. Dort, wo Eberle nach seinem politischen Absturz die Zeit bis zu seinem Prozess verbrachte, musste jemand seine Adresse kennen.

Dani hatte eine Idee. Während der Wagen des Ministerpräsidenten vor ihr die Leopoldstraße nach Süden fuhr, rief sie noch einmal bei Gschwendtner an und fragte ihn nach Eberles Adresse.

Gschwendtner verlor für ein paar Sekunden seine Bierruhe. Er wollte partout wissen, was Eberle mit den Mordfällen zu tun habe, und Dani erklärte, schließlich sei er doch ein wichtiger Mandant von Georg Rauh gewesen. Irgendwo im Westend, meinte Gschwendtner, würde Eberle jetzt wohnen, man habe lediglich erfahren, dass er von zu Hause aus- und in eine Pension gezogen sei, der arme Kerl. Dani berichtete Schwaiger von dem Gespräch. Dann konzentrierte sie sich wieder auf die Beschattung, die sie sich jedoch, wie sie bald feststellen musste, hätte sparen können. Hufnagel ließ sich ohne Umwege in die Staatskanzlei am Franz-Josef-Strauß-Ring chauffieren. Sie wartete noch fünf Minuten, dann meldete sie sich beim Pförtner an.

Im *Busenwunder* war es um siebzehn Uhr fünfundfünfzig gerammelt voll. Männliche Touristen, die auf dem Weg ins Hofbräuhaus waren, gönnten sich einige Schnäpse als Wegzehrung und ließen es sich was kosten, dem einen oder anderen Mädchen in den Ausschnitt zu fassen. Aus den Lautsprechern erklang deutsche Schlagermusik aus den siebziger Jahren, harte Nummern von Bata Ilic, Christian Anders und Marianne Rosenberg, und die Gäste auf den Plüschbänken und an der Bar schunkelten und schwitzten.

Frenzi, die Chefin, sah auf den ersten Blick, dass es sich bei den zwei Neuankömmlingen um Polizeibeamte handelte. Sie kam auf sie zu und hakte sich bei Schwaiger unter.

»Na, hat der Bulle Durst?«

»Ja«, sagte Schwaiger.

»Und der andere Bulle auch?«

»Nein«, sagte Emilio.

Er trank keinen Tropfen im Dienst.

»Ein Bier«, sagte Schwaiger. »Wo geht's zur Küche?«

»Ui«, sagte Frenzi und drückte Schwaigers Hand an ihre Hüfte, »seid ihr etwa vom Gewerbeaufsichtsamt?«

»Wir sind von der Mordkommission«, sagte Emilio.

Schwaiger schleifte Frenzi zwischen den Gästen hindurch, die den Weg zu den Toiletten versperrten.
»Wo willst'n hin, Bulle?«, hauchte Frenzi und machte sich los.
»Ich will in die Küche.«
»Is ja gut.«
Emilio drehte sich nach Ilona um, die gerade aus einem Nebenzimmer kam, und sie lächelte ihn sofort an.
Er rannte mit voller Wucht gegen einen Stapel Bierkisten.
»Scheiße!«, fauchte er.
Schwaiger stieß die Tür zur Küche auf, und Ahmed drückte sich erschrocken an die Wand.
»Der ist legal bei mir«, sagte Frenzi.
»Papiere alles«, sagte Ahmed schnell.
»Wo ist Eberle?«, fragte Schwaiger.
»Bitte?«, sagte Ahmed.
»Eberle!«
Kabir schaute mit großen braunen Augen seine Chefin an.
Ein Topf Bohnensuppe dampfte auf dem Herd, und der Tisch war übersät von aufgeschnittenen Baguettes.
»Sie meinen, Eberle, Herr Kommissar, Heinrich Eberle«, sagte Frenzi.
In der Zwischenzeit inspizierte Emilio den Gang und die Treppe, die hinauf in den ersten Stock führte.
»Heinzi«, stieß Ahmed hervor.
»Heinzi«, sagte Schwaiger, »Heinrich Eberle, der arbeitet doch hier.«

»Du Suppe?«, flüsterte Ahmed. »Bohnensuppe gut, sehr gut, stimmt's, Chefin?«
»Arbeitet er heute? Geht's ein bisschen schneller, verdammt.«
»Heinzi noch nicht da«, sagte Ahmed und ließ seine Chefin nicht aus den Augen. Auf keinen Fall wollte er etwas Verkehrtes sagen, aber zu auffällig schweigen wollte er auch nicht.
»Ja, er sollte heute Abend hier arbeiten, weil Ahmed zum Geburtstag eines Freundes eingeladen war. Aber Heinzi ... Herr Eberle ist noch nicht da.«
»Und wo kann er stecken?«
»Vielleicht kommt er ja bald.«
Sätze, die mit »vielleicht« anfingen, machten Schwaiger ungeduldig. »Vielleicht gilt nicht. Kommt er bald oder nicht? Und wenn ja, wann?«
»Nix sagen, Heinzi«, sagte Ahmed.
»Wir wissen nicht, ob er wiederkommt«, sagte Frenzi.
Im ersten Stock gab es eine Tür, die abgesperrt war. Emilio klopfte. Nichts rührte sich. Es roch nach verfaultem Obst.
»Herr Eberle wohnt in der Pension Lydia, Gollierstraße 5, im Westend«, sagte Frenzi zu Schwaiger.
Ahmed lief der Schweiß in Strömen über den Rücken.
»Pass auf, dass die Suppe nicht anbrennt, Ahmed!«
Das war sein Stichwort. Er machte sich von der Wand los und quetschte sich an Schwaiger vorbei zum Suppentopf. Er nahm den langen Kochlöffel und rührte mit großer Geste um.

»Wie heißen Sie?«, fragte ihn Schwaiger.
»Ahmed Kabir.«
»Und Sie?«
»Ich? Wissen Sie das nicht? Ich bin die Frenzi ... Franziska Bernmaier.«
»Okay, Frau Bernmaier ...«
»Bittschön net, Frenzi, Herr Kommissar ...«
»Sie rufen mich sofort an, wenn Herr Eberle hier aufkreuzt, okay?«
Er gab ihr eine Karte, auf der zwei Telefonnummern standen, eine vom Präsidium und eine vom Autotelefon.
Frenzi betrachtete die Karte so andächtig, als wären die Zehn Gebote darauf abgedruckt.
»Was ist da oben in dem Zimmer?«
Emilio war zurückgekommen.
»Eine Rumpelkammer. Der Hausbesitzer hat den Schlüssel.«
»Glaub ich nicht«, sagte Emilio. »Bitte sperren Sie auf.«
»Ich hab keinen Schlüssel, ehrlich nicht«, sagte Frenzi.
In dieser Rumpelkammer vergnügten sich die Gäste mit den Mädchen, wenn sie ordentlich dafür bezahlten, das war Schwaiger klar, aber er war nicht von der Sitte und hatte auch keine Zeit, einen Vortrag darüber zu halten, dass die gesamte Innenstadt Sperrbezirk und Prostitution demnach verboten war.
»Ich trink noch schnell mein Bier«, sagte Schwaiger und war froh, aus der Küche raus zu sein.
Sie gingen zurück in den Barraum. Schwaiger nahm sein Pils und gab Frenzi fünf Euro.

»Stimmt schon.«
»Komm wieder, Polizist.«
Das bereitete ihm eine kleine Freude, dass Frenzi, ohne es zu wissen, seinen Spitznamen genannt hatte. Es war kein besonders origineller Spitzname, das nicht, wahrscheinlich war es sogar ein ziemlich einfältiger Spitzname, und bei genauer Betrachtung war es überhaupt kein Spitzname, sondern bloß eine lächerliche Attitüde: ein Mann, der seine Berufsbezeichnung als Spitznamen führt! Aber er mochte ihn, und das war auch das Einzige, was er hatte: einen Beruf.
»Prost, Polizist«, sagte er zu sich und hob sein Glas und trank es in einem Zug aus. Er stellte es auf den Tresen, und sie verließen das *Busenwunder*.
»Gut gemacht, Ahmed«, sagte Frenzi, die in die Küche zurückgegangen war.
Ahmed rieb sich die Hände. Er hatte Angst vor der Polizei, aber wenn sein Freund Schwan verlangte, er dürfe niemandem etwas verraten, und wenn seine Chefin ihm hundert Euro extra dafür gab, dann hielt er seinen Mund, denn gegen die Polizei mussten alle zusammenhalten, das gehörte sich so.
Frenzi hatte keine Ahnung, was Gschwendtner mit Eberle vorhatte und was für ein Spiel die Männer wieder spielten. Hauptsache, sie machten regelmäßig eine anständige Zeche und ließen sie in Frieden; einige von ihnen verkehrten auch ganz gern in der Rumpelkammer, und wenn einer von ihnen ihr tatsächlich eines Tages dumm kommen sollte, dann hätte sie den Zeitungen

einiges zu erzählen aus der ehrenwerten Rathausgesellschaft.

»Hast du schon mal mit einem Bären Poker gespielt?«
»Hör mir mit deinen Viechern auf!«
Sie fuhren die Lindwurmstraße hinunter und hingen an der Kreuzung beim Kreisverwaltungsreferat zehn Minuten lang wegen eines defekten Kleintransporters fest. Die Straße war übersät von demolierten Mountainbikes, die von der Ladefläche des Transporters gefallen waren.
»Wenn du nämlich schon mal mit einem Bären Poker gespielt hättest ...«
»Hab ich nicht, und werd ich nicht ...«
»... dann wüsstest du, dass du gegen den keine Chance hast.«
Emilio schaute seinen Chef von der Seite an wie einen Volltrottel.
»Du kannst nämlich einem Bären unmöglich ansehen, was in ihm vorgeht. Ausgeschlossen. Sein Gesichtsausdruck ist absolut undurchsichtig.«
Wütend traktierte der Fahrer des Transporters die Fahrräder mit seinen Schuhen.
»Bären sind übrigens Einzelgänger, und scheu sind sie auch. Geradezu schüchtern.«
Emilio schüttelte den Kopf.
Er kurbelte das Fenster herunter und schlenkerte mit dem Arm.
»Und blöd sind die auch nicht. Wenn du hinter einem Bären her bist, nützt es dir gar nichts, wenn du seine

Spur wiederfindest. Er hat nämlich einen uralten Trick auf Lager.«
»Wieso räumt der seine verdammten Fahrräder nicht aus dem Weg und basta?« Emilio ballte die Faust.
»Stell dir das vor: Er geht seine eigene Spur rückwärts, springt in die Büsche und haut ab. Und du stehst da und wunderst dich, warum die Spur auf einmal aufhört. Das Bärentöten war immer ein großer Spaß für die Leute.«
Emilio hupte mehrmals. Ein Streifenbeamter kam her, und Emilio zeigte ihm seinen Dienstausweis.
»Da kann ich jetzt auch nix machen, Herr Kollege«, sagte der Polizist, der stechend blaue Augen und breite blonde Koteletten hatte.
»Im Mittelalter war Bärentöten oberstes Gebot«, sagte Schwaiger.
»Was?«, fragte Emilio.
»Wie bitte?«, fragte der Polizist.
»Dann mach *ich* was!«, sagte Emilio. Er ließ den Motor an, riss das Lenkrad nach rechts, steuerte den Wagen über den Fahrradweg und den Bürgersteig um die Unfallstelle herum und bretterte mit quietschenden Reifen unter der S-Bahn-Unterführung hindurch in Richtung Sendlinger Kirche.
»Außerdem«, sagte Schwaiger und hielt sich mit beiden Händen am Griff über der Tür fest, »haben Bären einen hoch empfindlichen Geruchssinn. Und ein brillantes Seh- und Hörvermögen. Und man weiß nie, was sie vorhaben.«
»Genau«, sagte Emilio. Sie bogen rechts in die Pfeufer-

straße ein. Emilio drückte aufs Gaspedal, und eine Fahrradfahrerin zeigte ihm den Vogel.

»Da vorn ist Rot«, sagte Schwaiger.

Als der Wagen vor der Ampel zum Stehen kam, waren Schwaigers Gedanken schon wieder beim Fall, den er gerade bearbeitete, bei den merkwürdigen Ereignissen dieses Tages.

Emilio hatte ihm ein paar Zusammenhänge erklärt und die Verbindungen hergestellt zwischen dem Rechtsanwalt Rauh, dem gefeuerten Stadtrat Eberle und dessen Kollegen Klassner und Weinfels, die alle gemeinsam verstrickt waren in illegale Absprachen bei der Vergabe von Bauaufträgen, in Steuerhinterziehungen und Kungeleien bei der Besetzung wichtiger Posten, was in einem Fall zum Selbstmord eines Politikers und in einem anderen Fall zur Ermordung des Ehemannes einer missliebigen Parteikollegin geführt hatte.

Schwaiger fragte sich, wieso dies alles gesagt, aber nicht bewiesen werden konnte, und wieso es niemanden in dieser oder einer anderen Partei gab, der dagegen etwas unternahm, der auspackte, der zur Polizei ging und Anzeige erstattete. Oder hatte Georg Rauh, der angeblich alles wusste, genau das vorgehabt: auspacken, nachdem man seinen Freund Eberle aus allen Ämtern gejagt und ihn sozusagen geopfert hatte, stellvertretend für alle anderen Täter?

Aber Georg Rauh war eindeutig von seiner Tochter getötet worden und von niemandem sonst. Nach der Analyse des Schals, den Katharina am Ostbahnhof verloren hatte,

waren die Spuren eindeutig. Dass eine Politikerin gelogen hatte, wen überraschte das? Und dass die Ehefrau, die jahrelang von ihrem Mann gedemütigt wurde und von einer Depression in die nächste fiel, bis sie nicht mehr unterscheiden konnte, was wahr und was gelogen war, bei der Nachricht vom gewaltsamen Tod ihres Mannes zuerst glaubte, sie selbst habe ihn umgebracht, weil sie noch in derselben Nacht mit ihm bis aufs Blut gestritten hatte, überraschte den Kommissar nicht.
Nein, außer der Tochter kam für diese Tat niemand anderes in Frage.
Und wenn es stimmte, dass der Politiker Eberle für sein aus den Fugen geratenes Koordinatensystem seinen Kollegen Klassner und Weinfels die Schuld gab, dann musste er für diese zwei Morde als dringend tatverdächtig gelten. Und dann bestand weiterhin die Gefahr, dass sein Rachefeldzug noch nicht zu Ende war und er auch andere aus seiner Partei bestrafen wollte, weil sie ihn in einen Abgrund gestoßen hatten, aus dem er aus eigener Kraft nie mehr herauskommen würde. Der Letzte, der ihm vielleicht noch hätte helfen können, wurde fatalerweise Opfer seiner eigenen Tochter.
Vielleicht! Jetzt benutzte Benedikt Schwaiger schon selbst dieses Nullwort. Georg Rauh hätte Eberle nicht mehr helfen können, allenfalls formaljuristisch, damit er sich vor Gericht nicht vollkommen zum Narren machte.
»Halt mal an, Emilio.«
»Wieso denn?«
Emilio schüttelte den Kopf und trat auf die Bremse. Hin-

ter ihnen hupte ein Taxifahrer. Ihr Wagen stand zur Hälfte auf dem Gehweg, und als Schwaiger die Tür aufmachte, warf er um ein Haar einen Fahrradfahrer, der ohne Licht herangebraust kam, über den Haufen. Im letzten Moment riss der Radler den Lenker herum und schlitterte an der Hauswand entlang.
»Arschloch!«, brüllte er.
»Rache für Daniela Schneider!«, brüllte ihm Schwaiger hinterher und zündete sich eine Salem an. Der Radfahrer peste um die Ecke.
»Was ist denn los?«, fragte Emilio aus dem Wagen heraus.
»Ich brauch mal Luft.«
In der Kazmairstraße gab es einen türkischen Imbiss, und auf den steuerte Schwaiger zu. Emilio blieb im Auto sitzen und hörte im Radio einen alten Song von Jim Croce: *Photographs And Memories*.
»Einen Raki und eine Cola.«
»Eine Cola, bist du sicher?«, sagte der Türke, goss den Schnaps ins Glas und reichte es Schwaiger. Er roch den Anis und trank. Der Türke stellte ihm eine Dose Cola hin.
»Raki und Cola«, sagte der Türke mit Abscheu in der Stimme.
Schwaiger bezahlte, öffnete die Dose, trank einen Schluck und blieb in der Mitte der schmalen Straße stehen. Er schaute zum Himmel. Es hatte vorübergehend aufgehört zu regnen, helle Wolken zogen vorüber, und Sterne waren zu sehen.

Emilio drückte auf die Hupe.
Schwaiger ging zu Fuß weiter.

Emilio fluchte und fuhr im Schritttempo hinter dem Hauptkommissar her, die Kazmairstraße entlang. Sie befanden sich viel zu weit westlich, das Haus, das sie suchten, lag weiter östlich, am Anfang der Gollierstraße, bei der Theresienhöhe, in der Nähe des Karstadt-Hochhauses. Für Emilio war der plötzliche Spaziergang seines Chefs nichts Ungewöhnliches, er kannte Benedikt seit neun Jahren und zählte zu seinen wenigen Vertrauten. Als vor zwei Jahren eine schwangere Frau bei einem Einsatz, den Benedikt geleitet hatte, ums Leben gekommen war, besuchte Emilio seinen Freund jeden Tag, machte Besorgungen, kochte für ihn und blieb bei ihm, wenn er anfing zu trinken und erst im nächsten Leben wieder damit aufhören wollte. Gelegentlich spielten sie gemeinsam Billard. Den ersten Todestag seiner Frau Maria hatte Benedikt nur mit ihm und seiner Schwester verbracht. Emilio war der Einzige im Präsidium, der wusste, dass sich Benedikt damals umbringen wollte und seine Schwester ihn gerettet hatte, und er hatte nie jemandem davon erzählt. Die Sache mit der schwangeren Frau, Elsbeth Dragomir hieß sie, würde Benedikt nie vergessen, davon war Emilio überzeugt. Der damalige Kriminaldirektor Rothenberger hatte den Einsatz befohlen, nachdem zwei Tankstellenräuber sich auf der Flucht vor der Polizei mit einer Geisel in deren Wohnung verschanzt hatten. Das Haus befand sich in der Nähe des Luitpold-

parks, direkt an der Karl-Theodor-Straße. Benedikt leitete den Einsatz vor Ort, er führte die Verhandlungen an der Wohnungstür, und als einer der Gangster durch die Tür schoss, gab er das Zeichen zum Sturm.
Bevor die Polizisten sie überwältigen konnten, schoss einer der Geiselnehmer vier Mal auf Elsbeth. Sie verblutete auf dem Weg ins Krankenhaus. Sie war im fünften Monat schwanger gewesen. Benedikt wollte daraufhin den Dienst quittieren, aber Emilio und alle anderen Kollegen aus dem Dezernat brachten ihn schließlich so weit, zu bleiben. Er war nicht schuld am Tod der Elsbeth Dragomir gewesen, und doch war sein einziger Gedanke, dass er die Situation besser hätte einschätzen müssen, dass er nicht professionell genug gehandelt und jämmerlich versagt hätte. Emilio verbrachte viele Nächte bei Benedikt, in denen sie Unmengen von Bier tranken und Weltmeister im Selbstmitleid wurden. Es waren Nächte, in denen sie oft das Gefühl hatten, auf einem anderen, fernen Planeten zu wohnen, irgendwo draußen im schwarzen Universum, unverstanden, verloren und von der unendlichen Suche nach Antworten zu Tode erschöpft.
In der kalten Luft verschwand die Müdigkeit, die Schwaiger seit zwei Stunden lähmte. Er spürte, dass der Weg, den er an diesem 7. April eingeschlagen hatte, zwar richtig war, ihn aber nicht ans Ziel bringen würde. Er spürte, dass die mutmaßlichen Mörder, der Mann und die Frau, hinter denen er her war, ihn ins Leere laufen ließen. Er konnte nicht sagen, warum, und er konnte auch nicht

erklären, weshalb er plötzlich den Eindruck hatte, dass er hier im Westend am völlig verkehrten Platz war und besser woanders sein sollte - aber wo, das wusste er nicht.

Plötzlich wurde ihm klar: Die Leute in der Bar hatten ihn angelogen! Sie hatten ihn ausgetrickst wie einen Anfänger. Natürlich machten sie ihm etwas vor, sie nahmen ihre Gäste aus und betrieben illegale Prostitution, und jeder Polizist, der zu ihnen kam, hörte dieselben blöden Geschichten, und kein Polizist glaubte sie. Schwaiger hatte sie auch nicht geglaubt, und trotzdem hatte er ihnen die simple Auskunft, Heinrich Eberle habe die Bar heute noch nicht betreten, abgenommen. Sie hatten ihn angelogen, nicht, weil es zu ihrem üblichen Schwindelrepertoire gehörte, sondern weil man sie aufgefordert hatte zu lügen; weil sie dafür bezahlt worden waren, von wem auch immer.

Wo bewegte er sich denn den ganzen Tag über? Im Gehege der Krawattenhyäne! Was er herausgebracht hatte, das wussten sie schon lange! Bevor er auf den Namen Heinrich Eberle gestoßen war, hatten sie ihren Heinzi schon längst im Visier. Wenn sich Schwaiger zu neunzig Prozent sicher war, dass Eberle ein Doppelmörder war, dann waren sie es auch, und dann würden sie nicht zögern zu handeln. Dann würden sie ihn, Schwaiger, an der Nase herumführen, und er konnte ihnen nichts nachweisen, genauso wenig wie im Fall des Selbstmörders und der Frau, deren Mann totgeprügelt wurde, und wer weiß, in welchen Fällen noch.

Abrupt blieb er stehen und holte tief Luft. Er durfte jetzt nicht daran denken, er hatte doch gelernt, damit umzugehen! Was ist los mit dir?, dachte er, wieso heute, wieso jetzt?

Er drehte sich um: Emilio war im Auto hinter ihm, und das beruhigte ihn, und er hob die Hand und winkte unbeholfen.

Die Gollierstraße 5 war ein fünfstöckiges, graues Haus, in dem sich im Parterre ein Gemüseladen befand. Auf den Klingelschildern waren hauptsächlich türkische Namen zu lesen, auf einem Messingschild stand »Pension Lydia 2 x klingeln«.

Schwaiger klingelte zweimal. Niemand öffnete. Er probierte es nochmal.

Im dritten Stock wurde ein Fenster geöffnet. Der schwarze Schopf eines Jugendlichen tauchte auf.

»Was is?«, rief er.

»Wir suchen den Eberle.«

»Wen?«

»Eberle. Heinzi.«

»Ah, Heinzi«, sagte der Jugendliche. »Pensionsgast.«

Der junge Mann verschwand, und der Türsummer ertönte.

Sie traten ein. Das Treppenhaus war schmutzig, und der Putz bröckelte von der Wand. Das Holz knarzte, und das Licht war trübe. Aus einigen Wohnungen drang türkische Musik.

Im dritten Stock gab es nur eine Tür.

Schwaiger klopfte heftig.

Eine Frau mit einer Pudelmütze öffnete.
»Guten Abend«, sagte Schwaiger. Die Gewürze, die er jetzt roch, konnte er nicht definieren. »Ist Heinzi da?«
Die Frau schaute ihn an. Sie war ungefähr sechzig Jahre alt, hatte ausdruckslose Augen, eingefallene Wangen und rot geschminkte Lippen. Sie war barfuß und trug eine Art Kaftan, der zerknittert an ihr herunterhing.
»Heinzi«, wiederholte Schwaiger.
Die Frau trat zur Seite, und Schwaiger und Emilio gingen hinein.
»Ich bin die Wirtin. Frau Stepov.«
Überall standen Stühle, behangen mit alten, modrigen Kleidungsstücken, Mänteln, Hosen, Felljacken, Pullovern, und aus den Zimmern, deren Türen geschlossen waren, drang ein süßlicher Geruch.
Vor der letzten Tür mit der Nummer 9 blieben sie stehen. Schwaiger klopfte, und Frau Stepov legte ihren Kopf schief. Emilio beobachtete sie. Die Tür war abgesperrt.
»Heinzi?«, fragte Schwaiger.
Die Frau nickte.
Und der Schlüssel? Schwaiger machte eine entsprechende Geste.
Frau Stepov griff in ihre Schürze, zog einen Schlüsselbund heraus und sperrte die Tür auf.
Irgendwo lief ein Fernseher. *»Hey Dan, weißt du, was ich an dir so liebe?«, kreischte eine Frau. »Nein, was denn?«, brummte ein Mann. »Dass du immer genau weißt, was Frauen tief in ihrem Innern bewegt.«* Schallendes Gelächter ertönte.

»Wahrscheinlich kann man die Fenster nicht aufmachen, deswegen riecht's hier so«, sagte Emilio.
Das Zimmer bestand aus einem schmalen Eisenbett, einem ausgeblichenen Holzschrank und aus zwei Holzböcken, auf denen eine Spanholzplatte voller Zettel lag. Schwaiger entdeckte einen Kalender mit Adressen und Telefonnummern. Mehrere Seiten waren herausgerissen.
»Klassner fehlt, Weinfels fehlt und ein paar Leute, die mit D anfangen«, sagte er. Unter dem Datum des 7. April war ein Eintrag: 14 Uhr, Rauh. Der Termin hatte wegen Todesfall ausfallen müssen.
Auf dem winzigen Fensterbrett stand ein Bonsaibäumchen, und neben dem Bett, auf einem Stapel Bücher über Zivil- und Strafrecht, fand Schwaiger ein zerknittertes Farbfoto: Es zeigte eine lachende Klare Eberle. Er öffnete den Schrank: ein Jackett, mehrere Hosen und Hemden in unterschiedlichen Farben, ein Paar schwarze Schuhe. In diesem Zimmer hatte schon lange keiner mehr aufgeräumt.
»Schau dir die Küche an.«
Emilio war hinter ihm aufgetaucht und lotste ihn zwei Räume weiter.
Die Küche war ein quadratischer Raum, der im Gegensatz zur restlichen Pension ein Beispiel für deutsche Sauberkeit und Ordnung war. Das Geschirr glänzte in einem Glasschrank, der Gasofen funkelte in der mickrigen Beleuchtung einer Glühbirne, die von der Decke baumelte, auf der Anrichte tummelte sich nicht ein ein-

ziger Krümel, und alles, was herumlag, war eine Zeitung auf dem Tisch.
»Alles Heinzi«, sagte Frau Stepov und zündete sich eine Zigarette an. Dann krachte sekundenlang Husten aus ihrem Mund. Sie zeigte auf das abgespülte Geschirr.
»Heinzi!«
Eberle war also ein Sauberkeitsfanatiker. Oder er stotterte auf diese Weise die Übernachtungskosten ab, weil er kein Geld hatte.
»Hauen wir ab«, sagte Schwaiger.
»Polizei?«, fragte Frau Stepov.
Emilio zeigte ihr seinen Ausweis.
»Eberle ist ein guter Mensch, hat ein Herz für Arme.«
Vom Auto aus bestellte Schwaiger einen Streifenwagen zur Pension Lydia. Die Beamten sollten Eberle abpassen und ihn mit aufs Präsidium nehmen; den Haftbefehl würde er inzwischen beantragen. Die Bar *Busenwunder* und die Wohnung von Anna Rauh in der Gewürzmühlstraße ließ er ebenfalls überwachen.
Von den beiden Kollegen, die in der Schwabinger Ainmillerstraße auf Katharina Rauh warteten, hatte er noch keine Nachricht. Obwohl er kein Foto von ihr herausgegeben hatte, rechnete er damit, dass die Zeitungen eines bringen würden; irgendein Bekannter ließ sich immer bestechen. Und auch wenn sich Jan Baum, der Pressesprecher der Kripo, genau an die Erklärungen von Schwaiger gehalten hatte, dass es nämlich nach den ersten Ermittlungen keinen Zusammenhang gab zwischen dem Tod des Rechtsanwalts Georg Rauh und der Ermor-

dung der beiden CSU-Politiker Klassner und Weinfels, so würde die Presse dennoch das Verschwinden der Tochter als verdächtig hervorheben und ebenso die Tatsache, dass alle drei Männer auf die gleiche Weise umgebracht worden waren, mit zwei Messerstichen.

7

»Darf ich mit zu dir kommen?«, hatte sie gefragt.
Und er hatte erwidert: »Unmöglich.«
Sie war ihm plötzlich hinterhergelaufen und hatte seine Hand genommen. Er wollte sie abschütteln, aber sie ließ ihn nicht los. Ihre Finger umkrallten seine Hand, und er zerrte an ihr, so heftig er konnte. Er hatte ihr die Faust in die Seite gestoßen, er hatte versucht, nach ihr zu treten. Vergeblich. Sie hielt ihn am Handgelenk fest, und die Leute drehten sich schon nach dem merkwürdigen Paar um. Also hatte er sie bis zur Tegernseer Landstraße hinter sich hergeschleift. Er schwitzte, und Katharina stellte sich neben ihn und hustete. Sie hatten vor dem Nymphenburger-Sekt-Bistro direkt an der Treppe zur U-Bahn gestanden, und Katharina umklammerte seine Hand mit beiden Händen, und er sah sich um, denn sie hatte ihm unterwegs außer Atem zugerufen, dass die Polizei hinter ihr her war. Dann, vor dem Bistro, hatte sie gesagt: Ich hab so Hunger, und er hatte geschwiegen. Er hatte sie angesehen, von unten herauf, denn er war ja kleiner als sie, nur etwa einen Meter fünfundsechzig, und sie war mindestens einsachtzig. Und dann hatte sie ihn gefragt: Wie heißt du eigentlich? Und er hatte gesagt: Simon.

Und da erschien ein Lächeln auf ihrem weißen, traurigen Gesicht, und dieses Lächeln sah er jetzt noch immer vor sich, eine halbe Stunde später, in einem Raum, in dem es kein elektrisches Licht gab und kein Fenster.
Sie hockten auf dem Boden des Hinterzimmers von Dimitris griechischer Kneipe in der Wendelsteinstraße. Ein Teller mit gemischten Vorspeisen stand auf dem Tisch. Sie hatten noch keinen Bissen angerührt.
Obwohl sie vom Regen durchnässt war, fror sie nicht mehr. Er hatte ihr seine rote Windjacke um die Schultern gelegt, und sie fand, dass die Jacke nach ihm roch.
»Wie riech ich denn?«, hatte er gefragt.
Und sie hatte geantwortet: »Nach Zitrone.«
Sie waren hierher gekommen, weil er den Wirt seit zwölf Jahren kannte und wusste, Dimitri würde keine Fragen stellen, wenn er ihn bat, im Hinterzimmer bleiben zu dürfen, einer Rumpelkammer mit übereinander gestapelten Stühlen und einem Schrank voller frisch gewaschener Hosen und Hemden für die Kellner. Außer den fünf blauen Kerzen, die auf weißen Untertellern brannten, gab es kein Licht.
Dimitri hatte die Heizung aufgedreht und den Tisch direkt davor gestellt. Dann hatte er eine Karaffe roten Athos gebracht, eine Flasche Mineralwasser, vier Gläser und den Vorspeisenteller.
Simon hatte gesagt: Du hast doch Hunger. Und sie: Ja, aber ich mag nichts essen. Ich auch nicht, hatte er gesagt, und sie hatten dagesessen, nebeneinander, an die Wand gelehnt. Er hatte seine Windjacke ausgezogen und

ihr über die Schultern gelegt, obwohl sie noch ihre Lederjacke anhatte. Aber sie zitterte und klapperte mit den Zähnen, und das hatte ihn in seinen Gedanken gestört.
Er hatte nicht vergessen, was er in dieser Nacht noch vorhatte. Doch er hatte angefangen zu zweifeln. Er betrachtete die Frau mit dem Glasauge und dem Blick eines Mädchens, das aus dem Schlaf gefallen war, und verspürte ein Verlangen, das ihm unangenehm war, weil er es lange verdrängt und beinahe vergessen hatte.
»Ich kann dich sehen«, sagte sie und roch am Kragen seiner Windjacke und lächelte schnell wie der Wind. Dann war ihr Gesicht wieder ernst, und sie ballte die Fäuste.
Er wollte nichts trinken. Die Karaffe, die Weinflasche und die Gläser standen auf dem Boden. Er schenkte ihr Wein ein, und sie hob das Glas, und er zögerte, und sie hielt das Glas weiter in die Höhe, und so schenkte er sich auch ein Glas ein und hob es hoch, genauso wie sie, und dann tranken sie gleichzeitig auf einen Zug aus. Er schenkte nach, und sie tranken ein zweites Mal gleichzeitig aus. Und er schenkte ein drittes Mal nach, und diesmal ließen sie die Gläser stehen und sahen sich in die Augen.
Er konnte sie auch sehen. Sie hatte Kratzer in ihrem hellen Gesicht, Schmutz und Schatten unter den Augen. Sie kam ihm vor wie eine Sonne, die sich verirrt hatte auf ihrem Rundgang über der Welt; sie hatte ihr Augenlicht fast vollständig verloren, aber sie war zu stolz, um zu betteln. Sie fürchtete sich nicht in der Finsternis.

»Sprich zu mir«, sagte sie. »Ich vermisse deine dunkle Stimme.«
Er schloss die Augen, und sie beugte sich vor, und sie verharrten eine Zeit lang so, die Köpfe nah beieinander, ohne sich zu berühren.
»Was für ein Glück, dass du da bist«, sagte sie leise.
Sie tastete nach dem Tisch, holte sich mit zwei Fingern eine Olive vom Teller und steckte sie Simon in den Mund. Dann nahm auch sie eine Olive in den Mund und lehnte sich zurück.
Er öffnete die Augen, und sie kauten. Sie schluckten, drehten den Kopf in dieselbe Richtung und spuckten die Kerne aus.
Katharina kicherte laut, und Simon hielt sich die Hand vor den Mund und giggelte in sich hinein.
Sie kniete sich hin, nahm eine Scheibe Weißbrot und tunkte sie in den Taramasalat. Sie aß mit großem Appetit. Er schaute ihr dabei zu. Ihre nassen Haare trockneten langsam und wurden wellig.
Am liebsten hätte er ihr schwarzes, dichtes Haar in beide Hände genommen und sein Gesicht darin vergraben. Er verschränkte die Hände auf dem Rücken, als wäre er gefesselt.
Sie aß alles auf.
Die Karaffe war leer. Simon ging zur Tür, lauschte, öffnete sie leise und spähte in den Flur. Dann verließ er die Kammer, um Nachschub zu holen.
Als er zurückkam, hatte Katharina die beiden Jacken ausgezogen und die Ärmel ihres Pullovers hochgescho-

ben und war aufgestanden. In der linken Hand hielt sie eine Pistole, die schwarze Beretta. Sie richtete die Waffe auf ihn.

Er stellte die Karaffe auf den Tisch, und sie hielt seinen Arm fest. Mit ihrem Zeigefinger wischte sie eine Wimper von seiner Wange.

»Wünsch dir was«, sagte sie.

Er blies die Wimper von ihrem Finger und wünschte sich was.

Dann sprachen sie lange kein Wort.

»Simon?«

»Hm?«

»Woher kommst du?«

Er schwieg. Ihre Haare fielen auf seine Schulter, so nah stand sie bei ihm.

»Geboren bin ich in Lüttich«, sagte er. »Ich war aber nur ein Jahr dort.«

»Simon wie?«, fragte sie.

»Wolke.«

»Wie Wolke am Himmel?«

Er nickte kurz, und sie schwiegen.

»Belgien«, sagte sie leise. »Was gibt's in Belgien? Pommes frites. Und sonst?«

»Eddy Merckx.«

»Eddy Marx?«

»Eddy Merckx, Radrennfahrer.«

»Und du bist also ein gebürtiger Belgier.«

»Ich bin eine Figur aus einem Roman von Georges Simenon.«

»War der auch Belgier?«
»Ja.«
»Und der hat dich erfunden.«
»Ja.«
»Es war also nicht der Liebe Gott, der dich auf die Welt geschickt hat, sondern dieser Georges Simenon.«
»Ja.«
»Und betest du zu ihm?«
»Nein. Glaubst du an Gott?«
»An Gott oder an diesen Simenon?«
»Was dir lieber ist.«
»An Gott glaube ich nicht. Wie ist er denn so, dein Simenon?«
»Gütig.«
Er neigte zaghaft den Kopf. Ihr Haar berührte jetzt seine Wange.
»Vielleicht habe ich mir ja auch nur eingebildet, dass ich eine Figur von ihm bin.«
»Wer bist du dann?«
»Ich weiß es nicht. Und du wer bist du?«
»Ich bin Katharina Rauh.«
»Das ist dein richtiger Name?«
»Als ich geboren wurde, hieß ich Katharina Zimmer, nach meiner Mutter.«
»Zimmer. Mein Name könnte auch Zimmer sein.«
»Willst du ihn haben, ich schenk ihn dir.«
»Zu spät.«
»Ich schenk ihn dir. Bitte.«
»Simon Wolke-Zimmer. Simon Zimmer-Wolke.«

»Guten Abend, Herr Zimmer-Wolke.«
»Guten Abend, Frau Zimmer-Rauh.«
»Ex-Zimmer-Rauh.«
»Verzeihung. Frau Ex-Zimmer-Rauh. Malen Sie Aquarelle?«
»Nein.«
»Warum Ex-Rauh?«
»Der Mann, dem der Name gehört, ist tot. Seit heut früh.«
»Das ist noch nicht lange.«
»Nein. Ich hab ihn getötet. Jemand hat plötzlich ein Messer auf den Tisch gelegt, und ich hab danach gegriffen und zugestoßen. Vielleicht war es dein Simenon, der das Messer da hingelegt hat, denn ich wollte ihn nicht töten.«
»Nein, der war das nicht.«
»Dann war es ein anderer. Das Messer lag da, und ich konnte nicht anders. Ich wollte nicht länger misshandelt werden.«
»Dann war es Notwehr. Dann bist du nicht schuld.«
»Ich hab meinen Vater ermordet.«
»Mord ist, wenn man mit Absicht tötet.«
»Ich wollte, dass er tot ist, aber ich wollte ihn nicht umbringen.«
»Was hat er dir getan?«
»Er hat mich ausgelacht.«
»Dann hat er verdient, was er bekommen hat.«
»Meinst du?«
»Ja.«
Sie schwiegen. Katharina ließ seinen Arm los und berührte vorsichtig den Lauf der Pistole.

»Es ist mir egal, ob ich ins Gefängnis muss«, sagte sie.
»Wie alt bist du, Katharina?«
»Zweiundzwanzig.«
Er sah sie an und nahm ihr die Waffe aus der Hand. Er steckte sie in seine Windjacke, die auf dem Tisch lag.
»Jetzt muss ich gehen. Du kannst hier bleiben, solange du willst. Dimitri ist mein Freund.«
Sie sagte nichts.
Er zögerte. Dann gab er sich einen Ruck, machte die Tür einen Spaltbreit auf, zuckte zusammen und schloss sie sofort wieder.«
»Mist!«
Katharina sagte immer noch nichts. Sie stand da und starrte vor sich hin.
»Warum warst du auf dem Friedhof?«, fragte er.
»Ich hab meine Schwester besucht«, sagte sie reglos. »Ich wollte ihr sagen, dass ich unseren Vater getötet hab. Und warum warst du auf dem Friedhof?«
»Ich hab meinen Freund Thomas besucht. Wir waren zusammen im Krankenhaus. Ich hab ihm aufgetragen, die Biere kalt zu stellen.«
»Was hast du vor, Simon Wolke? Willst du dich umbringen?«
»Ja«, sagte er.
Sekunden vergingen, und draußen auf dem Flur waren Schritte zu hören und dann eine Tür, die zugeschlagen wurde.
Plötzlich berührte Katharinas Hand Simons Gesicht, und ihre Finger strichen über seine Bartstoppeln.

»Glaubst du, dass dein Freund Thomas auch für mich ein Bier hat?«, fragte sie.
Sie standen vor der warmen Heizung, und die Karaffe vor ihnen war schon wieder leer. Die Kerzen flackerten, und die Stimmen draußen in der Gaststube waren ein monotones Brummen. Wie zwei Kinder in ihrem Versteck standen sie nebeneinander und sahen zur Tür, als würden sie jeden Moment entdeckt und abgeholt werden.
»Die Frau war nicht hier«, sagte Dimitri in der Gaststube.
Die beiden Polizisten sahen sich im Lokal um. Der eine hatte Dimitri eine Beschreibung von Katharina gegeben. Der andere starrte jeden Gast dreißig Sekunden lang an.
»Is was?«, fragte ein junger Mann und behielt sein Bierglas in der Hand.
Der Polizist antwortete nicht.
Sie zogen wieder ab.
»Wos woitn de?«, fragte der junge Mann.
»Nix«, sagte Dimitri.
Er stellte drei Gläser auf ein Tablett, goss sie mit Ouzo voll, blickte zur Eingangstür und verschwand nach hinten. Er klopfte dreimal kurz an die Tür. Simon rief: »Ja.«
Dimitri trat ein und schloss geräuschlos die Tür.
»Polizei war da«, sagte er und reichte den beiden das Tablett. »Kein Problem. Zum Wohl.«
Jetzt bemerkte er die Pistole, die auf dem Boden lag.
»Zum Wohl«, sagte er noch einmal und tat so, als hätte er nichts gesehen.

Sie tranken ex und stellten die Gläser aufs Tablett.
»Was ist passiert?«, fragte Dimitri.
»Sie kommen nicht wieder«, sagte Simon, »und wir werden bald weg sein, mach dir keine Sorgen.«
»Ich mach mir Sorgen, ich mach mir immer Sorgen um Gäste«, sagte Dimitri ernst.
Er musterte Katharina, und hinter seiner hohen Stirn lief die Maschine auf Hochtouren.
»Melzer ist gekommen«, sagte er dann, »mit Frau.«
»Ja«, sagte Simon, »ich hab ihn bemerkt. Ich konnte grade noch die Tür zumachen.«
Der Gedanke, dass der Hausmeister Katharina zu Gesicht bekommen könnte, gefiel Simon nicht. Melzer war ein patenter Hausmeister und ein freundlicher Mann, wenn er nicht gerade einem Türken über den Weg lief – Türken hasste er abgrundtief und lautstark, wohingegen er ein Fan der griechischen Küche war –, doch wenn er erfuhr, dass diese Frau von der Polizei gesucht wurde, dann würde es mit seiner Loyalität gegenüber seinem ältesten Mieter schlagartig vorbei sein. Melzer schätzte die Polizei über alles, und wer gegen das Gesetz verstieß, musste bestraft werden, und wer auch nur danach aussah, als würde er gegen das Gesetz verstoßen, musste sicherheitshalber in Vorbeugehaft genommen werden. Mit dieser Einschätzung unterschied er sich nur wenig vom SPD-Oberbürgermeister Ludwig Acht, der ein gestörtes Verhältnis zwar nicht zu Türken, aber zu Punks hatte.
Allen Hirnrissigkeiten zum Trotz verdankte Simon Wolke

diesem Hausmeister viel, und das war der Grund, warum er ihm seine Aufzeichnungen hinterlassen wollte; ein Geschenk dafür, das er ihm damals das Zimmer zugeschanzt, den Kaufvertrag geregelt, ihn in all den Jahren in Ruhe gelassen und ihm nie eine Frage nach seinem Leben gestellt hatte.
»Pass auf, dass Melzer uns nicht sieht«, sagte Simon.
»Was haben Sie getan?«, fragte Dimitri Katharina.
Sie schüttelte den Kopf.
»Egal«, sagte er, »Simon ist mein Freund, und das ist alles. Noch Ouzo?«
Katharina schüttelte wieder den Kopf.
»Rechnung wird aufgeschrieben«, sagte Dimitri, »oder vergessen.«
Er nahm die Gläser und die Karaffe und verschwand so rasch, wie er gekommen war.
»Und jetzt?«, fragte sie.
Er wusste, dass er keine Wahl hatte. Dass sein Plan gescheitert war.
Sie lehnte sich an ihn, und der Gedanke, nicht allein in seine Wohnung zurückzukehren, erschreckte und erregte ihn gleichermaßen.
Katharina legte ihre Hand auf sein schnell schlagendes Herz.

In der engen Küche roch es nach Bohnensuppe und Knoblauch. Über dem Herd brannte eine Neonröhre, und auf dem Fenstersims stand eine brennende Kerze. »Dann kommt Engel«, sagte die russische Ilona.

Ahmed Kabir wischte sich den Schweiß von der Stirn. Heute hatten schon fünf Gäste Suppe bestellt, und zwei von ihnen wollten ein Baguette mit Knoblauch dazu. Frenzi hasste Knoblauch in ihrem Lokal, aber seit die Herren aus dem Rathaus auf den Geschmack gekommen waren und regelmäßig Knoblauchorgien veranstalteten – Knoblauch auf Brot, Knoblauch in Scheiben, Knoblauch im Wodka –, ertrug sie den Gestank und tröstete sich mit dem Umsatz, den ihr die Staatsdiener einbrachten.
»Schlechte Laune«, sagte Ilona, als sie in die Küche kam und sich auf den einzigen Stuhl fallen ließ.
»Trink Korn, macht Freude«, sagte Ahmed.
»Nix Alkohol noch.«
Sie trug ein enges blaues Kleid, das ihre schmalen Hüften und ihren Busen vorteilhaft zur Geltung brachte. Ihre Augen waren schwarz und ihre Haare dunkelblond. Sie konnte von einer Sekunde auf die andere anfangen zu weinen, und wenn dann nicht Ministerpräsident Hufnagel zur Stelle war, der sie tröstete und ihr ein paar Hunderteuroscheine in den Ausschnitt steckte, dauerte die Heulerei mindestens eine halbe Stunde, und am Ende waren alle total genervt, nur Ilona war plötzlich wieder übermütig wie ein Teenager.
»Wo ist Heinzi?«, fragte sie.
»Heinzi muss kommen«, sagte Kabir. »Chef will ihn sprechen, heut Abend.«
»Was für Chef?«
»Misterpräsidentchef.«

Bei diesem Wort glänzten Ilonas Augen, und sie sprang auf und küsste Ahmed auf die Wange.
»Wenn Chef kommt, alles gut.«
Sie rieb ihm den Lippenstift von der Backe und tänzelte durch die enge Tür hinaus und zurück in die Bar und bestellte bei Frenzi einen Wodka-Tonic.
Ahmed holte gerade eine Büchse Mais aus dem Schrank, als die Tür aufging.
»Servus«, sagte jemand.
Ahmed drehte sich um.
»Heinzi! Wo bist du? Alle dich suchen, Heinzi!«
Heinrich Eberle, neunundfünfzig Jahre alt, ehemaliger Vorsitzender der CSU im Münchner Stadtrat und Ex-Chef der »Helfenden Hand Sudetenland«, seit einem Dreivierteljahr außer Diensten und dank des Engagements von Oberbürgermeister Acht Aushilfskoch im *Busenwunder*, nahm seine Brille ab und rieb sich die Augen. Er trug eine weiße, fleckige Kochjacke, speckige, braune Cordhosen und ausgeleierte Turnschuhe.
»Wer sucht mich?«, fragte Eberle, setzte die Brille auf, ging zum Kühlschrank und holte eine Flasche Korn aus dem Eisfach.
»Schwan war da und sagt, du warten auf Misterpräsident, unbedingt warten.«
Schwan war die indische Form von Gschwendtner.
Eberle setzte die Flasche ab. Er fühlte sich nicht wohl, irgendetwas war geschehen, was er nicht bedacht hatte. Vielleicht hatte er doch zu unüberlegt, zu überhastet gehandelt.

»Was will der von mir?«, fragte er und trank aus der Flasche. Der eiskalte Schnaps entflammte seinen Magen.
»Schwan nix gesagt, nur: du warten! Warten!«
Es war unmöglich, dass einer von ihnen etwas Genaues wusste. Sie wussten nichts, allenfalls hatten sie einen Verdacht, und wenn sie einen Verdacht hatten, dann hatten sie auch Angst, und wenn sie Angst hatten, dann fühlte er sich stark. Klassner hatte auch Angst gehabt, Angst und keine Ahnung. Er hatte ihn angerufen und zu einem Gespräch gebeten, er hatte ihm eingeredet, er würde ihm brisante Informationen geben können, jetzt, da Georg Rauh tot war, ermordet aus den Reihen der eigenen Partei. Das hatte Klassner sofort für möglich gehalten, denn Rauh war eine Gefahr für alle. Und natürlich würde er niemandem sagen, mit wem er sich mittags traf, in der Tiefgarage des Rathauses; natürlich würde er glauben, dass der erniedrigte und ausgestoßene Eberle nun noch verzweifelter war als vorher, weil sein einziger Gewährsmann und Freund, der Rechtsanwalt Rauh, für immer aus dem Verkehr gezogen war. Und Klassner wusste nicht, dass Eberle wusste, dass Klassner einer der Hauptdrahtzieher bei der Vernichtung des verdienten Politikers Eberle war und dass nun die Stunde der Abrechnung gekommen war. Er guckte ein bisschen dämlich, als er das Messer sah, aber der Stich war sauber und tödlich, der zweite Stich nur noch Verzierung.
Sie hatten ihm, Heinrich Eberle, dem treu dienenden Gefolgsmann und loyalen Freund auch in den härtesten Zeiten der Amigo-Affären, einfach die Tür vor der Nase

zugeschlagen und ihm alles genommen, was er besaß: seine Mitgliedschaft in einer großen demokratischen Partei, in einer Familie ehrenvoller Männer und Frauen, in einer Regierung, die das Volk liebte. Sie hatten ihn aus seinem Universum katapultiert, das er genauso mit erschaffen hatte wie seine Kollegen, und sie hatten nicht das Recht dazu, mit dem Finger auf ihn zu zeigen, nur weil er etwas getan hatte, was andere in viel größerem Ausmaß getan hatten und das Jahrzehnte lang erlaubt war und normal.

Er kam sich vor, als würde er jeden Tag in Unterhosen über den Marienplatz laufen müssen, dem Gespött der Leute ausgeliefert und verhöhnt von seinen Freunden, die nicht mehr seine Freunde waren.

Er hatte an der Spitze seiner Partei gestanden, und jetzt stand er in der stinkenden Küche einer Nachtbar, die er, im Gegensatz zu seinen Ex-Kollegen, früher niemals besucht hatte, weil er solche Lokalitäten verabscheute. Wenn andere hier am Busen der Mädchen hingen, spielte er zu Hause Mühle mit seiner Frau Klara. Er war niemals fremdgegangen, und sie hatte ihn dennoch verlassen, weil sie nicht mit einem Lügner und Betrüger und Steuerhinterzieher leben wollte und sich schämte für ihn. Bis sein Prozess vor dem Landgericht begann, hauste er, weil er sich, nachdem sein Konto gepfändet worden war, keine richtige Wohnung mehr leisten konnte, in einer schäbigen Pension im Westend, die ihm Frenzi vermittelt hatte. In dem Haus lebten ausschließlich Türken, und seine Wirtin war eine launische Russin, und es fiel ihm

schwer, freundlich zu sein. Während seiner Karriere als Politiker war er nie besonders freundlich zu Ausländern gewesen, und jetzt wohnte er mitten unter ihnen und musste ihre Gerüche ertragen und ihre laute Musik und ihre vermummten Frauen. Es ekelte ihn, und er hatte auch Angst, was ihn am meisten ärgerte. Sobald er etwas Geld gespart hätte, würde er da wegziehen, weit weg, vielleicht irgendwo aufs Land, nach Erding oder Dachau. Die Zeitungen hatten über ihn geschrieben, und in der *Abendzeitung* war sogar ein Bild von ihm als Koch in einer Nachtbar; sie nannten den Namen der Bar nicht, aber seine ehemaligen Parteikollegen lachten über ihn. Er hatte dem Journalisten nur deshalb ein Interview gegeben, weil er sich nicht verstecken wollte, weil er ausprobieren wollte, ob er dieser Zurschaustellung gewachsen war oder nicht; er rüstete sich bereits für den Prozess und für die Fragen, die während der Verhandlung gestellt würden, und er wollte sich rüsten für die Zeit danach, für die Jahre nach der Urteilsverkündung.
Doch jetzt, da Georg Rauh, sein letzter Verbündeter, tot war, bestand keine Chance mehr auf einen halbwegs fairen Prozess. Sein Leben, seine Existenz war ein für alle Mal verpfuscht, und er hatte sich vorgenommen, einige Leute dafür büßen zu lassen.
Sebastian Weinfels, einer seiner Konkurrenten auf dem Bausektor und oberster Intrigant bei der »Helfenden Hand Sudetenland«, hatte der Staatsanwaltschaft vertrauliche Unterlagen zugespielt und in der Staatskanzlei den Weg für seinen Absturz bereitet. Heinrich Eberle

hatte ihn ins Hofbräuhaus bestellt, indem er seiner Sekretärin erklärte, der Ministerpräsident träfe sich dort mit einigen japanischen Unternehmern, die an Auftragsvergaben an bayerische Bauunternehmer interessiert seien; Weinfels sei einer von ihnen. Eberle gab sich am Telefon als Referent Gschwendtner aus. Weinfels war pünktlich zur Stelle gewesen, hatte eine Mass Bier bestellt und war auf die Toilette gegangen – eine Angewohnheit, die er hatte, seit Eberle ihn kannte, seit fünfundzwanzig Jahren.

Eberle folgte ihm, und alles ging sehr schnell. Er rollte seine blutverschmierte Pelerine zusammen, steckte sie zusammen mit dem Messer in eine Plastiktüte und ging langsam, als wäre er ein Koch aus dem Hofbräuhaus, durch den Lieferanteneingang hinaus. Hinter einer Mülltonne hatte er, ebenfalls in einer Plastiktüte, seinen alten Lodenmantel deponiert. Er zog ihn an und schlenderte die Neuturmstraße bis zum Kosttor, bog rechts in die Maximilianstraße ein und betrachtete die Auslagen in den Nobelboutiquen. Er ging durch die Unterführung unter dem Thomas-Wimmer-Ring hinüber zum Völkerkundemuseum, wo er einen Müllcontainer entdeckte. In dem Moment, als er die Plastiktüte mit der blutigen Pelerine und dem Messer hineinwerfen wollte, fuhr ein Taxi vorüber. Er war weitergegangen, schneller, und schließlich auf der Praterinsel gelandet. Dort, am Isarkanal, verstaute er die Tüte in einem Container, der voll dreckigem Müll war. Danach hatte er sich einige Minuten der Besinnung auf der Maximiliansbrücke gegönnt.

Die Isar kam braun und fett aus den Voralpen, und das königliche, neugotische Maximilianeum thronte im Abendlicht über der Stadt.
Heimat, dachte Eberle. Nicht weit von hier in einem kleinen Haus in der Maria-Theresia-Straße war er geboren worden, und schon als Bub hatte er staunend vor der imposanten Kulisse des Maximilianeums gestanden. Zu einem Sitz im Bayerischen Landtag, der dort residierte, hatte er es zwar nicht gebracht, aber seine Partei hatte ihm auch als ranghohem Kommunalpolitiker viel, sehr viel zu verdanken gehabt. Heimat. Nach den Morden an Klassner und Weinfels fühlte er sich gestärkt für weitere Taten. Denn Klassner und Weinfels waren nicht die Einzigen, die sein Lebenswerk hinterhältig und gewissenlos zerstört und seinen Glauben an Partei und Gerechtigkeit zunichte gemacht hatten.

Mit einem leisen Knarzen ging die Tür des Hinterzimmers auf, der Mann im Pissoir zog den Reißverschluss seiner Hose zu und lauschte. Schritte waren zu hören. Mit einer raschen Bewegung machte er die Tür auf, und Dimitri stand vor ihm und schob ihn zurück ins Klo.
»Alles klar?«, fragte der Grieche.
Melzer fühlte sich ertappt, und das konnte er nicht ausstehen. Seine Frau Erika war Weltmeisterin im Ertappen. Plötzlich schossen ihre hundert Kilo aus dem Nichts und ertappten ihn dabei, wie er den Bierschinken bei offener Kühlschranktür radelweise in sich hineinstopfte.
»Freilich«, sagte Melzer.

Dimitri wusch sich die Hände, tupfte sein Gesicht ab und rieb sich mit den kalten Händen den Nacken.
»Lange nicht da gewesen«, sagte er.
Nebenan, in der Damentoilette, klapperte die Tür.
»Viel Arbeit«, sagte Melzer.
Dimitri hörte nicht auf, seine Hände zu waschen, er seifte sie ein und spuckte ins Waschbecken.
»Geschwindigkeitsbegrenzung soll kommen, nur noch dreißig hier in der Martinstraße und ganze Gegend.«
»Hält sich doch eh keine Sau an so was«, sagte Melzer. Er wartete darauf, dass der Wirt endlich mit seiner Waschung vorankam.
»Dreckige Hände, ha?«, fragte er laut.
»Öl vom Auto, hab meinem Bruder geholfen zu starten, Zündkerzen nicht in Ordnung«, sagte Dimitri und trocknete sich die Hände mit einem Papiertuch ab.
In der Damentoilette rauschte die Spülung.
»Ich hab mit meinem Golf keine Probleme, der pariert wie ein Hund, das sag ich dir.«
Jetzt war Dimitri davon überzeugt, dass die Luft rein war.
»Golf ist gut«, sagte er, machte die Tür auf und ließ Melzer zuerst hinausgehen. Der Hausmeister warf einen Blick nach links zur Tür des Hinterzimmers, die geschlossen war. Dimitri war zufrieden. Aus der Damentoilette kam Erika Melzer heraus, eingetunkt in Eau de Cologne.
»Servus«, sagte Melzer leutselig zu seiner Frau.
»Hab mir gedacht, wennst wieder so lang brauchst, kann

ich auch schnell gehen«, sagte sie. Auf ihrem Kopf hockte ein putziger, grüner Hut wie ein verunglückter Frosch. Ihre Lippen hatte sie rot geschminkt.
»Wieso brauch ich lang aufm Klo, ha?«, brummte Melzer, rumpelte in die Gaststube, und seine Frau zupfte an ihrem grauen Pullover. Dimitri wandte sich noch einmal um und vergewisserte sich, dass Simon und die junge Frau verschwunden waren.
Melzer trank Bier und Erika weißen Demestika.
»Bitte noch an Domestika, Dimitri!«, rief sie.
Melzer hob sein halb volles Glas hoch, das Zeichen für eine neue Bestellung.
»Du?«, sagte Erika.
»Ha?«
»Als ich aufs Klo bin, hab ich den Simon gesehen.«
»Den Simon?«, sage er zu seinem Glas.
»Der Simon ist aus dem Zimmer da hinten gekommen.«
»Aus was für einem Zimmer?«
»Das weiß ich doch nicht! Da ist eine Tür, und aus der Tür ist er rausgekommen.«
»Ein Demestika weiß und ein Helles.«
Dimitri schenkte Erika aus der Glaskaraffe ein.
»Zum Wohl.«
»Danke«, sagte Erika. Sie wartete, bis der Wirt an einen anderen Tisch gegangen war.
»Ja«, sagte Erika, »der Simon und eine Frau.«
»Was für eine Frau?«, fragte Melzer, trank sein Glas aus, schnaufte, stellte es an den Rand des Tisches und das frische auf den Bierdeckel.

»Eine Frau halt«, sagte Erika. »In einer Lederjacke. Schwarze Haare hats gehabt. Und ein ganz weißes Gesicht, ganz weiß war das.«
»Woher willstn du des wissen?«, fragte Melzer sein Glas.
»Weil ichs gesehen hab, verstehst? Und die sind ganz schnell da hinten raus, als sie mich gesehen haben.«
»Mai, die sind halt erschrocken, wie's dich gesehen haben«, sagte Melzer, und ein hämisches Lachen quälte sich rasselnd aus seinem Mund. Er zündete sich eine Ernte an und hustete.
»Wahrscheinlich ein heimliches Gspusi von dem. War eh ewig keine mehr da«, sagte Erika und nippte an ihrem Wein. »Sie is wahrscheinlich verheiratet, und der Mann darf nix wissen.«
»Lass den Wolke in Ruhe«, sagte er und trank das halbe Glas auf einmal aus.
»Du saufst heut wieder was zamm!«, sagte Erika.
»Was geht'n dich das an?«, sagte er zu seinem Glas und inhalierte die Ernte, dass kein Rauch mehr übrig war.

An der Ecke Werinherstraße blieben sie stehen. Es war Katharinas Wunsch gewesen, nicht direkt zum Haus Nummer 8 in der St.-Martin-Straße zu gehen, sondern einen Umweg über die Raintaler Straße zu machen. Sie war erst ein einziges Mal in dieser Gegend gewesen, beim Konzert eines Folksängers in der Musikkneipe *Grünes Eck*, gegenüber von Dimitris Kneipe.
Links in der Werinherstraße befanden sich die *Herzog-*

Stuben, in der Simon seinen dreißigsten Geburtstag gefeiert hatte. Es hatte Kraftbrühe mit Grießnockerl gegeben, Rehrückenmedaillons in Wacholdersauce mit Kroketten und Preiselbeeren und als Nachtisch eine Portion Obatztn mit Butter und zwei Scheiben Schwarzbrot; dazu hatte er acht Köpi und am Ende drei Averna auf Eis getrunken, einen Averna spendierte ihm Peter, der Wirt. Simon war allein und der erste und letzte Gast gewesen.

Während der vier Stunden im Lokal hatte er an Natalia gedacht und sich gewünscht, sie käme zur Tür herein nur wegen ihm. Er hatte auch an all die Jahre denken müssen, die vorüber waren, und an den Tag, an dem er in seine Wohnung in der St.-Martin-Straße eingezogen war, am fünfzehnten Mai, und die Sonne hatte geschienen, und er war achtzehn Jahre alt gewesen.

»Ich hab Schmerzen in meinem Auge«, sagte Katharina. »Ich kann gar nichts mehr erkennen.«

Er legte den Arm um sie, und sie gingen an der Sparkasse vorüber auf die Tegernseer Landstraße zu. Auf der gegenüberliegenden Seite, vor der Häuserfront, hinter Hecken und einer Reihe geparkter Autos, brannten grelle Scheinwerfer.

Plötzlich ertönte eine männliche Stimme, und ein Schuss fiel.

»Stehen bleiben!«, rief jemand, und dann stürzte eine Gestalt in einem langen Mantel über die Straße und kam direkt auf Simon und Katharina zu. Sie wichen in die Hofeinfahrt neben der Bank zurück. Ein Auto brauste heran und bremste mit quietschenden Reifen. Simon konnte nicht sehen, was passierte, da sie hinter einem Mauervorsprung kauerten. Der flüchtende Mann rannte an ihnen vorüber, und eine Stimme rief: »Polizei! Kommen Sie da raus!«

Simon griff nach seiner Pistole, entsicherte sie und wartete.

»Polizei!«

Die Stimme kam näher.

»Kommen Sie da raus!«

Katharina zerrte an Simons Hand.

»Hilf mir!«

»Ja«, sagte Simon, trat hinter dem Mauervorsprung hervor und drückte ab. Ein lauter Knall, dessen Echo an den Häuserwänden widerhallte, zerfetzte die Stille. Ein Mann brach zusammen, den Simon kannte und dem er an diesem Tag schon einmal begegnet war: Derrick!

»Los jetzt!«, rief Simon und zerrte Katharina aus dem Hof auf die Straße. Sie rannten vorbei am Fruchthaus Egerlinger, einem Holzbau mit gelbweißen Markisen. Sie bogen in die Tegernseer Landstraße ein und dann rechts, an der Stadtbücherei vorbei, in die St.-Martin-Straße. Niemand schien sie zu verfolgen. Noch während sie liefen, kramte Simon seinen Schlüssel aus der Tasche. Er riss die Haustür auf, die sich zwischen dem Eingang zu einer Spenglerei und einer alten Glaserei befand, und sie stürzten die Treppe in den vierten Stock hinauf. Hastig sperrte er auf, schob Katharina hinein und verriegelte die Tür.

Im Zimmer ließ sich Katharina auf den Boden fallen und keuchte.
Simon sah durchs Fenster hinunter in den Hinterhof. Es war niemand zu sehen.
»Wir haben sie abgehängt«, sagte er, zog seine Windjacke aus und warf sie aufs Bett. Dann kniete er sich vor Katharina hin.
»Ich hab den Derrick erschossen«, sagte er.
»Schöne Scheiße«, sagte sie.
Auf allen vieren kroch sie zu dem alten, großen Fernseher und schaltete ihn ein. Sie krabbelte zur Couch und wollte sich gerade dagegen lehnen, als das Licht des Fernsehers einen Teil des Zimmers erhellte.
»Was ist das?«, fragte sie leise.
An der Wand hinter der Couch hing eine Plane, und die Couch war mit einem weißen Laken zugedeckt.
Behutsam strich Katharina über die Laken, kniete sich auf die Couch und berührte die merkwürdige, durchsichtige Plastikplane.
Simon stand an der Tür zum Badezimmer und beobachtete sie.
Eine Fernsehansagerin kündigte eine Sondersendung an, in der der bayerische Ministerpräsident zu den Ereignissen des Tages Stellung nehmen wollte.
Katharina hielt ihre Nase an die Plane. Sie roch nach Seife.
»Sieht aus wie ein Duschvorhang«, sagte sie und kroch auf den Boden zurück. Sie hielt inne, warf Simon einen Blick zu und setzte sich auf die Couch. Ihre Lederjacke

knirschte. Sie lehnte sich zurück und schloss die Augen. Sie öffnete den Mund und steckte ihren Zeige- und Mittelfinger hinein.
Simon Wolke hatte den Duschvorhang an die Wand gehängt, damit die Gehirnmasse, die aus seinem Schädel spritzen würde, wenn er sich mit der Beretta in den Mund schoss, die Wand nicht beschmutzte; und weil er verhindern wollte, dass die Couch, die er dem Hausmeister vererbt hatte, von seinem Blut besudelt wurde, hatte er das Laken drübergelegt.
Er ging ins Bad und sperrte ab.
Katharina glitt auf den grauen Teppichboden, streckte die Beine aus und verschränkte die Arme. Es war angenehm warm im Zimmer, und hinter dem Fernseher glaubte sie einen Tisch mit zwei Stühlen zu erkennen.
Der Raum war ungefähr dreißig Quadratmeter groß und bis auf dem Fernseher, den Tisch und das schmale Bett praktisch leer.
Sie rutschte näher zum Fernseher hin. Die Menschen nahm sie nur verschwommen wahr, aber was sie redeten, verstand sie überdeutlich.

Ministerpräsident Josef Hufnagel, schwarzer Anzug, schwarze Krawatte, tipptopp gescheitelte Haare, saß auf einem Stuhl in der Staatskanzlei, hatte die Hände gefaltet und blickte ernst in die Kamera. Ihm gegenüber saß Rüdiger Fels, einer der leitenden Redakteure des Bayerischen Rundfunks, ein Mann Mitte vierzig, der in seiner ganzen Erscheinung von dem Politiker kaum zu unter-

scheiden war; beide trugen die gleichen schwarzen Anzüge samt Krawatten und sprachen in der gleichen gedämpften Lautstärke.
»Lassen Sie mich zunächst einmal sagen«, sagte Hufnagel, »dass ich dem Bayerischen Rumpfung herzlich danke für die Möglichkeit, in dieser schweren Stunde zu den Bürgrinnen und Bürgern sprechen zu dürfen. Wir von der CSU, und nicht nur wir, sind tief betroffen darüber, dass heute drei unserer verdientesten und ehrenvollsten Mitglieder eines gewaltsamen Todes sterben mussten. Den Hinterbliebenen gilt unser ganzes Mitgefühl, wir alle empfinden Trauer und Scham angesichts dieser grässlichen Verbrechen. Wir werden alles tun, damit der oder die Täter bald gefasst werden, und ich darf Ihnen, verehrte Hinterbliebene, versichern, dass wir, die CSU, der Münchner Kriminalpolizei alle nur erdenkliche Hilfe leisten, die sie benötigt, um die grauenhaften Taten aufzudecken.«
Hufnagel gab dem Redakteur mit dem Daumen ein Zeichen, dass er nun eine Frage stellen dürfe.
»Herr Ministerpräsident«, sagte Rüdiger Fels behutsam, »gibt es denn Ihres Wissens nach schon erste Hinweise auf den Täter?«
»Sie wissen, Herr Fels«, sagte Hufnagel, »die Kriminalpolizei ist seit dem Vormittag damit beschäftigt, Spuren zu sichern und Vernehmungen durchzuführen ...«
»Da hat er Recht«, sagte Benedikt Schwaiger, der zusammen mit Dani und Emilio in einem Nebenraum saß und das Gespräch auf einem kleine Tischfernseher verfolgte.

»... und wie ich aus dem Polizeipräsidium von oberster Stelle erfahren konnte, gibt es bereits erste konkrete Spuren ...«

Schwaiger traute seinen Ohren nicht; er kratzte sich am Bauch und beugte sich näher zum Fernseher hin.

»... Selbstverständlich bin ich nicht befugt, Auskünften der Polizei vorzugreifen, aber so viel kann ich in dieser Stunde sagen: Bei den Tätern handelt es sich mit großer Wahrscheinlichkeit um ein und dieselbe Person.«

Er gab wieder das Signal mit dem Daumen, der auf Fels zeigte.

»Es scheint, Sie wissen mehr, als Sie sagen wollen, Herr Ministerpräsident«, sagte Fels, und die Kamera zeigte sein Gesicht, das glänzte.

»Von wem weiß der diesen Mist?«, fragte Emilio.

»Von mir nicht«, sagte Schwaiger.

»Du bist ja auch keine oberste Stelle«, sagte Emilio.

»Pilz«, sagte Dani.

»Wie konkret sind die Spuren der Kriminalpolizei, von denen Sie erfahren haben, Herr Ministerpräsident?«, fragte Fels.

»Eine gute Frage«, sagte Hufnagel, und Fels lächelte, was niemand sah, weil er kein Rotlicht an seiner Kamera hatte. »In der Tat handelt es sich wohl um Spuren, die durchaus in den nächsten Stunden zu einem ersten Ergebnis führen könnten.«

»Sie meinen, zu einer ersten Festnahme?«, fragte Fels, ohne ein Zeichen bekommen zu haben.

»Das meine ich«, meinte Hufnagel.

Schwaiger sprang von seinem Stuhl auf und stieß die Mineralwasserflasche um, die auf dem Tisch stand. Sie fiel zu Boden, zerbrach aber nicht.

»Den mach ich fertig!«, rief er und stürmte zur Tür.

»Spinnst du?«, sagte Emilio. Im letzten Moment hielt er seinen Chef fest, sonst wäre Schwaiger mitten in die Sendung geplatzt.

»Ruf Pilz an«, sagte er zu Dani.

Sie wählte die Nummer auf ihrem Handy.

»Hängen die Erkenntnisse der Kriminalpolizei, von denen Sie sprechen, Herr Ministerpräsident, mit der Tatsache zusammen, dass die Tochter des ermordeten Georg Rauh seit heute Morgen spurlos verschwunden ist?«

»Warum Katharina Rauh verschwunden ist, weiß bis zur Stunde niemand«, sagte Hufnagel, »fest steht aber, sie war im Haus ihres Vaters.«

Er gab Fels zweimal das Signal, und der Redakteur kam für einen Moment aus dem Konzept, da ein Doppelzeichen nicht vereinbart gewesen war. Oder hatte er es vergessen? Sein Puls ging schneller.

»Nach den Aussagen der Ermittler wurden alle drei Männer erstochen«, sagte Fels.

»Wenn du so weitermachst, erschieß ich dich!«, stieß Schwaiger hervor.

Dani wartete auf eine Nachricht von Kriminaldirektor Pilz. In seinem Büro hielt er sich nicht mehr auf.

»Ja?«, sagte Dani. »Wo ... ah ja? Was für eine Besprechung? Aha ...«

Sie legte das Telefon beiseite.

»Im Rathaus findet eine Besprechung mit dem Bürgermeister und allen Stadträten statt, unser Direktor ist auch dort.«
»Und wieso weiß ich davon nichts?«, brüllte Schwaiger, und das war das erste Mal, dass Dani ihn brüllen hörte.
»Ist irgendwie inoffiziell, sagt die Zentrale.«
Wie schon zuvor in der Kazmairstraße, überkam Schwaiger ein Gefühl der totalen Ohnmacht; dieser Fall wurde an ihm vorbei verhandelt auf eine Weise, die eine einzige Beleidigung war. Sie wollten, dass er nach ihrer Pfeife tanzte und dass diese Morde so aufgeklärt wurden, wie sie es wünschten, und nicht anders. Wieder stiegen in ihm Bilder der Erinnerung hoch, und er hielt sich den Bauch, als müsse er sich gleich übergeben. *Ein Park, ein braun gestrichenes flaches Gebäude, Rauch, eine blutüberströmte Frau ...*
»Halten Sie es für denkbar, Herr Ministerpräsident, dass die Tochter des ermordeten Rechtsanwalts Georg Rauh in die Verbrechen verwickelt ist?«, fragte Fels und hoffte, dass er bei dieser heiklen Frage, um die Hufnagel gebeten und die er selbst vorformuliert hatte, in der Hektik keine wesentlichen Nebensätze vergessen hatte.
»Das ist undenkbar, was Sie mich da fragen«, sagte Hufnagel, »so etwas können und dürfen wir nicht denken. Die Tochter unseres Freundes Georg Rauh ist keine Mörderin, niemand in unserer Partei, mich eingeschlossen, hält dies für möglich. Katharina Rauh ist eine junge, hochtalentierte Frau, eine angehende Malerin und Künstlerin, die ich bei vielen Gelegenheiten kennen und schät-

zen gelernt habe. Wir wissen nicht, warum sie sich bis zur Stunde noch nicht gemeldet hat, und wir werden uns davor hüten, dies in irgendeiner Weise zu werten, ich wiederhole: Es ist nicht unsere Aufgabe, die Täter zu stellen, sondern dies ist Aufgabe der Polizei. Und ich sage es Ihnen noch einmal, liebe Bürgrinnen und Bürger: Die Polizei ist im Moment dabei, entscheidende Spuren auszuwerten, und ich rechne mit ersten konkreten Ergebnissen noch in dieser Nacht.«

Im Nebenraum schaltete Schwaiger den Fernseher aus.

»Du fährst ins Rathaus und hältst dich bereit«, sagte er.

»Mach ich«, sagte Dani.

Zu dritt verließen sie das Zimmer, rannten die Treppe hinunter und trennten sich im Tiefgeschoss. Schwaiger und Emilio bereiteten sich auf eine anstrengende Vernehmung vor.

Im Presseraum der Staatskanzlei telefonierte dpa-Korrespondent Leblanc mit Andreas Hopf, seinem Kollegen, einem gebürtigen Berliner, im Münchner dpa-Büro.

»Gloob ich nich«, sagte Hopf zum achten Mal und zündete sich die dritte Zigarette seit Beginn des Telefongesprächs an.

»Da läuft irgendein Irrer aus ihrer Partei durch die Gegend und murkst die eigenen Leute ab, aber sie decken ihn«, sagte Leblanc. »Die Partei ist ihr Heiligtum.«

»Und die Polizei schläft oder wat?«

»Offiziell gibt's bis jetzt nur den üblichen Kram. Der Chef der Mordkommission ist gerade wie von der Tarantel gestochen raus aus der Staatskanzlei. Offensichtlich hat ihm das, was der Ministerpräsident da erzählt hat, mächtig auf'n Magen geschlagen.«

»Is ja 'ne dolle Geschichte, wa! Wo steckt'n die Tochter?«

»Keine Ahnung. Aber ich hab was viel Besseres für dich: Ein CSU-Mann, der im Stadtrat sitzt und seinen Ministerpräsidenten mächtig hasst, weil der ihn zum Hinterbänkler degradiert hat, hat mir gesteckt, dass sie eigentlich jemand ganz anderen für den Täter halten, die Tochter ist nur ein Alibi.«

»Is nich wahr? Wen denn?«

»Seinen Namen hat er mir nicht gesagt, nur angedeutet, dass er zurzeit einen ungewöhnlichen Job macht.«

»Wat?«

»Erst will ich rauskriegen, was genau die Polizei weiß. Ich fahr jetzt in eine Bar, und wenn ich mich nicht total täusche, dann arbeitet unser Mann da.«

»Er arbeitet in einer Bar?«, krächzte Hopf. Manche Menschen im Freistaat versetzten ihn immer wieder in Erstaunen.

8

Aus seinem Mund quoll Rauch. Er starrte den Tisch an, und die Minuten vergingen, ohne dass jemand ein Wort sprach. Die Deckenlampe und die Tischlampe brannten, vor dem einzigen kleinen Fenster war die Gardine vorgezogen, und außer dem Tisch, den vier Stühlen und einem grauen Kartenständer aus Metall gab es keine weiteren Gegenstände. Es war kühl, denn geheizt wurde nur, wenn sich jemand im Zimmer aufhielt. Die vier Personen waren seit zwanzig Minuten da, und der elektrische Heizkörper glühte.

Trotzdem fröstelte die Frau mit der Pelzjacke, und der Mann mit dem dünnen, braunen Jackett, der neben ihr saß, wippte mit den Beinen. Die beiden anderen Männer schwiegen, wobei der eine, der an der Wand lehnte, immer ungeduldiger dreinschaute und der andere in den Anblick des Tisches versunken war und rauchte und keine Anstalten machte, die Sache voranzutreiben. Auf dem Tisch stand ein Kassettenrecorder.

Ahmed Kabir nestelte an den Knöpfen seines Jacketts herum und schlug die Knie gegeneinander, weil ihm eiskalt war.

Franziska Bernmaier schaute auf ihre silberne Armband-

uhr. »Ich bitte Sie, ich muss zurück ins Geschäft, der Rudi schafft das allein nicht.«
Rudi war der Barmann im *Busenwunder*.
»Niemand da, niemand was gesagt«, sagte Ahmed und blickte Schwaigers Kopf an, der nach vorn geneigt war und aus dem unaufhörlich Rauch aufstieg.
Zum ersten Mal entdeckte Schwaiger in der Maserung des Tisches eine Struktur, eine Art Raute, die sich an verschiedenen Stellen wiederholte.
Emilio Trattoni klopfte mit dem Kugelschreiber auf seinen Block.
»Wo ist Heinrich Eberle?«, fragte er zum fünften Mal.
»Eberle weiß nicht«, sagte Ahmed.
Plötzlich schnellte Schwaiger in die Höhe. Frenzi und Ahmed zuckten zusammen. Krachend kippte der Stuhl um, und der Hauptkommissar ging zum Fensterbrett, auf dem ein Blechaschenbecher stand, drückte seine Salem aus, kam zum Tisch zurück, stützte sich mit den Händen ab und sah Frenzi ins Gesicht.
»In Ihrem Lokal findet Prostitution statt, Frau Bernmaier, und es dauert höchstens zehn Minuten, bis ich das beweisen kann.«
»Wie denn?«, fragte Frenzi. Sie war in der richtigen Stimmung, Schwaiger einfach anzuspucken.
»Sie haben Kunden aus dem Gewerbeaufsichtsamt, ich denke da an einen bestimmten Herrn, und wenn der Schiss kriegt, dann lässt der Ihr Lokal so schnell schließen, so schnell können Sie Ihre Pariser gar nicht verschwinden lassen, Frau Bernmaier!«

»Von wem reden Sie eigentlich?«, fragte sie und warf einen Blick zu Emilio, der hinter ihr stand.
»Ich rede von Johann Fell«, sagte Schwaiger.
Mit Hansi verband Frenzi einige kuriose Ereignisse in der Rumpelkammer.
»Kenn ich nicht, den Herrn«, sagte sie.
»Wo ist Heinrich Eberle?«, fragte Emilio zum sechsten Mal.
Weder Franziska Bernmaier noch Ahmed Kabir konnten diese Frage beantworten. Sie wussten es wirklich nicht. Alles, was sie gesehen hatten, war ein Mann in einem zerknitterten, schwarzen Anzug und braunen, unpassenden Schuhen, der eine Brille mit einem dicken, schwarzen Rand trug und außerdem schwarze Lederhandschuhe. In einem höflichen Ton hatte er Eberle aufgefordert, mit ihm nach draußen zu kommen. Heinzi hatte zuerst gezögert, weil er den Mann nicht kannte, aber der Mann hatte gesagt, er sei einer der neuen Chauffeure, und sein Chef würde im Wagen warten. Daraufhin hatte Eberle seinen Mantel angezogen und war dem Fremden nach draußen gefolgt. Und war nicht wiedergekommen.

Als er aus seiner Bewusstlosigkeit erwachte, lag er gefesselt und geknebelt im Kofferraum eines Mercedes und bekam keine Luft. Es roch nach Benzin und stinkenden Kleidern.
Krampfhaft überlegte er, was geschehen war. Er war in den Hof gegangen, hinter dem Chauffeur her, der sich

auf einmal umgedreht und zugeschlagen hatte. Also war er kein Chauffeur, sondern ein Vollstrecker.
So wie er, Heinrich Eberle, ein Vollstrecker war.
Sein Körper schmerzte, und er hatte keinen Platz, sich zu bewegen. Seine Füße waren mit Klebeband gefesselt, und seine Hände steckten in Handschellen. Auf seinem Mund klebte ein breites Pflaster.
Sie hatten keine Beweise, dass er der Täter war, sie gingen auf Nummer sicher! Er hatte keine Angst, allenfalls vor dem Ersticken hier drin im Kofferraum. Ob sie den Wagen in einem See außerhalb der Stadt versenkten? Zu riskant. Sie werden einen Unfall simulieren, das Auto fängt Feuer, und ich verbrenne, weil ich mich nicht rechtzeitig befreien kann.
Ich habe keine Angst, dachte er. Die Zeit der Angst ist vorbei. Nach den Morden an Paul Klassner und Sebastian Weinfels fühlte er sich erlöst, auf eine seltsame, angenehme Weise befreit von den Gewichten der Vergangenheit und den Qualen in seiner Seele. Es war wie eine Geburt, wie ein Neugeborenwerden durch vier Messerstiche. Und wie einfach alles war! Ohne Probleme hatte er erfahren, wann Klassner sein Büro und die Tiefgarage mit seinem Auto verließ, und es war ein Kinderspiel gewesen, Weinfels ins Hofbräuhaus zu bestellen. Der Name des Referenten des Ministerpräsidenten hatte genügt, um die Türen zu öffnen und in die Freiheit hinauszutreten. Das Einzige, was er bedauerte, war, dass er sein Messer nicht mehr besaß, ein originelles finnisches Fabrikat, das ihm sein Freund Bobner von Waffen-Bobner am Ostbahn-

hof zum Geburtstag geschenkt hatte. Eberle sammelte seit seiner Jugend Messer in allen Formen, und er benutzte sie nie, er betrachtete sie nur mit stiller Erregung. Als er von zu Hause ausgezogen war, hatte er seine Kollektion mitgenommen, dann aber notgedrungen bei seinem Freund Bobner versetzen müssen und nur noch das finnische Jagdmesser mit der stabilen Klinge und dem schraffierten Griff aus Zedernholz behalten.
Zweimal hatte er bei beiden Männern zugestochen, und das zweite Mal erschien ihm wie ein Reflex, er musste einfach noch mal zustechen, gegen seinen Willen, gegen seine Absicht; es war, als würde das Messer seine Hand führen und nicht umgekehrt, und jetzt, eingesperrt in ein rumpelndes, rasendes Auto, wo er nichts sehen konnte, wunderte er sich, dass er nicht noch ein drittes Mal zugestochen hatte, in die Augen. Klassners Augen waren blau, sie stierten ihn an in all ihrer verlogenen, hinterfotzigen Pracht, und die Augen von Weinfels waren schwarz und kalt wie Knöpfe, und sie verachteten ihn noch im Sterben. Das wär eine Schlachterei geworden, dachte Eberle und hatte plötzlich Hunger.
Der Wagen hielt an, und Eberle drückte den Kopf gegen den Kofferraumdeckel, um zu hören, was passierte.

Ausnahmsweise genehmigte sich Josef Hufnagel ein Weißbier im Dienst. Mit seinem Referenten Gschwendtner hatte er sich für ein paar Minuten in sein Büro zurückgezogen. Im Presseraum warteten die Journalisten auf weitere Auskünfte, und die Telefone klingelten ununterbrochen. Die zentrale Frage lautete: Wenn Katharina Rauh ihren Vater tatsächlich im Streit erstochen haben sollte, welches Motiv könnte sie dann dazu getrieben haben, Klassner und Weinfels zu ermorden?

»Das war sehr überzeugend, Sepp«, sagte Gschwendtner. Hufnagel tunkte seine Nase ins Weißbierglas, trank einen kräftigen Schluck und wischte sich den Schaum vom Mund.

Die Rosen auf dem Fensterbrett dufteten, und der Strauß Frühlingsblumen, dem ihm Ilse auf den Schreibtisch gestellt hatte, verbreitete Heiterkeit und versetzte den gestressten Ministerpräsidenten in eine positive Stimmung.

Wegen der außerordentlichen Ereignisse an diesem Tag musste Ilse Wild Überstunden machen. Vor lauter Anrufen war sie noch nicht dazu gekommen, ihr Abendessen einzukaufen, Tomaten, Gurken und Eier. Im Moment wartete sie unruhig darauf, dass der Ministerpräsident seine konspirative Sitzung beendete, damit sie ihn mit Franz Obst, dem Pressesprecher im Rathaus, verbinden konnte, der alle zehn Minuten wegen neuer Instruktionen anrief.

»Schieß los«, sagte Hufnagel. Er ging auf und ab und fummelte an seiner Brille herum, während Gschwendtner am Besprechungstisch saß und in seinen Aufzeichnungen blätterte. Rosenduft machte den Referenten nervös und brachte ihn zum Niesen. Er verspürte das heftige Verlangen, seine Pfeife mit dem wundervollen Nappa Valley-Tabak mit kalifornischem Chardonnay-Bouquet

zu rauchen, doch der Ministerpräsident hasste Pfeifenrauch, schon der Anblick einer Pfeife verdarb ihm die Laune.
»Heinrich Eberle war Taufpate und Firmpate von Katharina Rauh«, sagte er feierlich. »Also so was wie ein guter Onkel.«
»Der Heinzi?«, rief Hufnagel aus und lachte.
Das Lachen des Ministerpräsidenten war rar wie eine Niederlage der CSU und genauso komisch.
Gschwendtner sah erstaunt von seinen Papieren auf, aber Hufnagel hatte sich schon wieder gefangen. Er verschränkte die Hände vor dem Bauch und blickte wie ein konzentrierter Ministrant auf den taubenblauen, perfekt gesaugten Teppichboden.
»Da Heinzi als Taufpate und Firmpate«, sagte Hufnagel zum Teppich. »Das waren dann die einzigen beiden Male nach seiner eigenen Taufe, dass der in einer Kirche war. Da Heinzi! Und weiter?«
Über das Gesicht des Ministerpräsidenten huschte sein berühmtes Grinsen und verschwand.
»Er hat in letzter Zeit öfter versucht, mit Klassner und Weinfels zu reden, er hat sie geradezu angebettelt, in der Steuersache irgendwas Positives über ihn auszusagen. Dass ausgerechnet der Klassner sich selber zum Chef der Helfenden Hand machte, das war natürlich ein harter Schlag für den Heinz.«
»Heinrich Eberle hat der Partei schwer geschadet«, sagte Hufnagel zu den weißen Gardinen an der breiten Fensterfront, »er hat sich auf Kosten der Partei und des ›Ver-

eins Helfende Hand Sudetenland‹ bereichert, er hat Steuern hinterzogen und die Unwahrheit gesagt.« Die Gardinen raschelten dezent. »Deswegen muss er weg, bevor er noch mehr Unheil über uns bringt.«
»Genau«, sagte Gschwendtner. Er hatte etwas den Faden verloren. Außerdem ärgerte er sich darüber, dass er heute keine Zeit mehr haben würde, mit seiner Frau den neuen Vilsmaier-Film anzuschauen. Er war ein echter Fan; *Ramadama* hatte er fünfmal gesehn, einmal mehr als *Spiel mir das Lied vom Tod.* Er blätterte in seinen Unterlagen.
»Auch Katharina hat bei den beiden vorgesprochen, sie wollte ihrem lieben Onkel helfen.«
»Wie damals bei dem Unfall ihrem Vater«, sagte Hufnagel. Möglicherweise sollte er sich doch einmal, wie Ilse ihm schon seit Monaten riet, eine neue Brille machen lassen; seine jetzige taugte jedenfalls zunehmend einen Dreck. Er drückte die Bügel an die Schläfen.
»Genau«, sagte Gschwendtner wieder. »Sie hat für ihren Vater ausgesagt. Sie ist eben eine brave Tochter.« Er tippte sich an die Stirn. »Wespe im Auto! So ein Schmarrn.«
»Sie hat die beiden erstochen, weil sie ihren geliebten Onkel ruiniert haben und weil sie in ihrem Zorn, in ihrer Wut, in ihrer Verzweiflung nicht wusste, was sie tat«, sagte der Ministerpräsident geschliffen.
»Und ihren Vater hat sie umgebracht, weil der dem Eberle nicht mehr helfen wollte, weil der Rauh nämlich eingesehen hat, dass sein Mandant auf völlig verlorenem Posten steht«, sagte Gschwendtner.

»So geben wir's an die Presse, und das ist die Wahrheit und nichts anderes. Der Eberle begeht offiziell Selbstmord, und die Partei bleibt sauber. Und kein Wort zu irgendwem, verstanden, Gschwendtner! Wenn da was rauskommt, kann ich mich in der Zirbelstube vom Streibl aufhängen.«

»Da kommt im Leben nix raus«, sagte Gschwendtner und machte sich Notizen.

»Was schreibst du da? Obacht!«

»Ich schreib auf, dass wir nicht vergessen, der Witwe Eberle eine Karte zu schicken, Ilse soll das noch heute Nacht machen.«

»Ist der Erbele schon tot?«

»Praktisch schon«, sagte Gschwendtner.

Heimlich und flink hatte er jedes Wort von Hufnagel notiert, da man nie wissen konnte, wozu solche Aussagen noch zu gebrauchen waren.

»Gibt's irgendwas Konkretes, was Handfestes am Tatort?«, fragte Hufnagel.

»Bis jetzt nicht.«

Das war ein Nachteil. Hufnagel und Kriminaldirektor Pilz pilgerten zwar regelmäßig gemeinsam auf den Heiligen Berg von Andechs, hielten Andacht in der Barockkirche, stifteten Kerzen und entrichteten den einen oder anderen Obulus an die Benediktinermönche – Glauben war gut, aber Beweise waren besser.

Hufnagel blickte zum Kruzifix im Herrgottswinkel, ein stets sauber abgestaubtes Kreuz aus Eichenholz mit dem leidenden Gottessohn.

»Verdammt!«, sagte er.
»Entscheidend ist, dass wir Katharina ein Motiv nachweisen können. Spuren kann jeder verwischen. Und abgetaucht ist sie auch. Sie ist schon jetzt höchst verdächtig, und wenn wir unsere Infos rausgeben, dann ist sie fällig. Sie ist die dreifache Mörderin, und niemand sonst.«
»Fels noch im Haus?« Hufnagel verschwendete keine Zeit mehr mit belanglosen Verben.
»Ja. Ich dachte, wir reden mit ihm und mit Platt. Der kann sein Maul eh nicht halten, und dann wissen's auch die anderen.«
»Gut.«
Rüdiger Fels, der Redakteur des Bayerischen Rundfunks, der vor einer Stunde das Exklusivinterview mit dem Ministerpräsidenten geführt hatte, und Georg Platt vom konservativen *Münchner Merkur* lauerten im Presseraum zusammen mit ihren Kollegen auf brandaktuelle News.
»Pilz. Wo?«
Langsam redete Hufnagel schon wie der Inder Ahmed Kabir aus dem *Busenwunder*.
»Im Rathaus. Der OB hält da seine Gedenkversammlung ab, die Fraktionen sind da, und der Kriminaldirektor auch. Er und dieser Kommissar Schwaiger sind auf dem Kriegspfad, das ist günstig.«
Hufnagel trank den letzten Schluck Weißbier, stellte das leere Glas auf einen Beistelltisch neben der Flügeltür zum Vorraum und ließ seine Blicke schweifen. Seine Brille verrutschte.

»Und Eberle?«
»Schon unterwegs, wie g'sagt«, sagte Gschwendtner.
Es war nicht eindeutig, was er damit ausdrücken wollte: Dass Eberle im Kofferraum eines Mercedes in Richtung Aubing unterwegs war oder bereits ins Nirwana. Was in diesem Fall nicht direkt das Gegenteil bedeutete.

»Ich bin's, Rübchen, geht's dir besser?«
Nach der Unterführung der S8 in der Aubinger Straße hatte Adalbert Deiser den Wagen am Straßenrand geparkt. Von einer Telefonzelle aus rief er seine Frau in Trudering an.
»Ein wenig«, hauchte Waltraud, die irgendetwas Verdorbenes gegessen hatte und seit der Nacht unter Brechreiz und Schüttelfrost litt.
»Ich bin bald wieder bei dir.«
»Kaufen die Kunden den Wagen?«, fragte sie.
»Was? Ja ... sie sind sehr nett, sehr zurückhaltend, ich werd das Geschäft machen.«
»Das freut mich aber.«
»Ich besorg noch frische Kamille in der Apotheke.«
»Das ist doch nicht nötig.« Sie hustete.
»Rübchen! Bist du noch da? Ist es warm im Zimmer? Nimm die Decke aus dem Wohnzimmer, die rote, die uns deine Mutter geschenkt hat.«
»Ja, mach ich, Adi.«
»Ich bin bald wieder bei dir, Rübchen«, sagte er und spielte mit der schwarzumrandeten Brille, die er abgenommen und in sein Jackett gesteckt hatte, weil er mit

ihr nicht das Geringste sehen konnte. Beinahe wäre er gestolpert in dem finsteren Flur dieser stinkenden Bar. Er war froh, wenn das Arschloch in seinem Kofferraum endlich erledigt war.

»Ich beeil mich, das versprech ich dir«, sagte er zärtlich.

»Das weiß ich«, flüsterte Waltraud, »mir geht's auch schon besser.«

»Da bin ich sehr froh, ich muss jetzt weiter«, sagte er, gab ihr schmatzend einen Kuss durchs Telefon und legte auf.

Er wartete noch einige Sekunden, denn der Zustand seiner Frau beunruhigte ihn sehr, und es tat ihm im Herzen weh, dass er jetzt hier war, westlich von München, am anderen Ende, und nicht im Osten, in Trudering, bei seinem geschwächten, zitternden Rübchen. Adalbert und Waltraud waren seit zweiundzwanzig Jahren verheiratet, und sie teilten beinahe jede Stunde zusammen, im Geschäft wie zu Hause und im Urlaub, den sie sich alle zwei Jahre gönnten. Lediglich bei Terminen, die Adalbert aus Gründen, die sie nie begriffen hatte, unbedingt nachts abwickeln musste, war sie nicht bei ihm. Er erklärte ihr, es gebe eben Kunden mit außerordentlichen Wünschen, und da sie außerordentlich bezahlten, war es schlicht ein Service des Hauses, dass er sich darauf einstellte. Sie vertraute ihrem Mann, und er überraschte sie mit kleinen Geschenken wie Seidenblumen von *Freudenmann* oder Fleischpflanzerln von *Dallmayr* oder Lachshappen von *Feinkost Käfer,* die er ihr gestern Abend mitgebracht hatte.

Er durfte die frische Kamille aus der Apotheke nicht vergessen.

Seine Augen schienen jeden Moment aus den Höhlen zu springen. Ahmed Kabir starrte den Hauptkommissar mit wachsendem Entsetzen an. Schwaiger war allein mit dem Inder, Emilio verhörte Frenzi Bernmaier im Nebenzimmer.
Ausführlich und langsam hatte Schwaiger in den vergangenen zehn Minuten Ahmed erklärt, wie die rechtliche Situation aussah, falls ein Ausländer, der im Besitz einer befristeten Aufenthaltsgenehmigung war, in einen Mordfall verwickelt war und nachweislich die Unwahrheit sagte.
Im Wesentlichen führte dieses Verhalten zur Ausweisung nicht nur aus Bayern, sondern aus der Bundesrepublik Deutschland.
Wenn Ahmed Kabir drei Wünsche frei hätte, so würde er alle drei Mal darum bitten, nie wieder in seine Heimat Nanded am Godavarifluss zurückkehren zu müssen, in das Armenhaus seiner Familie.
»Bitte, Herr Polizist«, sagte Ahmed, »ich sage, was ich weiß.«
Schwaiger steckte sich eine Salem an und hielt dem Inder die Packung hin. Kabir schüttelte den Kopf, und seine Pupillen schrumpften allmählich wieder auf normale Größe zurück.
Von nebenan war nichts zu hören. Auch vom Flur kam kein Mucks. Das kleine Zimmer hatte sich inzwischen

erwärmt, und Schwaiger schaltete die Elektroheizung aus. Irgendwo klingelte ein Telefon.
Kabir hob den Kopf und sah den Hauptkommissar an.
»Eberle«, sagte er, »ist gekommen und gegangen. Ein Mann kam, und er ist gegangen.«
»Wer ist gekommen, und wer ist gegangen?«
Schwaiger behielt die Zigarette im Mund, während er sprach.
»Eberle gegangen, als Mann gekommen ist.«
»Was für ein Mann?«
»Mann mit Brille und Anzug, feiner Mann.«
»Was hat der Mann gesagt?«
»Hab nicht verstanden. Hat leise gesprochen mit Eberle, und beide sind weg.«
»Wann war das?«
»Abends.«
»Wann abends?«
»Kann ich nicht sagen, ehrlich nicht sagen.«
Schwaiger schaute ihn an, Kabir wich seinem Blick aus.
»War der feine Mann schon einmal in der Bar? Früher?«
Kabir schüttelte den Kopf.
Es gab Ratten in Nanded, und sein Bruder bettelte auf der Straße, und sein Vater war halb verhungert, weil er eine Magenkrankheit hatte und nichts mehr essen konnte, nur eine Hand voll Reis am Tag. Der Arzt war zu teuer, aber die Polizisten verprügelten die Kinder, wenn sie in den Geschäften Brot klauten.
»War der Mann ein Politiker?«
»Weiß nicht. Hat nichts gesagt zu mir. Nur Eberle.«

Mit seinem Freund Nirmal war er von Nanded nach Bombay aufgebrochen, wo er in einem Restaurant die Tische abwischen durfte, später auch eindecken, und dann beschloss sein Chef, in Deutschland ein Lokal zu eröffnen, und er nahm Ahmed mit, weil er in ihn verliebt war. Aber Ahmed war beileibe nicht in seinen Chef verliebt, und so reiste er mit einem Landsmann aus Berlin, wo sein Chef sein Restaurant betrieb, nach München.
»Wo war Eberle tagsüber? Und wann ist er in die Arbeit gekommen?«
Diese Frage hatte Schwaiger schon öfter gestellt, und bisher hatte Kabir nur geantwortet: Eberle kommt um fünf Uhr, wo gewesen, weiß nicht, hat nicht darüber gesprochen.
»Eberle kommt um fünf«, sagte er wieder.
»Hatten Sie, bevor Eberle gekommen ist, Besuch von jemandem, den Sie kannten, von einem Ihrer Gäste, der Eberle gesucht hat?«
Die Salem war nur noch eine Fingerkuppe lang, und Schwaiger ließ sie aus dem Mund in den Aschenbecher fallen, und die kleine Glut erlosch.
Manchmal schrieb Ahmed Kabir einen Brief an seine Eltern, damit sie sich nicht sorgten. Er schrieb, eines Tages würde er zurückkommen und Geld mitbringen für ein schönes Leben. Bisher jedoch verdiente er so wenig, dass er gerade seine Miete bezahlen und sich zwei Hosen und zwei Hemden leisten konnte. Aber es gab keine Ratten in seinem Zimmer, und er musste nicht auf dem Boden schlafen, und gelegentlich nahm ihn die rumänische

Sonja mit nach Hause, und dann badete er, und sie schliefen miteinander, und er brauchte nicht dafür zu bezahlen.
»Niemand da«, sagte er. »Ich allein, und dann kommt Eberle, und dann kommt der Mann.«
Wenn seine Chefin die Wahrheit erzählt hatte, dann würde er die rumänische Sonja nie wiedersehen, und alles war verloren.
Schwaiger ging aus dem Zimmer. Kabir begann wieder zu frieren. Er traute sich nicht, aufzustehen und sich zu bewegen. Der Polizei zu helfen gegen einen Freund, das war für ihn der schlimmste Verrat, für den man verflucht wurde; und auch wenn Schwan kein richtiger Freund war, so war er immerhin ein Mann, den er kannte und der freundlich zu ihm war und ihm Geld gab für Gefälligkeiten und ihn niemals verraten würde. Polizei war die eine Seite, Freunde die andere.
»Sie haben mich angelogen«, sagte Schwaiger, der zurückgekommen war und die Tür zum Flur offen ließ. »Stimmt es, dass der Referent des Ministerpräsidenten, ein Mann namens Gschwendtner, am Nachmittag mit Ihnen gesprochen hat?«
Seine Chefin hatte ihn verraten!
»Stimmt es, dass Sie Eberle sagen sollten, er soll so lange dableiben, bis er Nachricht von Ministerpräsident Hufnagel erhält?«
Schwaiger stand vor dem Tisch, die oberen zwei Knöpfe seines karierten Hemdes waren offen, und er hatte Schweiß im Nacken.

»Ja«, sagte Kabir.
»Warum haben Sie mich angelogen?«
Kabir schwieg.
»Sie waren dabei, als dieser Fremde kam und sich als Chauffeur ausgab.«
Jemand öffnete und schloss draußen auf dem Flur eine Tür, und dann waren Schritte zu hören, die näher kamen. Ein Polizeibeamter in Zivil trat ein.
Es war still im Zimmer. Es roch nach Rauch, und der Beamte wartete hinter Schwaiger.
»Sie werden bald viel Ärger haben, Herr Kabir«, sagte Schwaiger. »Und wenn Sie Pech haben, kommen Sie fünf Jahre ins Gefängnis.«
»Polizei Scheiße!«, sagte Kabir laut, und der Beamte trat energisch einen Schritt nach vorn.
Kabir sprang auf und hämmerte mit der flachen Hand auf den Tisch, dass das Mikrofon des Kassettenrecorders umkippte.
»Scheiß Polizei! Eberle armer Mann, der kaputtgemacht ist von Staat. Und Polizei ist Staat! Scheiße!«
Er fuchtelte mit dem Arm herum und blieb stehen. Vor Wut bekam er keine Luft mehr und musste husten.
»Eberle ist möglicherweise ein Doppelmörder, Herr Kabir, und Sie haben versucht, einen Doppelmörder zu schützen«, sagte Schwaiger und wandte sich seinem Kollegen zu. »Sie passen auf den Mann auf, bis mein Kollege da drüben fertig ist.«
»Verstanden«, sagte der Beamte, ein Mann um die dreißig mit einem ausdruckslosen Gesicht.

»Eberle kein Mörder«, sagte Kabir. »Eberle guter Koch.«
Schwaiger ging hinaus. Seine Stimmung war auf dem Nullpunkt. Einige Indizien deuteten darauf hin, dass Eberle für die Morde an Klassner und Weinfels in Frage kam. Beweise gab es noch nicht, nur Verdächtigungen, Unterstellungen. Wer war der Mann, der sich als Chauffeur ausgegeben hatte? Frenzi hatte Trattoni alles gesagt, was er wissen wollte; sie war nicht blöde, sie hing an ihrem Laden, egal, wie viel Geld ihr jemand wie dieser Referent oder gar der Ministerpräsident anbot; wenn's hart auf hart kam, dann hatte sie von denen nichts zu erwarten; die spielten nur ihre Spiele, aber bei ihr ging es ums Überleben. Außerdem war sie sich sicher, dass Ahmed ebenfalls alles sagen würde, was er wusste.
Warum ihn der Inder trotz der Drohungen angelogen hatte, beschäftigte Benedikt Schwaiger sehr, während er in den Hof zu seinem Auto ging. Dass jemand die Polizei beschissen fand, erlebte er jeden zweiten Tag, aber dass jemand wie dieser Inder, der nur eine befristete Aufenthaltsgenehmigung hatte, eher einen Mann in Schutz nahm, den er nicht einmal besonders gut kannte, als sich der Polizei anzuvertrauen und deswegen riskierte, ausgewiesen zu werden, ließ Schwaiger keine Ruhe.
Zur gleichen Zeit, in einem trostlosen Zimmer des Dezernats 11, beschloss Ahmed Kabir, diese Stadt für immer zu verlassen, sobald er die Gelegenheit dazu bekäme.

Von der Eichenauer Straße bog der schwarze Mercedes nach rechts in den Aubinger Lohweg ab, fuhr ein paar hundert Meter und verschwand in einem Waldweg. Der Wagen holperte über unebenes Gelände zwischen Fichten hindurch bis zu einer Lichtung. Dort stand ein hellblauer VW Käfer. Der Mercedes stoppte, und Adalbert Deiser stellte den Motor ab. Er ließ den Schlüssel stecken und stieg aus.

Die Luft war kalt und frisch, und weit in der Ferne hörte man das Rattern der S-Bahn.

Deiser bedauerte es, dass Rübchen jetzt nicht hier sein konnte. Bestimmt hätte sie sich sofort besser gefühlt. Er beschloss, am kommenden Sonntag mit ihr einen Spaziergang in irgendeinem Wald bei München zu machen, vielleicht in Deining im Süden oder irgendwo im Norden bei Erding – Sauerstoff tanken, abschalten, den Vögeln lauschen, die nasse Erde riechen, Rinde von den Bäumen abbrechen. Er freute sich schon darauf, und Rübchen fand die Idee bestimmt auch großartig.

Er öffnete den Kofferraum.

Eberles Gesicht war grau wie Asche, und er zappelte. Er gab Mampflaute von sich, Worte waren wegen des Pflasters nicht zu verstehen.

Deiser packte Eberle unter den Achseln und wuchtete ihn aus dem Auto. Sofort schlug ihm Eberle den Kopf gegen die Brust, und Deiser stolperte über eine Wurzel und fiel hin. Bevor er sich wieder aufgerichtet hatte, griff er in sein Jackett und zog eine Pistole heraus.

»Pass bloß auf, du!«

Er zielte auf Eberle und klopfte sich den Anzug ab. Die schwarzumrandete Brille war zerbrochen, und er verteilte die Scherben auf dem Waldboden.
Eberle versuchte, am Außenspiegel des Mercedes das Pflaster von seinem Mund zu streifen. Er schnaufte durch die Nase. Deiser beobachtete ihn eine Zeit lang, dann ging er zu ihm, packte seinen Kopf und knallte ihn gegen die Karosserie. Eberle riss vor Schmerz die Augen weit auf und sackte zusammen. Aus seinen Haaren rann Blut.
Deiser öffnete die Fahrertür des VW, betrachtete das Auto, strich mit der Hand – er trug immer noch die schwarzen Lederhandschuhe – über das Dach und holte einen Zündschüssel aus der Hosentasche. Dann packte er Eberle am Kragen, zog ihn in die Höhe, hielt ihm die Pistole an die Schläfe und klopfte ihm den Mantel ab, der voller Erde, Gras und Blätter war.
Er zwängte Eberle in den Käfer, kettete ihn mit den Handschellen ans Lenkrad und machte die Fussfesseln los.
»Wenn du's Maul aufmachst, gibt's Ärger!«, sagte Deiser und riss das Pflaster ab. Mit weit aufgerissenem Mund schnappte Eberle nach Luft. Sein Kopf kippte vornüber aufs Lenkrad.
Es tat Adalbert Deiser in seiner empfindlichen Seele weh, dass er den prächtigen Käfer auf diese Weise opfern musste. Vor drei Stunden hatte er ihn von Trudering hierher gebracht und war dann wie ein idiotischer Jogger, der er nie war und nie werden würde, mindestens

einen Kilometer bis zur Kohlmeisenstraße gerannt. In der Nähe eines Fußballfeldes rief er aus einer Telefonzelle ein Taxi und ließ sich bis zum S-Bahnhof Lochhausen fahren. Von dort fuhr er in einem anderen Taxi bis nach Haidhausen, stieg erneut um und kam endlich wieder in Trudering an, wo sich sein Autogeschäft befand. Er ging die letzten Meter zu Fuß. Anschließend rief er seine Frau an und erkundigte sich nach ihrem Befinden. Sie fror immer noch. Er sagte ihr ein paar nette Worte, schwang sich in seinen Mercedes und machte sich auf den Weg, um einen Mann namens Heinrich Eberle in einer Bar namens *Busenwunder* abzuholen.

Gschwendtner und er, Deiser, hatten dieselbe Volksschule in der Unter-Au in München besucht, und es war ein saudummer Zufall gewesen, dass ausgerechnet Gschwendtner es war, der damals auftauchte, als der Penner gerade am Abnippeln war. Deiser wollte ihn nicht töten, aber der Kerl stellte sich stur und laberte besoffen rum, und da passierte es eben. Im Grunde war es ein Unfall. Eines Tages, sechzehn Jahre später, machte ihm Gschwendtner, der inzwischen ein hohes Tier geworden war, während Deiser mit Ach und Krach sein Schrottwarengeschäft zu einem seriösen Unternehmen mit neuen, teuren Wagen hochgewirtschaftet hatte, den Vorschlag, ruckzuck einen Batzen Knete zu verdienen. Falls er nicht darauf eingehen sollte, würde er dafür sorgen, dass die Polizei den Mord an dem alten Mann, für den ein Unschuldiger in den Knast gewandert war, wieder aufgriff. Mord, erklärte Gschwendtner und spendierte seinem

Volksschulfreund im Nockherberg-Biergarten noch eine Russenmass, sei ein Verbrechen, das in Deutschland nicht verjähre. Seine Existenz und die seiner geliebten Frau Waltraud wäre ruiniert, wenn der Fall noch einmal vor Gericht käme. Die Summe, die er nannte, brachte den Truderinger Deiser ins Trudeln, und er willigte ein. Also starb irgendein CSU-Politiker, Jonas Breitner hieß er, in seiner Wohnung an einer Überdosis Tabletten, und jeder, der ihn kannte, zweifelte nicht daran, dass der Mann eine Menge Gründe hatte, Selbstmord zu begehen. Dass er kurz vor seinem Tod Besuch von einem ihm unbekannten Mann gehabt hatte, der angeblich im Auftrag des Ministerpräsidenten kam, hatte kein Mensch mitgekriegt.

Mit der Entlohnung baute Deiser seine Verbindungen in Osteuropa aus und bezahlte sämtliche Schulden auf der Bank. Seiner Frau erzählte er, der plötzliche Geldsegen stamme von einem Superdeal in Ungarn.

Es war ein Jammer, den Käfer zu opfern. Deiser hätte ihn sofort in seiner Werkstatt aufpoliert und als Liebhaberobjekt einem durchgeknallten reichen Russen teuer verkauft. Aber Gschwendtner hatte einen anderen Plan. Bis vor einem halben Jahr hatte der Wagen Eberle gehört. Nachdem die Steuer sein gesamtes Vermögen gepfändet hatte, nahm die CSU in Person von Gschwendtner den VW in Zahlung. Eberle konnte damit fahren, wann er wollte, aber er tat es selten. Der Käfer stand in der Kazmairstraße und rostete ein, und die Batterie ging kaputt.

»Mein geliebter Käfer«, sagte Eberle und rieb seinen Kopf am Lenkrad. »Wer sind Sie?«
»Ich bin der Kutscher ins Nichts«, sagte Deiser und blies Atemwolken über den Wagen.
»Sie bringen mich um?«
Deiser schaute ihn an. Mit dem Mann auf den Zeitungsfotos hatte Eberle nichts mehr gemeinsam. Als wäre er im Laufe eines halben Jahres zehn Jahre gealtert.
»Ich bring niemanden um, das machen die Leut immer selber!«, sagte Deiser und konnte sich nicht des Eindrucks erwehren, dass diese jämmerliche Gestalt, die gekrümmt im Auto vor ihm saß, Ähnlichkeiten mit dem Penner hatte, den er damals in der Unter-Au erschlagen hatte.
»Und wie?«, fragte Eberle.
»Auspuff«, sagte Deiser.
Eberle beugte sich zur Seite, und jetzt bemerkte er einen Schlauch, der im Auspuff befestigt war und auf dem Boden lag, das andere Ende unter der Fahrertür.
»Hat Sie der Ministerpräsident beauftragt?«, fragte er.
»Wenn'S wollen, können'S noch was sagen. Oder beten. Fünf Minuten geb ich Ihnen, ich bin ein fairer Mensch.«
»Und wenn ich jetzt laut schreie?«
»Das wäre ja ganz blöd. Dann schlag ich Sie wieder bewusstlos und erledige alles ohne Sie. Wenn'S das wollen, dann schreien'S. Vielleicht kommt ein Waldmensch und rettet Sie.«
»Warum tun Sie das?«

»Und Sie? Warum haben Sie das getan?«
»Was hab ich getan?«
»Jetzt sind's nur noch viereinhalb Minuten.« Deiser schaute auf seine Armbanduhr und atmete wieder tief ein, denn die frische Luft beflügelte ihn. Hoffentlich ging es Rübchen inzwischen besser. Auf dem Heimweg musste er unbedingt an einer Apotheke anhalten.
»Man hat Sie in der Bar gesehen«, sagte Eberle. Die Hände taten ihm weh, und er ruckelte mit den Handschellen am Lenkrad.
»Mich hat niemand gesehen.«
»Tragen Sie eine Perücke?«
»Logisch, in Wirklichkeit bin ich Gaby Dohm.«
»Haben Sie schon öfter für die Partei jemanden umgebracht?«
»Bitte, wollen'S nicht lieber was beten? Die Zeit verrinnt, und ich hab noch was vor.«
»Sie sind ein eiskaltes Schwein.«
»Ich versteh wirklich nicht, wieso Sie so mit mir reden. Sie haben zwei Leuten in den Hals gestochen, oder nicht?«
»Woher wissen Sie das? Von Gschwendtner? Ist der ein Freund von Ihnen? Oder haben Sie meinen Freund Rauh auch ermordet?«
»Wen?«
Eberle kniff die Augen zusammen. Er hatte einen Plan, und er musste herausfinden, wie er ihn am sichersten in die Tat umsetzen konnte.
»Georg Rauh, Rechtsanwalt in Bogenhausen«, sagte er. »Der ist umgebracht worden, heute früh.«

»Sie sind doch derjenige, der die Leute ersticht. Ich hab noch nie jemanden erstochen«, sagte Deiser.
»Aber erschossen.«
»Nein«, sagte Deiser und kontrollierte das Magazin seiner Pistole. Er überlegte, dass er vielleicht nicht nur frische Kamille kaufen sollte, sondern auch Salbeiblätter, die er Rübchen aufgießen konnte und die Magen und Darm noch besser beruhigten und heilten als Kamille. Außerdem, erinnerte er sich, nahm Rübchen manchmal ein bestimmtes pflanzliches Arzneimittel ein, wenn sie wieder Beschwerden mit dem Magen hatte. Er kam jetzt nicht auf den Namen. Er kratzte sich mit der Pistole am Kopf.
»Wie viel Geld bekommen Sie, wenn Sie mich umbringen?«, fragte Eberle. Seine Finger wurden langsam klamm.
»Ich schlag vor, wir schweigen jetzt, ich muss nämlich nachdenken.«
»Worüber denn?«
Deiser schwieg und ging einige Schritte im Kreis, ohne Eberle aus den Augen zu lassen. Wie hieß bloß dieses Arzneimittel? Das hatte ihr immer geholfen. Er schaute auf die Uhr.
»Zwei Minuten noch«, sagte er. Er würde den Schlauch in den Wagen legen, den Motor anschalten und warten, bis alles vorüber war. Und dann würde er wegfahren, und wenn die Polizei die Reifenspuren untersuchte, würde sie herausfinden, dass es sich um einen Mercedes handelte.

»Ich bin bereit«, sagte Eberle.
»Gut.«
»Zwei Wünsche habe ich noch.«
»Welche?«
»Sagen Sie Ihren Auftraggebern, Sie können mich kreuzweise am Arsch lecken.«
»Jawohl.«
Iberogast! Das war der Name des Arzneimittels! Es war ihm doch noch eingefallen! Eine pflanzliche Tinktur aus allen möglichen Kräutern.
»Iberogast«, sagte er laut. Das war ihm so rausgerutscht.
»Was?«, sagte Eberle. Jetzt musste er sich beeilen, sonst war es zu spät.
»Und was noch für einen Wunsch?«
»Ich möchte gerne beten. Aber nicht mit Handschellen.«
»Abgelehnt.«
»Ich bitte Sie. Ich bleib im Auto sitzen.«
»Nein«, sagte Deiser.
»Dann lassen Sie mir die Handschellen an, und ich knie mich auf den Erdboden. Bitte.«
Deiser sah auf die Uhr; es war zehn Minuten nach neunzehn Uhr. Er schaute Eberle an, der immer grauer und älter im Gesicht wurde. Er dachte an den alten Kerl, den er damals in der Unter-Au erschlagen hatte, weil dieser Penner den lauschigen Platz am Isarufer partout nicht hatte räumen wollen.
»Von mir aus«, sagte er.
Deiser schloss die Handschellen auf, um sie vom Lenkrad

abzumachen, und im selben Moment packte Eberle seinen Hals und stieß Deiser auf den Boden.

Mit voller Wucht schlug er seine Fäuste mit den Handschellen auf Deisers Kopf und entriss ihm die Pistole. Die Männer rollten über den Waldboden. Eberle kam als Erster auf die Beine und trat Deiser in den Unterleib. Deiser taumelte, ruderte mit den Armen und fiel hin. Eberle schlug ihm ins Gesicht und brach ihm das Nasenbein. Deiser bewegte sich nicht mehr.

Eberle fand den Schlüssel für die Handschellen, sperrte sie auf und fesselte Deiser, der langsam zu sich kam.

Dann richtete er die Pistole auf ihn.

»Auf einen mehr kommt's nicht an«, sagte er. Deiser zog den Kopf ein und wollte wegrutschen, aber Eberle schlug ihm die Pistole krachend aufs Knie. Deiser stiegen Tränen in die Augen.

Eberle entsicherte die Waffe.

Es sollte ein Akt des Gedenkens und der Besinnung werden, doch es wurde ein Tumult.

Vierzig Presseleute drängten sich in der Halle vor dem großen Rathaussaal zusammen, unter ihnen fünf Fernsehteams mit gleißenden Scheinwerfern. Die Luft war stickig und die Stimmung aggressiv. Oberbürgermeister Ludwig Acht hatte die Tür zum Saal verriegeln lassen und den Journalisten versprochen, demnächst eine Pressekonferenz abzuhalten. Was »demnächst« genau bedeutete, ließ er offen.

Zwei Reporter fehlten in dem unruhigen Pulk: Während

ihre Kollegen wütend darüber diskutierten, welchen Skandal CSU und SPD vertuschen wollten, stand Rüdiger Fels vom Bayerischen Rundfunk in der Staatskanzlei Ministerpräsident Hufnagel gegenüber und hörte sich dessen Version vom Tathergang an. In einem Büro der CSU-Fraktion im Rathaus erklärte derweil Gschwendtner dem *Münchner-Merkur*-Redakteur Georg Platt die Zusammenhänge und dass er in seinem Artikel kein Wort darüber schreiben dürfe, woher er seine Informationen bezogen habe. Platt nickte.

Im Rathaussaal saßen die Stadträte andächtig nebeneinander. Aus den Fraktionen der SPD und der Grünen fehlten viele Abgeordnete, die CSU war, abgesehen von den beiden Politikern, die einen Termin in der Ewigkeit hatten, vollständig anwesend. Evelin Berger, die Geliebte von Georg Rauh, saß in der letzten Reihe am Rand und versteckte ihr Gesicht hinter einem schwarzen Schleier.

OB Acht trug einen schwarzen Anzug und eine schwarze Krawatte wie die meisten Politiker im Saal. Neben ihm saß sein Referent Lutz ohne Krawatte, aber immerhin in einem dunkelblauen Jackett. Er reichte seinem Chef einen Zettel, auf dem handgeschrieben stand: »Alles deutet auf K., Tochter von Rauh. Immer noch verschwunden. Hat schon öfter die beiden bedroht, Gründe bekannt.« Acht las den Text ein zweites Mal und erhob sich.

Er stellte sich vorne hin, die Hände überkreuz und blickte todernst in die Runde. Hinten, an der Tür zur Vorhalle, lehnte eine junge Frau mit blauen Haaren und Silberknöpfen im Ohr, deren Anblick Acht ungeheuerlich fand,

die er aber nicht hinauswerfen konnte, weil sie von der Kripo war. Neben ihr hockte ein älterer Mann auf einem Klappstuhl, der den Schlüssel zur Tür hatte und ihn fest in beiden Händen hielt.
Vor Ludwig Acht hatte bereits Herbert Kapellner, der Vorsitzende der CSU-Stadtratsfraktion, zu seinen Kollegen gesprochen und die Verdienste von Rauh, Klassner und Weinfels minutenlang aufgezählt, zu einem stillen Gebet aufgerufen und versichert, die Polizei werde den Täter oder die Täterin gewiss bald erwischen. Dabei blickte er streng Kriminaldirektor Eberhard Pilz an, der in der ersten Reihe neben dem OB saß.
»Dies ist einer der schwärzesten Tage in der Geschichte der Landeshauptstadt«, begann Acht seine Rede, und weil ihm vor Ergriffenheit bald die Worte fehlten, erwähnt er den Namen Katharina Rauhs und dass mit dem Schlimmsten zu rechnen sei.
»Wie meinen Sie das, Herr Oberbürgermeister?«, fragte Dani in die Stille hinein und erntete ein wütendes Raunen aus dem Publikum. Kriminaldirektor Pilz drehte so heftig den Kopf herum, dass der Mann, der hinter ihm saß, zusammenzuckte.
OB Acht steckte den Zettel ein und sagte kein Wort mehr. Niemand sprach. Nach und nach dämmerte es einigen der Anwesenden, dass die Frage nicht einer gewissen Berechtigung entbehrte.
Da der Oberbürgermeister im Augenblick nicht wusste, wohin mit sich, stand Kriminaldirektor Pilz auf und wandte sich an die Anwesenden.

»Ich bin Kriminaldirektor Pilz. Ich kann Ihnen versichern, wir verfolgen mehrere konkrete Spuren, eine davon bezieht sich auf das Verschwinden der Tochter des Rechtsanwalts Georg Rauh.«
Dann nickte er Acht zu und ging nach hinten zu Dani.
In Herbert Kapellner breitete sich ein Gefühl wohliger Zufriedenheit aus. Die Strategie, die der große Boss ausgetüftelt hatte, funktionierte. Der dämliche Lutz hatte die Kröte mit der Tochter geschluckt, und der OB spuckte sie aus. So war Acht der Erste im Rathaus, der den Verdacht offiziell äußerte. Die Presse würde sich zunächst an ihn halten. Und wenn nun der Bayerische Rundfunk vermeldete, in der CSU gebe es Gerüchte, wonach angeblich Katharina Rauh die Morde begangen haben soll, dann würde die Spur zur Quelle dieser Gerüchte unweigerlich ins Amtszimmer des Oberbürgermeisters führen. Es war immer klug, dachte Kapellner und hätte sich beinah unschicklich zurückgelehnt, den SPD-OB rechtzeitig mit einzubinden, damit er von Anfang an mit drinhing und später nicht ausposaunen konnte, er hätte von nichts gewusst.
Ludwig Acht setzte sich wieder und verspürte einen Druck in der Magengegend, der ihm normalerweise sagte: Obacht, Falle! Diesmal deutete er das schmerzliche Signal anders und richtig: Reingetappt, Amigo!«
»Ich muss mit Ihnen sprechen!«
Pilz machte eine Kopfbewegung zur Tür und steuerte drauf zu. Dani schniefte.
»Moment, Herr Direktor«, flüsterte der Mann auf dem

Klappstuhl und hüpfte in die Höhe. Er war klein und hatte fettiges Haar, das ihm strähnig am Schädel klebte. Er war der Herr der Schlüssel. Er sperrte auf, und sofort wollte einer der Journalisten hereinstürzen, doch Pilz drängte ihn zurück. Dani kam hinter ihm her, und die Tür wurde wieder von innen versperrt.
Umringt von durcheinander sprechenden Reportern, bahnten sich Pilz und Dani den Weg hinunter in die Eingangshalle. Sie wurden ununterbrochen fotografiert, und eine Frau rief hinter ihnen her: »Stimmt es, dass Katharina Rauh die Mörderin ist?«, und Dani rief, ohne sich umzudrehen: »Fragen Sie den Bürgermeister!«
Im Parterre kam ihnen Benedikt Schwaiger entgegen. Pilz hielt ihn am Arm fest.
»Sekunde, Herr Schwaiger.«
»Es eilt, Herr Pilz. Wie's aussieht, versucht hier jemand, einen Mordverdächtigen aus dem Weg zu schaffen.«
»Wie bitte?«
Eberhard Pilz hatte die Jahre zuvor in Hamburg und Hannover verbracht, und sein Eindruck von den Kollegen dort war ein entschieden anderer als der, den er in den zurückliegenden vier Wochen in München gewonnen hatte. Diese Impulsivität und Emotionalität, die hier sogar ein Hauptkommissar wie Schwaiger an den Tag legte, verwirrte und ärgerte ihn; das war nicht sein Stil, und das war auch nicht die Art, wie er sich eine konstruktive und effektive Polizeiarbeit vorstellte.
»Wen meinst du?«, fragte Dani ihren Chef.
»Hören Sie mir zu«, sagte Pilz.

»Ist der Hufnagel hier?«, fragte Schwaiger.
»Hab ihn nicht gesehen«, sagte Dani.
»Führen Sie hier eigentlich eine Privatfehde, oder wie?«, donnerte Pilz.
Dani schniefte, und Schwaiger fragte Pilz: »Wissen Sie, wo Hufnagel steckt?«
»Verstehen Sie mich eigentlich nicht? Oder wollen Sie mich provozieren, Herr Schwaiger? Hm?«
»Ich provoziere Sie nicht. Ich sag Ihnen nur, dass uns einige Leute in diesem Fall ziemlich ins Handwerk pfuschen, und das kann ich nicht leiden.«
»Ich glaube nicht, dass bei der Aufklärung eines Mordfalles wichtig ist, was Sie leiden können und was nicht.«
Schwaiger warf einen Blick die Treppe hinauf.
»Das ist sogar sehr wichtig«, sagte er.
»Hören Sie mir zu, Frau Schneider: Seit Stunden laufen Sie, im wahrsten Sinn des Wortes, einer Verdächtigen hinterher und erwischen sie nicht. Fehlt nur noch, dass Sie auf einer Bananenschale ausrutschen wie der Kollege in Berlin, der hinter diesem Dagobert her war. Und nun fangen Sie auch noch an, jemanden zu suchen, von dem wir nicht wissen, ob er überhaupt irgendetwas mit den Morden zu tun hat ...«
»Sie glauben den Schmarrn, den der Bürgermeister erzählt?«, fragte Dani.
»Bitte, welchen Schmarrn, Frau Schneider? Ich werde Ihnen jetzt ...«
»Herr Pilz, ich hab's wirklich eilig«, sagte Schwaiger, »ich

muss diesen Gschwendtner noch mal vernehmen, und zwar schnell ...«

»Ich hab mit ihm gesprochen«, sagte Pilz. »Er sagt, Katharina Rauh habe in den letzten Monaten wiederholt Klassner und Weinfels aufgesucht und ihnen gedroht, falls sie ihrem Onkel, Eberle, nicht dabei helfen, seine Reputation wieder herzustellen.«

»Eberle war der Onkel von Katharina Rauh?« Schwaiger kratzte sich am Bauch.

»Nicht direkt, er war ihr Tauf- und Firmpate, ein ganz enger Freund. Sie hing sehr an ihm, sie war verzweifelt darüber, dass man Eberle so schlecht behandelte.«

»Er ist ein Straftäter«, sagte Dani.

Pilz ignorierte die Bemerkung.

»Es sieht so aus, als habe Rauh, ihr Vater, seinem Mandanten Eberle klar gemacht, dass er nichts mehr für ihn tun könne, und dies wiederum muss seine Tochter, Katharina, derart erbost haben, dass es zum Streit kam, der schließlich tödlich endete.«

»Woher wissen Sie das?«, fragte Schwaiger, obwohl er wusste, woher.

»Wie gesagt, ich habe mit dem persönlichen Referenten des Ministerpräsidenten gesprochen und auch mit Hufnagel selber.«

»Und der Bürgermeister hat gerade dasselbe angedeutet«, sagte Dani.

»Finden Sie diese Frau, und zwar schnell«, sagte Pilz und eilte hinaus in den Hof.

Gegen den Wutausbruch von Hauptkommissar Schwai-

ger, der jetzt folgte, wirkte ein Vulkanausbruch geradezu pfriemelig.
Eine Minute später stürmte er mit Dani ins Büro, in dem Gschwendtner und Platt saßen, schickte den Journalisten weg, knallte die Tür zu und griff nach seiner Pistole, was den Referenten so erschreckte, dass er vom Stuhl plumpste und sich den Arm verstauchte.
Schwaiger rückte das Lederholster seiner Waffe zurecht, setzte sich in den geblümten Sessel, in dem vorhin der Reporter Platz genommen hatte, schlug die Beine übereinander und sah Gschwendtner zu, wie er sich aufrappelte, den Arm rieb und nicht wusste, was er tun sollte. Mit verzerrtem Gesicht blickte er zwischen Schwaiger und Dani hin und her.
»Nehmen Sie bitte Platz«, sagte Schwaiger und deutete auf einen Stuhl am Tisch, und Gschwendtner setzte sich sofort hin. Sein rechter Hosenträger war aufgegangen.

Das Kraken einer Krähe kam von weit her. Dann hörte man nur noch das leise Tropfen der Blätter, die nass vom Regen waren. In der Dunkelheit war der schwarze Mercedes kaum zu erkennen, und das einzige schwache Licht weit und breit leuchtete an der Decke des VW, weil die Fahrertür offen stand.
Unbeweglich stand Heinrich Eberle in seinem Mantel vor Deiser, der auf dem Boden lag, und zielte mit der Pistole auf ihn. Dieser dachte an seine Frau Waltraud, und das Wort Iberogast ging ihm nicht mehr aus dem Kopf.
Seltsamerweise hatte er keine Angst. Er hatte nicht das

Gefühl, versagt zu haben oder gleich sterben zu müssen. Bald, wenn das Pochen in seinem Knie und das Wummern in seinem Unterleib nachließen, würde er genug Kraft gesammelt haben, um diesen Armleuchter zu überwältigen und zu killen.

»Sind Sie verheiratet?«, fragte Eberle. Er sah auf einmal seine Frau vor sich, Klara mit dem strengen Gesicht, die er vor fast dreißig Jahren geheiratet und die ihren Beruf – sie war Kunsterzieherin an der Realschule – für ihn aufgegeben hatte und viele ihrer Hobbys, zum Beispiel das Reiten. Von Kindesbeinen an war sie mit Pferden vertraut, ihre Eltern wohnten in der Nähe eines Gestüts bei Murnau, und sie hatte sich immer ein eigenes Pferd gewünscht, das sie aber nie bekommen hatte. Sie hatte ihn aus dem Haus geworfen, nach mehr als dreißig Jahren, und er hatte vier Tage gebraucht, bis er begriff, dass sie es ernst meinte.

Er hatte geglaubt, sie wäre seine immer während Verbündete im täglichen Kampf, den er führte, um ihr ein gutes Leben bieten zu können. Zugegeben, er hatte sie belogen, das heißt, er hatte ihr einfach nicht jede Einzelheit erzählt, mit der er sich beschäftigte. Als die Zeitungen anfingen, über ihn zu munkeln, stellte sie ihn zur Rede, und er erklärte, die Presse sei eine einzige linke Lügenbande.

Zwei Monate später rief ihn Wastl Weinfels zu Hause an und sagte zu ihm: Jetzt g'hörst da Katz! Und da wusste er, dass er viele Dinge nicht mehr in der Hand hatte. Klara stellte ihm viele Fragen, und er beantwortete keine von ihnen wahrheitsgemäß. Er traute sich nicht, seine Schwächen und seine Schuld einzugestehen; er belog sie bis zu dem Tag, an dem sie ihn aus dem Haus warf. Sie sagte, er solle bis zum Abend verschwunden sein, und zwar für immer, und er solle ihr das Haus überschreiben, sie werde es aus eigener Tasche bezahlen. Ihre Eltern liehen ihr das Geld, und sie überwies es auf sein Konto, und das Finanzamt beschlagnahmte es sofort, womit Klara gerechnet hatte, davon war er überzeugt. Er vermisste sie in jeder Stunde. Jeden Morgen betrachtete er ihr Foto neben seinem Bett, und alle zwei Tage wählte er ihre Nummer, aber sie ging nicht dran. Er wollte sie um Vergebung bitten und schämte sich schon jetzt davor, ins Gericht geleitet und verurteilt zu werden vor ihren Augen und vor den Augen der Menschen, die ihn kannten, und vor den Augen der Dreckschweine, die ihn betrogen und zerstört hatten. Er wollte ihr wenigstens noch einmal winken, aber sie war wie vom Erdboden verschwunden, und er stand allein da, und niemand wollte sein Winken sehen.

»Ja«, sagte Deiser.

Nur noch wenige Minuten, und dann war der Kerl fällig. Er sah genau, wie er schwankte, wie sein Arm anfing zu zittern.

»Wie lange schon?«, fragte Eberle. Wenn sie unbedingt das Pferd hätte haben wollen, hätte er es ihr gekauft, aber sie sprach ja nie mehr davon. Sie hätte bloß was zu sagen brauchen. Sie hätte ihm bloß einen Wink geben müssen!

»Seit zweiundzwanzig Jahren«, sagte Deiser. Vorsichtig, Zentimeter für Zentimeter, bewegte er sich näher heran.

»Wie heißt Ihre Frau?« Früher hatte er Klara manchmal bei einem Spitznamen genannt: Engerl. Dann wollte sie, dass er damit aufhörte, und er wollte wissen, warum, und sie sagte, sie hasse Verkleinerungen. Aber Engerl war doch keine Verkleinerung, sondern ein schönes, bayerisches Wort.

»Waltraud«, sagte Deiser. Gleich konnte er das Bein ausstrecken.

»Meine Frau heißt Klara«, sagte Eberle.

»Hübscher Name«, sagte Deiser. Noch fünf Zentimeter.

Da machte Eberle einen Schritt zurück und hob die Pistole. Deiser starrte ihn an, er hatte keine Chance mehr, den Kerl zu überwältigen und das Geld zu kassieren. Plötzlich hatte er doch Angst, plötzlich hatte er das unwiderstehliche Verlangen, Rübchen anzurufen und ihr zu sagen, wie sehr er sie die ganze Zeit über belogen hatte und dass er ein Killer war und dass er alles nur deshalb getan hatte, damit sie ihr Geschäft nicht verloren, das sie entbehrungsreich gemeinsam aufgebaut hatten, sie ebenso wie er, obwohl Rübchen nicht den blassesten Schimmer von Autos hatte. Er wollte ihr erklären, dass er keine Wahl gehabt hatte an jenem Nachmittag im Nockherberg-Biergarten und dass er bestimmt damit aufgehört hätte, jetzt sofort, nach dieser letzten Sache mit diesem Politiker, der immerhin zwei Menschen auf dem Gewissen hatte; und wenn Gschwendtner noch einmal zu ihm käme, würde er ihn wegschicken, und wenn deshalb ihr mühevoll aufgebautes Geschäft zu Grunde gehen sollte, dann würde er dafür einstehen. Das war er seinem Rübchen schuldig. Warum hatte er diesen Kerl nicht sofort erledigt? Warum war er so verflucht leichtgläubig und gutmütig? Deiser hatte auf einmal panische Angst.

»Ich werde Sie nicht töten«, sagte Eberle, und die Stille war unheimlich.

Von den Blättern tropfte der Regen.

Deisers Furcht wuchs ins Unerträgliche.

»Was?«, flüsterte er.

»Ich werde Sie nicht töten«, sagte Eberle noch einmal und fummelte an der Pistole herum. Er schaffte es, das Magazin herauszuziehen. Er schleuderte es in hohem Bogen zwischen die Bäume.

»Die Pistole war bestimmt teuer«, sagte er und warf sie in Richtung des schwarzen Mercedes.

»Geben Sie mir bitte meinen Autoschlüssel.«

Deiser überlegte, was der Irre vorhatte. Wollte er ihn ins Auto setzen und vergiften?

Er versuchte, auf die Beine zu kommen. Doch Eberle trat ihm gegen das Schienbein, und Deiser schrie auf. Eberle packte Deisers Kopf, schlug ihn auf den Boden und durchsuchte hastig seine Taschen. Er fand den Schlüssel.

»Es tut mir Leid«, sagte Eberle.

»Was geschieht jetzt?«, flüsterte Deiser.

»Ich tue der Partei einen Gefallen. Ich hab in dieser Stadt nichts mehr verloren, und woanders auch nicht.«

Er ging zum VW, löste den Schlauch aus dem Auspuff, rollte ihn zusammen und legte ihn ins Auto. Dann setzte er sich hinein und ließ den Motor an; der Wagen sprang an und starb wieder ab. Beim zweiten Mal klappte es.
»Bleiben Sie einfach hier liegen. Sagen Sie ihnen, Sie haben es getan, dann kriegen Sie Ihr Geld, und alle sind zufrieden.«
Keuchend kniete sich Deiser hin und robbte auf den Käfer zu.
»Ich nehme Ihnen Ihre Arbeit ab, ohne etwas von Ihrem Anteil zu fordern«, sagte Eberle und legte den ersten Gang ein.
»Dieses Auto ist ein Schmuckstück. Ich danke Ihnen, dass Sie es mir mitgebracht haben. Alles Gute.«
Er fuhr rückwärts, wendete, und der Wagen hoppelte den Waldweg entlang, bis die Dunkelheit ihn verschluckt hatte. Er fuhr ohne Licht.
Deiser kroch über den nassen schmutzigen Boden und tastete nach dem Schlüssel für die Handschellen.

Auf die Frage, ob es stimme, dass er am Nachmittag die Bar *Busenwunder* aufgesucht habe, antwortete Gschwendtner mit Nein. Und Benedikt Schwaiger sagte: Aber Sie sind doch gesehen worden, und Gschwendtner sagte: Ich war nicht da, also kann ich nicht gesehen worden sein. Die Mitteilung, der indische Koch Kabir habe ausgesagt, mit Gschwendtner gesprochen zu haben, ignorierte der Referent. Erstens glaubte er das nicht, und zweitens würde so eine Aussage dem unterentwi-

ckelten Reisfresser schlecht bekommen, sehr schlecht sogar. Gschwendtner hatte wahrhaftig andere Sorgen.
»Sie weigern sich also nach wie vor, Josef Hufnagel über unseren Besuch zu informieren«, sagte Schwaiger, und es würde nicht mehr lange dauern, bis er die Geduld verlor, und dann konnte er für nichts garantieren. Er hatte noch nie die Geduld verloren und seiner Wut freien Lauf gelassen, und er rechnete damit, dass, wenn es einmal passieren sollte, seine gesamte aufgestaute siebenunddreißig Jahre alte Wut aus ihm herausbrechen und die nähere Umgebung in Schutt und Asche legen würde.
»Der Ministerpräsident ist nicht mehr in der Stadt, wie ich Ihnen schon gesagt hab, Herr Kommissar«, sagte der Referent.
Dani protokollierte das Gespräch, und es waren im Grunde immer dieselben Sätze, die sie aufschrieb, nichts sagende Floskeln eines abgebrühten Beraters.
»Und wenn Sie mir weiter drohen, werde ich eine Dienstaufsichtsbeschwerde gegen Sie einleiten«, sagte Gschwendtner.
»Wo ist Heinrich Eberle?«, fragte Schwaiger und fixierte einen Punkt an der Wand, um sich zu beruhigen. »Wer ist der Mann, der sich als Chauffeur des Ministerpräsidenten ausgegeben hat?«
»Ich weiß nicht, was Sie von mir wollen.«

Irgendwann auf der Eschenrieder Straße bog er links ab und fuhr hinter einen verrotteten Schuppen. Er parkte den Wagen, montierte den Schlauch an den Auspuff, setzte sich hinters Lenkrad und schloss die Augen. Der Motor lief. Heinrich Eberle faltete die Hände im Schoß und lehnte sich zurück. Amen, sagte er leise. Dann öffnete er den Mund und atmete tief ein.

Danis Handy klingelte. »Ja?«, sagte sie. »Emilio!«
Schwaiger schaute sie an. Gschwendtner sortierte seine Papiere und steckte sie in seine Aktentasche.
Dani zog die Stirn in Falten. Schweigend hörte sie zu, dann war Emilios Monolog zu Ende.
»Lassen Sie uns bitte kurz allein«, sagte Dani zu Gschwendtner.
»Ich wollte sowieso gehen. Für weitere Fragen wenden Sie sich bitte an den Pressesprecher, Herrn Obst. Und wir hören noch voneinander, Herr Kommissar.«
Gschwendtner leckte sich die Lippen und verließ, ohne zu grüßen, das Zimmer.
»Und?«, fragte Schwaiger und steckte sich eine Salem an.
»Da hat eine Frau angerufen, die will Katharina Rauh zusammen mit einem Mann in Giesing gesehen haben.«
»Wo?«
»St.-Martin-Straße.«
»Außerdem ist jemand erschossen worden, auch in Giesing.«
»Wann?«
»Vor zehn Minuten. Nähe Telapost. Und eine Zeugin hat ebenfalls Katharina Rauh beschrieben, die gemein-

sam mit dem unbekannten Mann die Tat begangen haben soll.«
»Wer wurde erschossen?«
»Derrick«, sagte Dani.
Schwaiger fiel die Zigarette aus dem Mund, und sie brannte ein kleines Loch in den kostbaren Perserteppich.

9

Sie drehte sich zu ihm hin und blies ihm sanft ins Ohr, und er wusste nicht, was das bedeuten sollte. Es kitzelte ein wenig, und sie drehte sich wieder weg und blickte zur Decke und konnte nichts erkennen.

Sie lagen auf dem Boden, auf einer roten, ausgefransten Decke, nebeneinander in der Lautlosigkeit, ihre Jacken hatten sie über sich ausgebreitet und die kalten Hände darunter vergraben.

Der Regen prasselte schräg gegen die Fenster des Hauses in der St.-Martin-Straße 8, und die Fassade wirkte noch verwitterter als sonst.

Minutenlang blieb die Straße menschenleer. Im Schaufenster der alten Glaserei rechts neben der Eingangstür wuchsen zwei verdorrte Pflanzen aus trockener Erde, und ein winziges Bild zeigte eine Landschaft mit Kirche und Heustadel. Links neben dem Eingang war die Einfahrt zur Spenglerei, und daneben hatte ein Tierarzt seine Praxis. Im Vergleich zu den renovierten, neu angestrichenen Gebäuden auf der anderen Seite sah das Haus schäbig aus.

Im ersten Stock, unter einem Bogen zwischen zwei Fenstern, bewachte eine Madonna in einem blauen Gewand mit einer Goldkrone auf dem Haupt das Viertel. Sie hielt das nackte Jesuskind in ihren Händen, und neben ihr ragten zwei Putti aus der Wand. Ihr erster Blick am Tag galt zwei leeren Räumen gegenüber, in denen vor kurzem ein Laden Pleite gemacht hatte.

Im Treppenhaus knarzten die Stiegen. Jemand stieg in den vierten Stock hinauf und hielt nach jedem Schritt inne, horchte und keuchte.

Katharina und Simon hörten das Knarzen des Holzes, aber sie kümmerten sich nicht darum. Die Zeit verstrich, sie lagen auf dem Boden, und es gab kein Brummen des Kühlschranks mehr, denn Simon hatte den Stecker herausgezogen, und kein Ticken eines Weckers, denn Simon besaß keinen.

Das Knarzen im Treppenhaus kam aus der Welt der anderen, der Lauten. Hier im Zimmer hatten die Geräusche einfach aufgehört.

»Ich wünsche mir ein gelbes Haus im Süden wie Vincent«, sagte Katharina in die Stille hinein. »Stell dir vor, es gab Tage, da war er froh, wenn er sich eine Fleischbrühe leisten konnte, so arm war er. Kein Mensch interessierte sich für seine Bilder, nur sein Bruder, Theo; der schickte ihm Farben und Papier ins gelbe Haus im Süden, und Vincent schickte ihm Briefe. Tausend Briefe und keinen Cent. Vor zehn Jahren sind seine Schwertlilien verkauft worden, für Millionen von Euro. Kannst du das begreifen, Simon? Millionen.«

Er zog die rote Windjacke, die auf seinem Oberkörper lag, bis zum Kinn hoch.

»Und der Japaner, der die Sonnenblumen ersteigert hat, hat auch Millionen dafür bezahlt. Und er will das Bild mit ins Grab nehmen. Da freuen sich dann wenigstens ein paar japanische Würmer vor lauter Gelb. Vincent wollte Licht in die Häuser der Armen bringen, und jetzt bewachen seine Sonnenblumen bald einen japanischen Millionärsleichnam.«
Ein leises Scharren war von draußen zu hören, ein Rascheln an der Tür.
»Er ist sein Leben lang mutig gewesen, siebenunddreißig Jahre lang. Und bevor er starb, schrieb er an seinen Bruder: Ich wollte noch mehr Sonnenblumen malen, aber sie waren schon verblüht.«
Schlurfend entfernten sich vor der Tür die Schritte.
»Bist du eine Malerin?«, fragte Simon.
»Ich wollte Malerin werden, aber jetzt bin ich blind.«
»Du bist nicht blind.«
»Nein, ich bin mutlos.« Sie schwieg und dann sagte sie: »So wie du.«
»Ich bin nicht mutlos«, sagte er sofort.
»Du wolltest dich umbringen, oder nicht?«
»Aber nicht, weil ich mutlos war, sondern weil ich endlich Mut hatte, es zu tun.«
»Vincent hat sich in den Bauch geschossen.«
»Ich wollte mir in den Mund schießen.«
»Und ich habe es verhindert«, sagte Katharina.
»Verurteilst du mich?«, fragte er.
»Nein«, sagte sie. »Ich versuche, dich zu verstehen.«
»Dann bist du wie Georges Simenon.«

»Leiden, ohne sich zu beklagen, das ist die einzige Lektion, die man in diesem Leben lernen muss«, sagte sie.

»Wer sagt das?«

»Vincent.«

»Vielleicht waren Georges und Vincent Brüder.«

»Nein, Vincents Bruder hieß Theo.«

»Mein Bruder hieß Thomas.«

»Er war dein Bruder?«

Simon schwieg.

»Meine Schwester hieß Eva«, sagte sie.

»Ich weiß«, sagte er und sah sie wieder vor sich, wie sie zitternd hinter dem Grabstein kauerte.

»Wir haben beide unsere Hausgötter«, sagte sie.

»Ja«, sagte er, »aber sie werden uns nicht retten.«

»Nein«, sagte sie. Und sie drehte sich auf die Seite und legte ihren Arm um ihn, und er schmiegte seinen Kopf an ihre Brust.

»Du riechst nach Zitrone«, sagte sie.

»Warum hast du mir ins Ohr gepustet?«

»Gepustet!«

Sie blies ihm noch einmal sanft ins Ohr.

»Das bringt Glück«, sagte sie.

Eine Zeit lang lag er nur da und atmete ruhig wie ein schlafendes Kind.

»Du riechst nach Knoblauch«, sagte er dann und berührte mit den Lippen ihren Hals.

»Ja«, sagte sie leise.

Und er traute sich, sie zu küssen.

Mit seinem halb vollen Weißbierglas in der Hand hörte er zu.
»Ganz gwieß, Herr Kommissar, i hob's doch g'hört, a Frau und a Mann, ganz gwieß«, sagte Erika Melzer ins Telefon.
Sie saß auf dem braunen Sofa, direkt neben der Stehlampe. »Ich bin extrig naufganga ... oiso, man macht sich ja seine Gedanken als Hausmeister, und der Herr Simon ist ja ein freundlicher Mann ...«
»Genau!«, sagte Melzer mit einem grölenden Unterton und trank ein siebtes Weißbier.
Erika winkte ab. Sie hatte ein kompliziertes Gespräch mit einem Kommissar von der Mordkommission zu führen.
»Ja«, angeblich ham di zwoa den Derrick daschossn. Di miassn aus dera griechischen Wirtschaft direkt auf die Werinherstrass ganga sei. Ausgerechnet den Derrick, Herr Kommissar ...«
»Wer sogtn des, dass de des warn, ha?!«, grölte Melzer.
»Bitte, Herr Kommissar? Ja, scho lang, seit ... seit ... Momenterl ...«
Sie hielt den Hörer zu.
»Wia lang kenna mia den Simon jetza?«, fragte sie ihren Mann.
»Lang«, sagte der.
»Ungefähr.«
»Ungefähr fufzehn Johr, zwanzge ...«
»Herr Kommissar? Oiso, mein Mann meint, wir kennen ihn seit zwanzg Jahren, zwanzig, jawohl. Sehr netter Mann ...«

»Oiwei sauber o'zogn ...« Aber Erika winkte ab, und er verstummte.
»Guat, dann warten wir jetzt. Ja, mia san da, di ganze Nacht, freili, wo soin ma denn hi?« Sie lachte ein bisschen.
»Auf Wiederschaun, Herr Kommissar.«
Sie legte auf, und Anton Melzer hatte sein Weißbier ausgetrunken.
»Jetza geht's los«, sagte sie aufgeregt, klopfte das Paradekissen glatt, stand auf und ging ins Badezimmer, um sich mit einer neuen Ladung Kölnischwasser zu versorgen.

Seine Zunge tummelte sich in ihrem Knoblauchmund, und sie krallte sich in seinen Haaren fest. Sie rollten über den Boden, die Lederjacke unter ihnen knirschte, und sie schoben die rote Windjacke weg und hielten sich fest und schnappten nach Luft.
»Lass uns ausgehen«, sagte Katharina atemlos. »Ins P 1, und wenn uns der Türsteher nicht reinlässt, zeig ich ihm einfach meine Titten, das funktioniert immer.«
»Das glaub ich«, sagte Simon und keuchte, denn ausufernd küssen hatte er lange nicht mehr trainiert.
»P 1 ist scheiße«, sagte er, »da sehen die Leute alle aus wie Zombies.«
»Das kommt vom Koks«, sagte sie. »Ohne Koks gehörst du nicht dazu.«
»Nicht ins P 1!«, sagte er, und sie küssten sich wieder, als hätten sie ein Jahr lang darauf verzichten müssen.

Sie knieten voreinander, und sie streichelte sein schmales, stoppeliges Gesicht, und er verwandelte sich in einen kritischen Türsteher und kontrollierte ihre Titten.
»Okay«, sagte er, »du darfst rein.« Seine Hände waren warm, und sie streckte ihren Oberkörper.
»Die glotzen uns jetzt alle neidisch an, die Typen, die seit drei Stunden hinter der Absperrung stehen und warten«, sagte sie und drückte sich fest an ihn.
»In München gibt's Leute, die fahren nicht in Urlaub, weil sie Angst haben, sie kommen dann nicht mehr in ihre Bar rein.«
»Mach weiter«, sagte sie, und er kratzte mit den Fingern über ihren Bauch.
»In dieser Stadt musst du ein Stammgast sein, sonst bist du nichts«, sagte er. Seit er fummeln konnte, ging der oberste Hosenknopf nie sofort auf. Er ließ sich nichts anmerken.
»Warte«, sagte sie und machte den Knopf an ihrer Hose auf. Für den Reißverschluss war wieder er zuständig.
»Ich hab Idioten kennen gelernt, die sind sieben Stunden dagestanden und haben immer wieder versucht, reinzukommen, sieben Stunden!«, sagte er und streifte ihr die Hose über die Oberschenkel.
Sie kniete vor ihm, spreizte leicht die Beine und zog ihm das Hemd aus; er trug ein grünes T-Shirt mit der Aufschrift: »Ich bin schuld«.
»Idioten«, sagte sie leise, und ehe er begriff, was sie tat, hatte sie sein T-Shirt mit beiden Händen zerrissen; die Fetzen hingen ihm vom dürren Leib, der in der Dunkel-

heit weiß schimmerte. Sie fuhr ihm mit der Hand über die Brust.

»Lass uns ins Schumanns gehen, Roastbeaf mit Bratkartoffeln essen«, sagte sie nah an seinem Ohr und hatte keine Schwierigkeiten mit seinem Hosenknopf.

»Und Bloody Mary trinken«, sagte er. Seine Hand war nass, und er hielt inne.

»Bleib so«, sagte sie und streifte ihm die Hose herunter und die Unterhose gleich mit. Sie griff nach seinem steifen Glied und hielt es fest. So verharrten sie, ihre Lippen in Reichweite.

»Und danach gehen wir ins Nachtcafé und tanzen«, sagte er leise und aufgeregt. »Und um sechs Uhr morgens sind wir die letzten Gäste, und nur die einsamen Frauen sind noch da, und niemand kommt, der sie mitnimmt.«

»Niemand«, flüsterte sie.

»Kein Mann«, flüsterte er.

»Nimm mich mit«, flüsterte sie.

Unbewegt stand die Madonna in ihrer Mauernische. Das Gold ihrer Krone war stumpf, und die Gäste, die aus dem Grünen Eck oder von Dimitri kamen, beachteten sie nicht. Sie stand zu weit über ihnen, unerreichbar für ihre Blicke in der Nacht.

Ein Auto fuhr im Schritttempo die St.-Martin-Straße entlang und hielt vor der Einfahrt zum Lagerhof des Fruchthauses Egerlinger. Im Hof waren Kisten und Paletten gestapelt, und das Tor war verriegelt. Die Türen des BMW, der angehalten hatte, gingen gleichzeitig auf.

Ihm war schwindlig. Er beugte sich nach vorn. Wenn er weiter so schräg über der Couch hing, würde er noch die Besinnung verlieren. Vorsichtig, um Katharina nicht auf den Boden zu schubsen, richtete er sich auf. Vor vier Jahren, an irgendeinem Tag im Januar, hatte er zum letzten Mal mit einer Frau geschlafen. Das war, nachdem er in der *Schwarzen Katz* eine Staffel Bier vernichtet hatte, und Alois, der Wirt, der ebenfalls betrunken war, bei der Stripteasevorführung der pummeligen Olga vor Lachen vom Stuhl gefallen war. Es gehörte zu den kuriosen Angewohnheiten dieses Wirtes, dass er sich nicht genierte, die Auftritte seiner Mädchen mit zotigen Bemerkungen zu kommentieren oder laut zu lachen. Die meisten Mädchen hatten ein dickes Fell, aber Olga war nur dick. Sie heulte, Simon spendierte ihr einen Piccolo und machte den Fehler, selber einen zu trinken. Piccolo, Sekt und Champagner legten seinen Kopf lahm, und der Stromausfall in jener Nacht führte zu einer fulminanten Rammelei in Olgas Wohnung, die begleitet wurde vom kreischenden unaufhörlichen Bellen ihres vollkommen degenerierten Pudels Oblomov. Vier Jahre war das her, und seitdem hatte er keine Frau mehr berührt, und er hatte auch kein Verlangen danach gehabt. Jetzt empfand er einen Schmerz wie bei einem Abschied, nur weil Katharina aufgestanden und einen Meter von ihm weggegangen war.

Sie blickte hinunter in den Hinterhof, in dem zwei gelbe Lampen matt leuchteten. Alles war verzerrt, die Lichter schwammen ineinander. In ihrem Kopf breitete sich ein

unangenehmer Druck aus, und sie presste die Fäuste gegen die Schläfen.
Katharina war nackt. Durch das Fenster drang kalte Luft herein, und sie konnte ihren Atem sehen. Ben, ihr Ex-Freund, hatte die Angewohnheit gehabt, sie jedes Mal anzustarren, wenn sie zusammen geschlafen hatten, und das hasste sie. Er behauptete, er würde ihren Körper, ihre breiten Hüften und ihren schönen Busen bewundern, aber in Wahrheit suchte er nach Wunden, um sich als Tröster aufspielen zu können. Auch wenn er es nicht zugab, er glaubte, dass eine Frau, die fast blind war, keinen makellosen Körper haben konnte, und so glotzte er sie an wie eine Aussätzige. Als sie ihm sagte, sie habe genug von ihm, schlug er ihr ins Gesicht. Das hatte er vorher noch nie getan. Wie hier, in Simons Zimmer, war sie in jener letzten Nacht mit Ben nackt gewesen, und er hatte sich schon angezogen gehabt und kam auf sie zu, als wollte er ein zweites Mal zuschlagen. An der Tür, beim Abschied, nannte er sie Fotze, und sie wusste nicht, was mit ihm geschehen war. Später rannte sie hinunter auf die Straße und lief so lange, bis ihr die Luft ausging. Sie verbrannte alle seine Fotos und verbot ihrer Freundin Silke, jemals wieder von ihm zu sprechen.
»Ich hab gar keine Angst vor dir«, sagte sie, und Simon setzte sich auf, und sie sahen sich an – eine Umarmung aus Blicken.
Er lächelte.
»Lächelst du?«, fragte sie, denn sie konnte es nicht genau sehen.

Er stand auf, machte einen Schritt auf sie zu und lächelte zu ihr hinauf.
»Steht dir gut«, sagte sie, und er blickte an sich hinunter, wo nichts stand.
»Weißt du, dass mich meine Freundin an die Polizei verraten hat?«, sagte sie.
»Dann ist sie nicht deine Freundin«, sagte er.
»Ich möchte sie trotzdem anrufen und ihr sagen, dass ich noch lebe.«
»Ich hab kein Telefon«, sagte er.
»Egal«, sagte sie.
Sie nahm seine Hand, die immer noch warm war, während sich ihre kalt wie Schnee anfühlte.
»Wir stehen genauso nackt da wie John Lennon und Yoko Ono«, sagte sie.
»Mit dem Unterschied, dass ich noch lebe«, sagte er.
»Und kannst du singen?«
Er kramte nach einer Melodie, und dann sang er eine Zeile in einer ungewöhnlichen Tonart.
»Karla, we can make it if we try ...«
Es hörte sich mehr nach einem Wackelkontakt in seiner Stimme an.
»Du singst wie Yoko Ono«, sagte sie.
Er lächelte, und sie streichelte sein Lächeln mit dem Zeigefinger.

Der Geruch in der Wohnung erinnerte Hauptkommissar Benedikt Schwaiger an das Haus seiner Tante am Mariahilfplatz, wo es einmal im Monat nach Sauerkraut und

Fleisch und 4711 gerochen hatte. Sogar das Licht war ähnlich trübe gewesen wie hier bei den Melzers.

Erika trug eine frische Bluse mit einer goldenen Brosche und zwei Ohrringe aus alten Zeiten; ihren Mann hatte sie dazu genötigt, einen sauberen Pullunder anzuziehen, der über seinem Bauch spannte. Beide trugen Straßenschuhe und Mäntel. Erika geleitete Schwaiger und Dani ins Wohnzimmer. Auf dem Tisch standen eine Schale mit Schokoladenplätzchen, zwei Flaschen Bier und zwei Gläser.

»Setzen Sie sich«, sagte Erika Melzer. »Wollen'S einen Keks und ein Bier, Herr Kommissar?«

Melzer musterte Dani von oben bis unten und versuchte zwanghaft, sich vorzustellen, welche Unterwäsche eine Polizistin trug.

»Danke.«

Schwaiger nahm sich einen Keks und nickte Dani zu, die sich auch einen nahm.

»Bitte«, sagte Erika und deutete auf die Couch, auf die sie eine braune Decke gelegt hatte, damit man nicht sah, dass die Sitzfläche schon etwas abgenutzt war.

»Simon Wolke wohnt also im vierten Stock, und Sie haben ihn mit dieser Frau zusammen in der griechischen Kneipe Dimitri gesehen«, sagte Schwaiger und zeigte ihr ein Foto von Katharina, das ihm Silke Roth gegeben hatte.

Erika holte ihre Brille, die auf dem Fernseher lag, setzte sie auf und betrachtete lange das Bild.

»Die Haar da drauf sind anders, und der Mund viel brei-

ter, oder was meinst du?« Sie schaute ihren Mann an, der kaltblütig schwieg.
»Er hat sie ja gar nicht gesehen, gell! Ja, das ist die Frau, Herr Kommissar.«
Schwaiger nahm ihr das Bild aus der Hand und steckte es ein.
»Haben Sie einen Schlüssel für die Wohnung?«
»Mein Mann hat einen.« Wieder schaute sie ihn erfolglos an.
Dani sah sich um: überall Krimskrams, Zeitschriften, Blumen, gerahmte Fotos von Kindern an der Wand, schwere Gardinen, dunkle Möbel.
»Und Sie haben die beiden oben sprechen hören«, sagte Schwaiger.
»Ja«, sagte Erika.
»Sie haben also an der Tür gehorcht.«
Sie biss sich auf die Oberlippe. Schließlich war sie die Frau des Hausmeisters und musste Bescheid wissen, was vor sich ging überall.
»Nicht direkt, Herr Kommissar«, sagte sie, »man macht sich halt so seine Gedanken …«
»Und Sie haben eine Frau mit einem Mann, der eindeutig Ihr Mieter Simon Wolke war, sprechen hören«, sagte Schwaiger.
»Eindeutig«, sagte Melzer plötzlich.
»Sie haben auch zugehört«, sagte Dani.
Er schaute sie an, und als er sprach, wandte er sich an Schwaiger.
»Halbert.«

»Bitte?«
»Er meint«, sagte Erika, »dass er nur halb zugehört hat. Nur halb. Aber ich hab's ganz gehört, ganz genau hab ich die Frau gehört.«
»Aber in dem griechischen Lokal haben Sie die Frau nicht sprechen hören.«
»Wollen'S ein Bier?«, fragte Melzer abrupt.
»Nein«, sagte Schwaiger.
Melzer begutachtete wieder Dani, und sie schaute ihn so lange an, bis er genug hatte und wegsah.
»Im Lokal nicht, weil da sind die zwei ja grad rausgelaufen, hinten raus, wie ich Ihrem Kollegen gesagt hab. Hinten raus.«
»Ist Ihnen aufgefallen, ob Simon Wolke bewaffnet war?«, fragte Schwaiger.
Erika nahm ihre Brille ab und legte sie wieder auf den Fernseher, an dieselbe Stelle wie vorher.
»Stimmt das, dass der den Derrick daschossen hat?«, fragte sie.
»Bitte, Frau Melzer, haben Sie eine Waffe gesehen oder nicht?«
Sie schüttelte schüchtern den Kopf.
»Dann gehen wir jetzt mal hinauf, und Sie bleiben da. Geben Sie mir bitte den Schlüssel.«
»Hol den Schlüssel, Toni!«
Melzer blickte in die Runde und griff in seine Manteltasche und holte den Schlüssel heraus.
»Er hat immer alles dabei«, lobte Erika ihren Mann. Er gab Schwaiger den Schlüssel.

»Gleich wird eine junge Frau bei Ihnen klingeln«, sagte Dani, »Silke Roth, sie kommt in Begleitung eines Polizeibeamten. Wenn Sie die beiden bitte hereinlassen und ihnen sagen, sie sollen einen Moment hier in Ihrer Wohnung warten, geht das?«
»Freilich«, sagte Erika.
Sie folgte Schwaiger hinaus ins Treppenhaus und blieb an der Tür stehen.
»Machen Sie bitte die Tür zu«, sagte Schwaiger und wartete, bis Erika die Anweisung befolgt hatte. Kaum waren sie einige Schritte gegangen, zog Erika die Tür leise wieder auf.
»Wir müssen die Kollegen informieren«, sagte Dani.
»Das eilt nicht«, sagte Schwaiger.
Sie trennten sich. Er ging nach oben.

Obwohl es nicht in seinen Verantwortungsbereich fiel, hatte Kriminaldirektor Eberhard Pilz die Leitung des Sondereinsatzkommandos übernommen. Er degradierte den eigentlichen Einsatzleiter Jost Keller zum ausführenden Organ, was den neununddreißigjährigen erfahrenen und für seine Entschlossenheit berüchtigten Keller bis ins Mark ärgerte. Seine Truppe, dreißig durchtrainierte, auf extreme Einsätze spezialisierte Männer, wartete, auf drei Wagen verteilt, unten im Hof, bereit, sofort loszufahren. Sie trugen Kampfanzüge und Sturmhauben, Maschinenpistolen und Funkgeräte. Sie vertrieben sich die Zeit mit Witzen, während Pilz in seinem Büro Jost Keller unter vier Augen erklärte, warum Hauptkommissar

Schwaiger vom Morddezernat ab sofort von dem Fall abgezogen war.
»Er ist schon als Student ein politischer Wirrkopf gewesen«, begann Pilz seine Ausführungen. »Und dann passierte die Sache mit dieser schwangeren Frau ...«

Katharina hob das zerrissene T-Shirt vom Boden auf und betrachtete es. Auf der Vorderseite stand: »Ich bin schuld«, und hinten: »Du bist schuld«. Sie band sich das grüne Hemd um die Hüften. Ihre Jeans und ihren Pullover hatte sie bereits wieder angezogen, ihre Schuhe lagen irgendwo herum, und sie trug dicke Wollsocken.
Simon lief in dünnen, blauen Strümpfen durchs Zimmer. Er hatte einen roten Pullover übergezogen und sich in alte, ausgewaschene Jeans gezwängt.
Sie hatten Durst, und weil der Kühlschrank leer war, tranken sie Leitungswasser.
»Was ist das?«, fragte Katharina, als sie sich über den Schreibtisch beugte und einen Packen Blätter betastete.
Simon zündete eine Stumpenkerze an und stellte sie vor die Couch auf den Boden. Bizarre Schatten sprangen durchs Zimmer, und der Duschvorhang an der Wand glänzte in einem schmierigen Grau.
Katharina schlug die erste Seite auf.
»Geh da weg«, sagte Simon.
»Sprich nicht so mit mir«, sagte sie und legte das erste Blatt wieder obenauf.
»Das ist ein Geschenk für meinen Hausmeister«, sagte er.

»Du sollst nicht so mit mir sprechen«, sagte sie.
»Entschuldigung.«
Er setzte sich auf die Couch und schloss die Augen.
»Ist das dein Tagebuch?«, fragte sie.
Bis vor einem Jahr hatte sie jeden Tag etwas notiert; sie benutzte ein kleines schwarzes Heft mit Linien, in dem sie nicht nur den Tag, sondern auch die Uhrzeit vermerkte. Einundzwanzig solcher Hefte hatte sie schon voll geschrieben gehabt, als ihr Vater ihre Notizen entdeckte. Er las darin und stellte sie zur Rede. Sie hatte auch über ihn geschrieben, über den Unfall, bei dem sie beinah blind geworden und bei dem ihre Schwester Eva gestorben war. In ihrem Tagebuch stand, was wirklich passiert war: dass ihr Vater für zwei Sekunden eingenickt war und die Kontrolle über den Wagen verloren hatte. Weil sie gehofft hatte, sie könne ihn mit einer günstigen Aussage besänftigen und dazu bewegen, bei ihr und ihrer Mutter zu bleiben und seine Beziehung mit dieser Politikerschnepfe aufzugeben, hatte sie eine Falschaussage gemacht und behauptet, eine Wespe habe ihren Vater so irritiert, dass er das Lenkrad verrissen habe. Bevor er sie zur Rede stellte, hatte er sämtliche Tagebücher im Reißwolf seiner Kanzlei vernichtet, und das hatte sie ihm nie verziehen. Er hatte sie ausgenutzt und ihre Schwester, die sie als Einzige in der Familie als Malerin ernst genommen hatte, in den Tod gefahren. Und sie, Katharina, hatte geschwiegen. Er war ein verlogenes, nur auf seine Karriere und sein Ansehen bedachtes, korruptes Schwein, und es war nicht schade,

dass er tot war und dass sie ihn getötet hatte, auch im Namen ihrer Schwester und ihrer Mutter.

»Das sind Aufzeichnungen aus einem anderen Leben«, sagte Simon.

Sie setzte sich neben ihn, aufrecht, die Hände auf den Oberschenkeln.

»Und wenn ich jetzt schwanger werde?«, sagte sie leise.

»Dann heirate ich dich«, sagte er.

»Und wo werden wir wohnen?«

»In einem gelben Haus im Grünen«, sagte er.

Sie sah ihn an, als wäre er der Bote des Glücks.

»Und unsere Kinder heißen dann alle Wolke?«, fragte sie vorsichtig.

Simon blies einen Seufzer durch die geschlossenen Lippen.

»Wie willst du heißen?«, fragte er.

»Katharina«, sagte sie.

»Ja, und weiter?«

»Wolke.«

Mit einem Ruck schwang sie sich auf seinen Schoß, hielt sich an seinem Nacken fest und schaute ihn an.

Er betrachtete ihr breites helles Gesicht mit den braunen Augen und der wuchtigen Nase, die an der Spitze nach oben zeigte.

»Du siehst aus wie ein echtes Mitglied der Wolke-Family«, sagte er.

Sie kam mit ihrem Mund nah an sein linkes Ohr, und er erwartete wieder dieses federleichte Pusten, aber sie sagte: »Lies mir was vor aus deinem anderen Leben.«

Die Kerze flackerte, und das Wachs tropfte auf den Teller, den Simon druntergestellt hatte.
Katharina stand auf, ging zum Tisch, legte einen Teil des Packens neben den Stapel, nahm mehrere Blätter in die Hand und brachte sie Simon.
»Das hab ich ausgesucht, das musst du mir vorlesen.«
»Nein«, sagte er und verschränkte trotzig die Arme.
»Dann les ich dir vor.«
»Nein«, sagte er.
»Dann du.«
Sie hielt ihm die Blätter hin.
»Setz dich auf den Boden, damit du besser sehen kannst.«
Sie zupfte ihn an der Hose, und er konnte ihr nicht widerstehen. Er ließ sich auf den Boden gleiten und nahm die Blätter in die Hand.
»Lass uns tanzen gehen«, sagte er.
»Später«, sagte sie. »Erst lesen.«
Die Buchstaben schlitterten im Kerzenlicht, und er brauchte eine Zeit lang, bis er sein Leben, das vorbei war, auf dem Papier wieder erkannte.
»Und trotz Samstag und Sonne«, las er vor, »knips ich mich selber an und sag zum Doktor: Sieh da, ein Hosenscheißer, hallo hallo! Und ich musste mich wieder der Prozedur der Fragen unterziehen, der Fragen nach der Herkunft und der ersten Dinge, und ich saß ihm gegenüber, er hatte graues Haar und ein unfassbar braunes Gesicht, mediterran möglicherweise, doch ich bin mir nicht sicher, ob im Süden welche wie ich so behandelt

werden wie hier, nach arktischen Gefühlsgesichtspunkten. Ich sage also: Hallo, hallo, und: Ich fürcht mich vor der Nacht zum Montag, und er sagt tatsächlich: Warum? Wenn Sie dies lesen, Herr Melzer, fassen Sie sich bitte jetzt an den Kopf, gehen Sie zum Fenster, öffnen Sie es und schreien Sie hinaus so laut Sie können: ›Warum‹ ist die beschissenste Frage auf der Welt. Warum? Warum? Warum fürchtet sich einer vor der Nacht zum Montag? Warum fürchtet sich einer vor dem Schlaf? Aber ich wollte ihn trösten und sagte zu ihm: Die Nacht zum Montag ist nicht das Problem, und er lehnte sich zurück, das habe ich genau gesehen, er lehnte sich zurück. Ich habe mich nie zurückgelehnt, ich traute mich nicht. Ich rechnete jeden Moment mit der Erschütterung aller Dinge im Raum: Warum? Gute Frage. Könnte sein, dass eine Frau hereinkam und sich erschütterlich benahm. Was meinen Sie? Ich sagte: Die Nacht zum Montag ist nicht das Problem, und er: Und was? Und endlich konnte ich ausholen, sogar aufstehen vom Stuhl, auf dem ich sitzen musste, mit dem Gesicht zum Fenster, damit das Licht mir einen anderen Eindruck vermittelt, als wenn ich mit dem Gesicht zur Wand gesessen hätte, ohne Blendung, ohne Tricks. Ich ging herum und holte aus: Das ganze Nichts, sagte ich lautstark und hüpfte durchs Zimmer und fuchtelte mit den Armen und imitierte meinen Vater: das ganze Nichts davor, also vor dem Montag, heute, gestern, vorhin, als ich auf dem Klo saß etcetera, jetzt – ein Haufen Hass und irgendwann der Fliederwahn Erinnerung. Das fiel mir so ein. Der Fliederwahn Erinnerung.

Man muss dem Doktor manchmal eine Freude machen. Holla, sagte er, und das fand ich gelungen. Dass einer Holla sagt, obwohl er studiert hat und einem Patienten gegenübersitzt, den er für einen Trottel hält, für einen medizinisch interessanten Trottel natürlich. Der Fliederwahn Erinnerung, Herr Doktor. Und er sagte: Woran erinnern Sie sich? Und ich sagte: an einen Orang-Utan. Das war ein Spaß, den ich mir gönnte, und ich kratzte mich unter den Achseln und rülpste anständig unanständig und hopste an der Wand entlang. Nur so zum Spaß. Der Doktor lachte nicht. Das tat er nie. Hab ich mir immer gewünscht. Heut ist mir das scheißegal, ob einer lacht.

Hosenscheißer!, grölte ich und sprang ziemlich behände durchs Zimmer, wenn man bedenkt, dass ich damals neunzig Kilogramm wog bei einem Meter fünfundsechzig. Hosenscheißer sterben spät, leben lang und schaun gut aus, sang ich und sprang um den Doktor herum.

So schickte er mich wieder ins Zimmer 14, das mein Ort war. Ich war ein Trottel, und ich wurde beobachtet. Mein Leben lang bin ich beobachtet worden. Wo immer ich hinkam, einer war schon da und glotzte aus dem Unterholz. Dann begriff ich das System und spielte mit. Ich tat also unschuldig. Das mögen sie. Sie wollen einen ertappen, auf frischer Tat. Also wurde ich ein frischer Täter. Ich sprudelte vor Frische wie ein Mineralwasser aus Bad Adelholzen. Eine Weile kam ich damit durch, dann wurde ich eingesperrt und musste büßen. Bestraft wurde ich dauernd, das war meine Mode. Ich brüllte ihnen entgegen: Hinterm Leben ist ein See, ihr Schweine, und am Rand ein Land so groß wie meine Hand! Meine Poesie war berüchtigt. Und auf der Hand und auf der Hand stehst du!, brüllte ich. Sie klebten mir kein Pflaster vor den Mund, das durften sie nicht, denn ich war ein klinischer Fall. Kopf nach unten, brüllte ich, stehst du auf der Hand und winkst der Erde mit den bloßen Füßen, endlich bist du übermütig! Angesichts der Fantasielosigkeit der Wände, in deren Mitte ich zu existieren hatte, grenzten meine Brüllereien an Kunst.

Ich beruhigte mich, und der Doktor mit dem grauen Haar ließ mich am Wochenende in die Stadt gehen. Ich ging zu meinen Eltern, die noch lebten und begrüßte sie herzlich. Mein Vater, der Rechtsanwalt, verstand eine Menge von Unschuld und Gerechtigkeit, und das kam mir zugute. Er war einverstanden, dass ich die Hälfte meiner Jugend in einer Anstalt verbrachte, weil meine Hebephrenie unerträglich geworden war für alle Beteiligten, außer für mich. Ich beugte mich. Im Dienermachen war ich ein Genie. Manchmal musste ich kotzen. Das kam vom Beugen, da kippt der Magen um, und alles fließt raus. Ich hab aber schon geahnt, dass ich eigentlich kein Depp bin, sondern vielleicht nur ein verunglückter Mensch. Ich bin heilbar, sagte der Arzt, und darüber war ich froh, denn unheilbar wollte ich noch nicht sein in meinem Alter. Dann sind meine Eltern im Starnberger See beim Segeln ertrunken, und ich durfte die Klinik verlassen. Plötzlich klappte das. Ich hatte einen Haufen zu erledigen, und ich nahm ein Zimmer in Giesing, das

Sie gut kennen, Herr Melzer, ich habe es Ihnen zu verdanken. Der Arzt, der mich behandelte, hat versucht, sich ans Erbe dranzukrallen, aber merkwürdigerweise ist auch er bald darauf gestorben, und zwar bei einem Autounfall, und die Sache hatte sich erledigt.
Gemein war, dass ich Natalia so lange suchen musste. Ich fand sie aber doch noch.«
Er ließ die Blätter fallen und stand auf und stellte sich vors Fenster.
»Weiter«, sagte Katharina.
»Nein«, sagte er.
Sie schwiegen.
Der Regen klatschte gegen das Fenster, und es wurde kälter im Zimmer. Die beschriebenen Blätter knisterten. Simons Hände zitterten. Sie lächelte, aber er bemerkte es nicht. Auf einmal hatte er den Wunsch, diese fremde junge Frau bei der Hand zu nehmen, hinauszugehen und nie wiederzukehren in dieses gottverlassene Zimmer. Und die Pistole würde er dalassen, er würde sie Melzer vermachen oder dem Mann zurückgeben, von dem er sie am Bahnhof gekauft hatte. Er würde die Stadt verlassen, zusammen mit ihr, und das Land, und nach Amerika fliegen, Last Minute, und in einem Burgerlokal arbeiten oder ein berühmter Schriftsteller werden. Katharina würde ihm schon beibringen, worüber es sich lohnte, zu schreiben.
Komm, dachte er, es ist Zeit.
»Ja«, sagte sie laut und stand auf. Sie nahm die Blätter und trug sie zum Tisch zurück.

»Und jetzt gehen wir tanzen.« Sie zog ihre Schuhe und ihre Lederjacke an.
In diesem Moment klopfte es an der Tür.

Simon griff nach der Beretta, die er aufs Fensterbrett gelegt hatte, und gab Katharina ein Zeichen, still zu sein. Die Pistole auf die Tür gerichtet, hopste er gebückt durchs Zimmer und zog sich seine schwarzen Schuhe an.
Es klopfte wieder.
»Machen Sie bitte auf, Herr Wolke!«
Katharina stellte sich neben die Tür, Simon einen Meter davor.
»Mein Name ist Benedikt Schwaiger, ich möchte mit Ihnen reden, Herr Wolke«, sagte der Mann draußen.
Sie machten keinen Mucks.
»Ich weiß, dass Sie da sind. Bitte öffnen Sie.«
Leise und ohne die Pistole zu senken, ging Simon rückwärts zum Fenster, öffnete es umständlich, und harter Regen schlug ihm ins Gesicht. Er hielt die Hand über die Augen und blickte in den Hof. Niemand war zu sehen. Neben dem Fenster führte eine Feuerleiter hinunter.
Er winkte Katharina zu sich. Sie kletterte aufs Fensterbrett und war gerade dabei, ihren Arm nach der Eisenleiter auszustrecken, als unten eine weibliche Stimme ertönte:
»Bleiben Sie, wo Sie sind! Polizei!«
Erschrocken sprang Katharina ins Zimmer zurück, und Simon schloss das Fenster. Mit vorgehaltener Pistole hielt Dani unten im Hof Wache.

Simon ging zur Tür und schlug heftig dagegen.
»Ich hab eine Waffe, und wenn Sie nicht abhauen, schieß ich durch die Tür!«, rief er. Katharina zeigte ihm den erhobenen Daumen. Niemand, weder die Polizei noch ein Arzt, würden es schaffen, sie jemals wieder einzusperren. Sie hatten beide die Absicht, dieses Zimmer zu verlassen, und es gab niemanden, der sie aufhalten konnte. Sie warfen sich einen kurzen Blick zu, Katharina neigte sich zu Simon hin, um seine Augen besser sehen zu können, und sie lächelten sich an.
»Mein Name ist Schwaiger, Hauptkommissar Schwaiger, ich bin allein, Ihnen passiert nichts.«
»Lügner!«, rief Simon.
»Ich lüge nicht.«
»Und wer ist da unten im Hof?«, rief Katharina.
»Sind Sie Katharina Rauh?«, fragte Schwaiger.
»Nein!«, rief sie.
Simon deutete ihr an, sie solle von der Tür weggehen, für alle Fälle, und sie schüttelte den Kopf. Sie fürchtete sich nicht. Der Druck in ihrem Kopf wurde immer stärker. Das Erste, was sie tun musste, wenn sie hier rauskam, war, neue Kontaktlinsen zu besorgen.
Benedikt Schwaiger stand im Treppenhaus im vierten Stock neben der Tür, die kein Namensschild hatte. Andauernd ging das Licht aus, und er musste an der Tür vorbei, um an den Schalter zu gelangen.
Seine Strategie war, mit den beiden so lange zu sprechen, bis er sie davon überzeugt hatte, dass es das Klügste war, aufzugeben. Er hatte keine Ahnung, ob es ihm gelingen

würde. Und er musste sich beeilen, bevor Emilio seinen Kollegen im Präsidium alles erzählen musste, was er wusste, und sie nicht länger auf einen Einsatzbefehl von ihm warten, sondern sich direkt an Pilz wenden würden. Und der würde zu keinen Verhandlungen bereit sein.

»Katharina«, sagte er und hörte unten im dritten Stock eine Tür aufgehen, »ich weiß, dass Sie Ihren Vater in Notwehr getötet haben. Ich weiß, dass Sie ihn nicht umbringen wollten.«

Nichts wusste er, dachte sie. Er war bloß ein Bulle, der sie hinhalten wollte. Besser, sie redete kein Wort mit ihm.

Sie nahm Simon am Arm und zerrte ihn in den Teil des Zimmers, in dem sich die Kochnische befand.

»Und wenn wir ihn reinlassen und fertig machen?«, sagte sie leise.

»Risiko. Er hat uns einmal angelogen, also wird er es immer wieder tun.«

»Du hast Recht.«

»Hab keine Angst«, sagte er und umarmte sie mit der Pistole in der Hand.

»Du kannst mich als Geisel nehmen, dann wird niemand auf uns schießen.«

»Nein«, sagte er.

»Warum denn nicht?«

»Weil sie wissen, dass ich nie auf dich schießen würde.«

»Das wissen die nicht, so was verstehen die doch nicht. Außerdem hast du Derrick erschossen, du bist gefährlich, du hast schon deine Spuren hinterlassen.«

»Ja«, sagte er, »ich bin mordsgefährlich.«
»Katharina!«
Das war eine Frauenstimme.
»Hörst du mich, ich bin's, Silke.«
Katharina befreite sich aus Simons Umarmung.
»Das ist meine Freundin, von der ich dir erzählt hab.«
Simon stürzte zur Tür.
»Hau ab, du Verräterin!«, rief er und schlug wieder mit der flachen Hand gegen die Tür.
»Katharina!«, rief Silke.
Der Polizeibeamte, der sie hergebracht hatte, scheuchte die Mieter, die sich im Treppenhaus versammelt hatten, in ihre Wohnungen zurück.
Silke stand Schwaiger gegenüber an der Wand und wusste nicht, was sie sagen sollte. Stumm forderte er sie auf, weiterzusprechen.
»Ich ... ich will dir helfen, Katharina ... ich hab dich doch nicht verraten, die Polizei ist zu mir gekommen, weil ... weil ... Was ist denn passiert? Sag doch was. Bitte sag was ...« Sie war den Tränen nahe.
»Sie hat keine Lust, mit dir zu reden«, hörte sie eine männliche Stimme hinter der Tür rufen.
»Wer sind Sie denn?«, fragte sie.
»Ich bin der Heilige Sankt Martin.«
»Wer ist das?«, fragte sie Schwaiger, und das Licht ging aus.
»Hinter Ihnen ist ein Schalter«, sagte der Hauptkommissar.
Sie tastete an der Wand entlang, bis sie den Knopf fand.

Ihre Hand hatte weiße Streifen. Sie wischte sie an ihrer Jeans ab und blieb drei Schritte von der Tür entfernt stehen.

»Silke möchte mit Ihnen reden, Katharina. Sagen Sie ihr wenigstens, wie es Ihnen geht«, sagte Schwaiger.

Katharina schüttelte den Kopf.

»Es geht ihr gut«, sagte Simon. »Und jetzt abhauen, sonst passiert was!«

»Lassen Sie mich unbewaffnet zu Ihnen reinkommen«, sagte Schwaiger. »Niemand tut Ihnen was, ich bin allein hier oben, meine Kollegin ist unten im Hof, und ein Beamter wartet im Treppenhaus, ich schick ihn weg, wenn Sie wollen.«

»Ja!«, rief Simon.

Er glaubte sowieso kein Wort. Wie er Katharina hier herausbringen würde, wusste er noch nicht, aber er würde es schaffen. Sie hatte ihn davor bewahrt, sich umzubringen, und dafür hatte sie ein großes gelbes Haus im Grünen verdient, und noch viel mehr.

»Ich bin jetzt so weit«, sagte Schwaiger.

»Ich hab Angst, Katharina«, sagte Silke und klopfte zaghaft an die Tür. »Sprich doch mit mir, bitte, ich hab wirklich nichts getan, die Polizei hat mich ausgefragt wegen ... wegen deinem Vater ... und ich hab ihnen gesagt, dass ... dass er dich gequält hat und dass ... und dass du nichts dafür kannst, wenn du ihn ...« Sie schluchzte.

»Ich bin dir nicht böse«, sagte Katharina und stellte sich nah an die Tür. Simon wollte sie wegschieben, aber sie ließ ihn nicht.

»Bist du da?«, fragte Silke.
»Ja«, sagte Katharina.
Silke lehnte den Kopf an die Tür.
»Ich hab mir solche Sorgen gemacht, ich hab dich nicht verraten, ich wollte mit dir reden, du hast doch gesagt, ich soll kommen und ...«
»Denk nicht mehr dran«, sagte Katharina.
»Lass mich doch reinkommen zu dir.«
Katharina antwortete nicht.
»Wenn Sie in Notwehr gehandelt haben, wird jedes Gericht das anerkennen, Frau Rauh«, sagte Schwaiger.
»Ich heiß nicht Rauh!«, schrie sie.
Und Simon schrie: »Weißt du, was mich im Kino immer am allermeisten nervt, Bulle?«
Schwaiger wertete es nicht als das schlechteste Zeichen, dass der andere ihn duzte.
»Keine Ahnung«, sagte er.
Silke liefen Tränen über die Wangen, und sie wischte sie nervös ab. Sie fühlte sich schrecklich allein gelassen.
»Mich nervt«, rief Simon, »wenn die Leute am Schluss endlos sabbeln. Sabbelsabbelsabbel. Das bringt überhaupt nichts! Kapiert? Ich kenn mich da aus. Ich bin nämlich der Obersabbler gewesen. Der Oberobersabbler!«
Katharina streichelte seinen Kopf. Wäre Simon aus Schnee, dann würde er jetzt schmelzen und dabei schnurren vor Wohlgefühl. Häuptling Schnurrender Schnee. Er küsste sie.
»Also was?«, fragte Schwaiger. Er überlegte, wann er das letzte Mal im Kino gewesen war. Es schien Jahrzehnte

her zu sein, *Ben Hur* oder *Vom Winde verweht,* irgendein Film aus der Steinzeit.
»Hast du das verstanden, Sabbelbulle?«, fragte Simon, und Katharina lehnte sich an ihn und stützte ihr Kinn auf seinen Kopf.
»Ja«, sagte Schwaiger, »geht mir auch so.«
»Ah ja? Sehr gut. Genug geredet. Sie haben gesagt, Sie sind allein da draußen, oder?«
Die Rückkehr zum Sie war kein gutes Zeichen.
»Ja«, sagte er. »Außer Silke ist niemand hier.«
»Schicken Sie sie weg!«
Silke wollte etwas sagen.
»Gehen Sie, und warten Sie in der Wohnung des Hausmeisters.«
»Katharina ...«, sagte Silke, und dann wusste sie nicht weiter und stieg langsam die Treppe hinunter. Sie drehte sich ein paarmal um. Sie war so aufgeregt, dass sie auf jeden Schritt achten musste, um nicht zu stolpern.
»Sie ist weg«, sagte Schwaiger, »ich bin allein.«
»Stellen Sie sich in den Winkel unterhalb der Speichertür, damit ich Sie sofort sehen kann, wenn ich die Tür aufmache. Und legen Sie ihre Pistole auf den Boden.«
Simon zog Katharina zum Fenster und schaute hinunter. Er konnte die Polizistin nicht sehen.
»Bist du so weit?«, fragte er.
»Und wenn wir tun, was er sagt und einfach rausgehen? Abhauen können wir doch dann immer noch.«
Sie stand vor ihm, und wieder einmal blickte er zum Planeten ihres Gesichts hinauf und hätte schwören kön-

nen, schon einmal hier gewesen zu sein, an dieser Stelle, in der Gegenwart dieser Frau, zu dieser Stunde. Und er wusste, was er zu tun hatte. Er steckte die Beretta in seinen Hosenbund und strich Katharina mit den Händen über beide Wangen; dann roch er an seinen Händen und vergrub sein Gesicht in ihnen. Er spürte, dass er nicht mehr unnormal war und eine Berechtigung hatte, da zu sein. Jetzt, da er das Zimmer verließ, empfand er seine Anwesenheit als angenehm und seine Erinnerungen nicht mehr als Geschwüre. Er würde gerne daran denken, dass er in der St.-Martin-Straße in Giesing gewohnt hatte, neunzehn Jahre lang, bewacht vom Hausmeister Melzer und bewirtet von Dimitri und allen seinen Wirtskollegen. Er würde seinen Kindern davon erzählen, in dem gelben Haus im Grünen.

»Mach dir keine Sorgen«, sagte er, aber sie machte sich Sorgen. Sie wollte nie mehr zurückkehren in die enge Wohnung in der Ainmillerstraße, sie wollte weit weg von Bogenhausen sein, wo sie die finstersten Jahre ihres Lebens verbracht hatte. Sonst würden die Schmerzen in ihrem Kopf niemals aufhören.

»Wir haben uns was vorgemacht«, sagte sie plötzlich.

Simon starrte sie an. Seine grünen Pupillen verengten sich, und er machte den Mund auf, ohne dass ein Laut herauskam.

Dann spuckte er die Wand an, drehte sich zur Tür um und schrie: »KEIN HOSENSCHEISSER MEHR!«

Am Fenster der Wohnung im vierten Stock war alles ruhig. Dani Schneider behielt ihre Pistole in der Hand und ging vom Hinterhof zurück auf die St.-Martin-Straße, die wie ausgestorben war. Dani sah sich um. Am Bürgersteig gegenüber parkte ein Mercedes, der ihr vorher nicht aufgefallen war. Sie konnte nicht erkennen, ob jemand drinsaß. Gerade, als sie den Wagen kontrollieren wollte, hielten mehrere Kastenwagen der Polizei an der Ecke St.-Martin-/Tegernseer Landstraße und auf der anderen Seite, an der Ecke Raintalerstraße. Die Türen wurden aufgeschoben, und ein Trupp schwer bewaffneter, vermummter Männer sprang heraus. Dani war klar, was das bedeutete. Ihr Chef Benedikt Schwaiger war nicht mehr verantwortlich für den Einsatz.
Die Männer in den grünen Anzügen mit der fünfundzwanzig Kilogramm schweren Ausrüstung am Körper rannten zum Haus Nummer 8. Die Tür war angelehnt. Die Männer verteilten sich lautlos im Treppenhaus.
Ein Mann blieb zurück und kam auf Dani zu.
»Wer sind Sie?«, fragte er.
»Daniela Schneider, Mordkommission«, sagte sie, und der Anblick dieses martialischen Mannes, von dem nur die Augen zu sehen waren, verursachte ihr einen schlechten Geschmack im Mund.
»Ach, Sie sind das«, sagte er. »Jost Keller, ich bin der Einsatzleiter. Die Organisation hat Kriminaldirektor Pilz übernommen. Bitte verlassen Sie die Straße.«
Dani verstand nicht: Sie wurde weggeschickt, und Pilz hatte die Organisation? Was sollte das heißen: Organisa-

tion? Bisher war immer nur ein Einsatzleiter für den Zugriff verantwortlich gewesen und sonst niemand.
Die Scheibe des Mercedes glitt herunter, und ein Mann streckte seinen Kopf heraus. Eberhard Pilz.
»Frau Schneider, bitte!«, sagte er laut.
Sie ging zu ihm.
»Frau Schneider, Sie fahren zurück ins Präsidium, das ist eine dienstliche Anweisung.«
An den Straßenenden hatten Beamte damit begonnen, Bänder zu spannen und die Autos umzuleiten. Nach und nach gingen die Fenster auf, und die Anwohner schauten neugierig herunter.
Dani fehlten die Worte, was selten vorkam.
»Bitte gehen Sie«, sagte Pilz.
»Benedikt ... mein Kollege ist noch im Haus und führt die Verhandlungen mit ... mit den Verdächtigen ...« Sie hatte einen Kloß im Hals, einen Klumpen Zorn.
»Davon ist er entbunden, diese Aufgabe übernimmt jetzt der erfahrene Kollege Keller vom SEK. Sie müssten eigentlich wissen, dass der Kollege Schwaiger für Entführungsfälle und Geiselnahmen nicht zuständig ist, und wenn er nicht augenblicklich das Haus verlässt, hänge ich ihm ein Disziplinarverfahren an den Hals, dann kann er seine weitere Karriere vergessen, das verspreche ich Ihnen, Frau Schneider. Stecken Sie Ihre Dienstwaffe ein, und sagen Sie Ihrem Kollegen, er ist raus. Beeilung bitte.«
Tatsächlich hatte sie die Heckler & Koch immer noch in der Hand. Sie steckte die Pistole in den Holster, schaute

sich um und ging dann, zögernd und wütend, auf das Haus zu.
Immer mehr Schaulustige versammelten sich hinter den Polizisten. Einige Beamte trugen Maschinenpistolen. Der Mercedes des Kriminaldirektors rollte langsam in Richtung Tegernseer Landstraße.
Vor der Tür, in die Dani hineinwollte, stand ein Beamter.
»Wer sind Sie denn?«, fragte er.
Sie spulte ihre Antwort herunter.

»Hörst? Da sind's.«
»Wer?«
»Jetzt stell dich nicht so: Das Kommando ist das!«, sagte sie und presste ihren Kopf an die Wohnungstür.
»Die machen alles kaputt«, sagte Melzer und ging zurück ins Wohnzimmer, wo sein neuntes Weißbier einsam auf ihn wartete.
»Mindestens hundert Mann«, sagte Erika zur Tür.
Melzer kam mit dem Bier zurück.
»Ich weiß nicht«, sagte er, »ob das in Ordnung war, dass du der Polizei gesagt hast, dass du die Frau mit dem Simon gesehen hast. Ich weiß nicht. Der Wolke ist ein guter Kerl.« Er trank erst mal.
»Du hast doch selber gesagt, ich soll anrufen, du warst das doch! Ich hab dir doch bloß erzählt, dass ich die gesehen hab, beim Dimitri, bei den Klos.« Sie hörte ganz genau die gleichmäßigen Schritte und das Rascheln der Kampfanzüge hinter der Tür.

»Ja, trotzdem«, sagte er, »aber man soll das nicht machen, dass man wem, den man schon so lang kennt wie den Wolke, die Polizei auf den Hals hetzt, so was macht man eigentlich nicht«, sagte er in sein Weißbierglas hinein.

»Spinnst jetzt?«

»Das geht uns doch gar nix an.«

Dieser alte Depp raubte ihr noch den letzten Nerv. Sie drehte sich zu ihm um.

»Du rennst doch selber dauernd zur Polizei, wenn dir die Türken an der Telapost auf'n Wecker gehen, stimmt des vielleicht nicht, oder was?«

»Die Türken«, sagte er, »das ist was anderes. Aber der Wolke ist kein Türke, der ist unser Mieter seit fünfzehn Jahren.«

»Seit achtzehn«, sagte sie.

Auf einmal war nichts mehr zu hören.

Erika Melzer horchte so heftig sie konnte: nichts.

»Was ist?«, fragte Katharina.

Simon horchte an der Tür, aber er konnte nichts hören.

»Die haben was vor. Er hat uns schon wieder angelogen, der Bulle.«

»Mach die Tür nicht auf«, sagte sie.

»Nein«, sagte er und berührte mit dem Lauf der Pistole den Türrahmen.

»Warnschuss, Bulle!«, rief er und drückte ab.

Schwaiger sprang zur Seite, doch die Kugel streifte seinen Oberarm. Er robbte zur Wand. Sein Arm blutete, aber er

verspürte nur einen schwachen Schmerz. Das Krachen des Schusses war ohrenbetäubend gewesen. Kellers vermummter Kopf tauchte an der Treppe auf. Er gab Schwaiger ein Zeichen, zu bleiben, wo er war.
»Haben Sie das verstanden?«, rief Simon von drinnen.
»Ja«, sagte Schwaiger.
»Hab ich Sie getroffen?«
»Nein.«
»Sind Sie allein?«, fragte Simon und blinzelte Katharina in Erwartung einer neuen Lüge zu.
»Ja«, sagte Schwaiger. Warum hab ich das gesagt? Er weiß doch, dass ich nicht allein bin, er spürt es. Es ist zu spät.
Dani tippte Keller auf die Schulter, er drehte den Kopf, aber bevor er sie festhalten konnte, robbte sie an ihm vorbei und flüsterte: »Gehen Sie zurück, ich rede mit ihm.«
Keller überlegte, wie er diese vorlaute, unfähige, blauhaarige Kollegin am schnellsten hier rausbugsieren könnte.
Sie kauerte in der Ecke, und Schwaiger kroch auf sie zu. Sein Arm blutete.
»Was willst du hier?«, fragte er leise.
»Pilz ist unten«, flüsterte sie, »er hat dich von dem Fall abgezogen, du sollst sofort rauskommen.«
»Nein«, sagte Schwaiger in normaler Lautstärke.
»Ich kann euch hören«, sagte Simon hinter der Tür mit einem übermütigen Unterton.
»Komm«, sagte Dani.
Im Treppenhaus war es totenstill.

»Was ist los da draußen?«, schrie Simon, und Dani erschrak.
»Komm endlich da weg, Schwaiger«, zischte Keller.
Schwaiger richtete seine Pistole auf ihn. Instinktiv entsicherte Keller seine MP. Die beiden Männer ließen sich nicht aus den Augen. Schwaiger starrte auf die Sehschlitze in der Maske seines Kollegen. Dani zweifelte nicht daran, dass sie abdrücken würden, falls einer etwas tat, was dem anderen nicht in den Kram passte.
»Simon!«, rief Schwaiger unvermittelt. »Alles klar da drin?«
Er erhielt keine Antwort. Er beobachtete Keller, der sich plötzlich umdrehte und zwischen seinen vermummten Leuten verschwand. Die Scharfschützen wirkten seltsam orientierungslos. Sie tuschelten miteinander und scheuerten nervös mit ihren Stiefeln über den Holzboden.
»Wir müssen weg hier«, sagte Dani. »Anweisung vom Chef.«
»Simon«, flüsterte Schwaiger und nickte Dani beschwichtigend zu. Die Wunde an seinem Arm fing zu brennen an. »Meine Kollegin ist bei mir, Simon, sie heißt Daniela, alle sagen Dani zu ihr. Ihr könnt übrigens Beni zu mir sagen. Sagen alle.«
Keine Antwort.
Dani richtete die Pistole auf die Klinke.
»Wir holen euch raus, ihr müsst uns vertrauen, niemand schießt auf euch.«
Keine Reaktion.

»Ich glaub ihm«, sagte Katharina leise.
»Spinnst du?«, sagte Simon laut.
Sie schlang die Arme um ihn. Er machte sich los.
»Der lügt!«
»Was kriegen wir denn dafür, wenn wir auskommen?«, rief Katharina, und Simon holte aus, um ihr eine Ohrfeige zu verpassen, doch im letzten Moment besann er sich. Er blickte zu Boden und trat von einem Fuß auf den anderen. Seine Turnschuhe waren immer noch nass.
»Entschuldige«, sagte er. Er schaute sie nicht an.
»Was wollt ihr denn?«, rief Schwaiger von draußen.
»Wir wollen raus und dann weg!«, rief Katharina.
»Spinnst du total?«, sagte Simon laut und schubste sie zur Seite.
»Ich knall dich ab, Bulle!«, schrie er.
»Sie kriegen, was Sie wollen!«, rief Dani.
»Siehst du?«, flüsterte Katharina.
Simon konnte nicht glauben, dass sie auf solche Tricks hereinfiel.
»Die verarschen uns!«
»Nein«, sagte Schwaiger. »Ich sprech mit dem Einsatzleiter, und wenn er erfährt, dass ihr unbewaffnet rauskommt, wird nichts geschehen.«
»Blödsinn!«, schrie Simon. »Ich hab jemanden umgebracht, und sie auch!«
»Das weiß ich«, sagte Schwaiger, »aber ihr habt es nicht mit Absicht getan. Wir werden eine Lösung finden.«
»Was denn für eine Scheißlösung?!«, brüllte Simon, und seine Stimme überschlug sich fast.

»Er hat was?«, stieß Pilz hervor. »Er hat Sie mit seiner Dienstwaffe bedroht?«
Der Kriminaldirektor saß auf dem Beifahrersitz seines Mercedes, vor der Apotheke an der Ecke Tegernseer Landstraße, bewacht von fünf Polizeibeamten mit Maschinenpistolen.
»Wir müssen ihn da rausholen, bevor er Unheil anrichtet«, sagte Jost Keller, der sich zum Fenster hinuntergebeugt hatte. Im Wagen roch es nach Rasierwasser und Leder.
»Dann holen Sie ihn da raus und bringen ihn in Gewahrsam. So ein verrückter Idiot.«
Der Kriminaldirektor blickte durch die Windschutzscheibe. Drüben, vor dem Karstadt und an der Straßenbahnhaltestelle, drängten sich die Zuschauer, obwohl sie ständig von Beamten der Schutzpolizei vertrieben wurden.
Pilz kratzte seinen Handrücken. Dann drehte er den Kopf und sah Keller ins vermummte Gesicht.
»Nehmen Sie zwei oder drei Ihrer Männer und tragen ihn raus, wenn's sein muss, und diese ungehobelte Kollegin gleich mit.« Keller wartete auf weitere Anweisungen, aber Pilz blickte ausdruckslos nach vorn und schwieg.
Keller wollte sich gerade umdrehen, da ertönte erneut die schneidende Stimme des Polizeidirektors.
»Und wenn Sie von mir den Befehl bekommen, dann stürmen Sie die Wohnung!«
»Verstanden«, sagte Keller, zögerte einen Moment und lief dann zum Haus zurück. Seine schweren Stiefel

klatschten in die Pfützen, dass das Wasser aufspritzte, als galoppiere ein Pferd über den Asphalt.

»Die werden uns erschießen«, sagte Katharina.
Der kleine, dünne Simon hörte nicht zu. Er dachte nach. Im Treppenhaus war nichts mehr zu hören. Er hatte sich auf den Boden gesetzt, in die Nähe der Kerze, die inzwischen heruntergebrannt war und bald erlöschen würde. Er wollte seine zukünftige Frau vor dem Unheil bewahren und sie beschützen vor den Mördern, und er wollte nicht versagen wie damals, als er zu spät kam, um die Elstern vor ihrer Ausrottung im Park zu retten; seine Mutter hatte ihn ausgetrickst, und er war dazu verdammt, Kreuze zu errichten, die niemanden lebendig machten. Diesmal wollte er rechtzeitig zur Stelle sein, und er war schon da.
»Da bin ich«, sagte er und erhob sich.
Katharina sah ihn an.
»Ich stelle mich vor dich hin, und nichts wird dir geschehen.«
Er ging zu ihr, nahm sie bei den Schultern und führte sie langsam um sich herum, bis sie hinter ihm stand.
»Danke«, sagte sie.
»Wenn er uns angelogen hat, bring ich ihn um.«
»Ja«, sagte sie.
Sie fühlte, wie er zitterte und wie schwer sein Atem ging.
Breitbeinig stand er da, einen Kopf kleiner als sie, und steckte die Pistole unter sein T-Shirt in den Hosenbund.

»Sie werden uns nichts tun«, sagte sie.
Sie legte die Arme von hinten um seine Brust. Der Schmerz in ihrem Kopf zog sich von ihrem rechten Auge wie eine brennende Lunte ins Gehirn und von dort an der Schädeldecke entlang. Ihr Mund war ausgetrocknet, und in ihrem Magen hockte ein Specht und trommelte.
In diesem Augenblick ertrank die Kerze im flüssigen Wachs, und es wurde stockdunkel.

»Los!«, rief Keller, und die vier Männer hinter ihm stürzten sich auf Schwaiger und Dani, drehten ihnen die Arme auf den Rücken, nahmen ihnen die Waffen ab und schleiften sie die Treppe hinunter, noch bevor sie überhaupt einen Ton sagen konnten. Als sie die erste Biegung erreichten, trat Dani einem der Männer, der dort stand, mit voller Wucht zwischen die Beine. Der Mann schrie auf und schlug mit der flachen Hand auf Danis Hinterkopf. Sie glaubte, gegen eine Wand gekracht zu sein, so brutal war der Schlag.
Schwaiger wollte eingreifen, aber die beiden Vermummten, die ihn in der Zange hatten, bogen ihm den blutenden Arm nach hinten, und er stieß einen lauten Schrei aus.
»Was ist da los?«, hörte er Simon rufen, und dann war es wieder still.
Die SEK-Männer warteten auf den Einsatzbefehl.
Auf dem staubigen Boden klebte Blut.
Als Benedikt Schwaiger aus dem Haus geführt wurde, riss er sich los und lief auf den Mercedes des Polizei-

direktors zu. Die beiden Vermummten rannten hinterher. Die anderen beiden stießen Dani über die Straße zu den Absperrungen.

»Das war unser Held, der da geschrien hat«, sagte Simon.
»Hallo?«, rief Katharina leise. »Hallo! Hallo!«
»Ich hab's gewusst«, sagte er.
»Warte, er hat gesagt, er will mit dem Einsatzleiter sprechen. Er ist bestimmt gleich zurück.«
»Und wenn nicht?«
»Vertrau mir.«
»Ich vertrau dir ja. Aber ihm nicht.«
»Er kommt zurück, und dann werden wir frei sein.«
»Wir sind Mörder«, sagte er, »für uns gibt's keine Gnade.«
»Wir sind keine Mörder.«
»Wieso glaubst du diesem Bullen? Kennst du den?«
»Nein. Ich mag seine Stimme. So wie deine. Dunkel und wild.«
»Ich hab eine wilde Stimme?«
»Ja.«
»Hab nie drauf geachtet.«
»Dein Leben wird sich mit mir ganz schön ändern.«
Unaufhörlich trommelte der Regen ans Fenster.

10

Den braunen Kaschmirschal mit den dezenten Streifen hatte ihm seine Frau geschenkt, er trug ihn jeden Tag, weil er weich war und gut aussah. Er rieb ihn sacht mit den Fingern und setzte seinen Monolog fort, ohne die drei Männer, die neben dem geöffneten Seitenfenster im Regen standen und ihm zuhörten, eines Blickes zu würdigen.

»Folglich sind Sie bis zum Beginn des Verfahrens vom Dienst suspendiert, das ist doch logisch, Herr Kollege Schwaiger. Sie haben diesen Fall von Anfang an falsch angepackt. Sie sind ein Risikofaktor, Schwaiger, ein sehr schlimmer Risikofaktor.«

Eberhard Pilz sah seinen Fahrer an, der die ganze Zeit starr und stumm wie ein Crash-Test-Dummy hinter dem Lenkrad saß.

Mit einer Hand stützte sich Schwaiger am Autodach ab und beugte sich hinunter.

Das Autotelefon klingelte. Der Fahrer griff nach dem Hörer, hielt ihn ans Ohr und reichte ihn Pilz.

»Ja. Herr Ministerpräsident!«

Einer der beiden Vermummten rammte Schwaiger den Ellbogen in die Seite und grinste hinter seiner Maske.

Schwaiger biss die Zähne zusammen. Der Schmerz in seinem Arm war inzwischen ein loderndes Feuer.
»Die Aktion läuft nach Plan. In wenigen Minuten ist der Spuk vorbei. Ich habe Ihren Anruf schon erwartet.«
Pilz hörte zu.
»Die beiden sind bereit, sich zu ergeben«, sagte Schwaiger und beugte sich, so tief er konnte, hinunter. Der SEK-Mann, der ihn gestoßen hatte, zerrte ihn am Kragen zurück.
»Die vertrauen uns, es gibt keinen Grund, mit Waffengewalt ...«
»Seien Sie bitte still«, sagte Pilz.
»Die haben doch mit den Morden an den CSU-Leuten überhaupt nichts zu tun!«, schrie Schwaiger.
Polizisten, die in der Nähe standen, warfen ihm einen verständnislosen Blick zu.
»Sie sind paranoid, Hufnagel!«, brüllte er in Richtung Autotelefon.

»Wo bleibt er denn so lange?«
»Ich will nicht mehr warten.«
»Noch eine Minute, dann machen wir, was du willst.«
»Eine Minute, keine Sekunde länger.«
»Ich glaub, ich hab Schritte gehört.«

»Verstanden, Herr Ministerpräsident. Selbstverständlich. Ich rufe Sie sofort danach an. Nichts geschieht ohne Ihr Wissen.« Pilz beendete das Gespräch und gab seinem Fahrer den Telefonhörer.

Fünfundvierzig Kilometer südlich von München, im oberbayerischen Geretsried, legte Josef Hufnagel den Hörer auf und faltete nachdenklich die Hände. Die Uhr an der Wand schlug dreimal. Drei viertel neun Uhr abends. Hufnagel trug dunkelgrüne Filzpantoffeln, einen gelben Pullunder über dem hellblauen Hemd und eine ausgewaschene, bequeme Cordhose.
Er ging hinunter in den Partykeller zu seinem Sohn Dieter, um mit ihm dessen Geburtstagsgeschenk weiterzutesten. Hufnagel hatte ihm eine Karaoke-Musikbox geschenkt, und gemeinsam stimmten sie jetzt ein neues Lied an. Dieter trug ein schwarz-rotes T-Shirt mit der Aufschrift »Pearl Jam« und ausgewaschene, durchlöcherte Jeans. Das kuriose Duo wartete seinen Einsatz ab, die Musik lief und dann legten sie los: »Marmor, Stein und Eisen bricht, aber unsere Li-iebe nicht. Alles, alles geht vorbei, doch wir sind uns treu ... Dammdamm, dammdamm ...«
Hufnagel wippte von einem Fuß auf den andern, schleuderte übermütig seine Pantoffeln in die Ecke und setzte sein berühmtes Lächeln auf, das die meisten seiner Freunde und Feinde für ein Grinsen hielten. Er fühlte sich wohl in der Haut eines Vaters, der von seinem Sohn respektiert und zum Mitsingen aufgefordert wurde. Dieter fand das Lied zum Kotzen, aber er hatte die Bitte seines Vaters, der ihm das Gerät gestern erst geschenkt hatte, nicht abschlagen wollen.

»Bringen Sie den Kollegen in Sicherheit«, sagte Pilz zu den beiden Vermummten.
Sie packten ihn wieder am Arm. Einen Moment lang waren sie unvorsichtig. Schwaiger riss dem einen die MP aus der Hand und rammte sie ihm in den Bauch und knallte dem anderen die Faust ins Gesicht. Beide taumelten, und der, der die Waffe noch in der Hand hielt, fiel hinterrücks in eine Pfütze.
Schwaiger richtete die MP auf Pilz.
»Stoppen Sie den Einsatz!«
Pilz drehte langsam den Kopf, und als er Schwaiger ansah, war nicht die geringste Furcht in seinem Blick. Er tat, als wäre nichts geschehen. Dann griff er zum Walkie-Talkie, das neben ihm auf dem Sitz lag.

»Die Zeit ist um.«
»Noch nicht. Warte! Da ist doch jemand. Sind Sie's, Schwaiger? Hallo!«
Simon wollte die Pistole aus dem Hosenbund ziehen, aber Katharina hielt seine Hand fest. Sie stellte sich neben ihn, ohne seine Hand loszulassen.
»Wir kommen jetzt raus, Benedikt!«, rief sie.

»Zugriff in zehn Sekunden«, sagte Pilz ins Walkie-Talkie.
»Stoppen Sie diesen Einsatz«, sagte Schwaiger noch einmal, und er sprach sehr leise.
Er befand sich in einem Zustand fantastischer Sekundeneuphorie.

Um ihn herum scharten sich seine Kollegen, unter ihnen die beiden SEK-Männer, die ihre Masken abgenommen hatten. Ihre Gesichter waren braun gebrannt.
Der Regen hörte schlagartig auf.
»Nein«, sagte Pilz. »Ich habe mich abgesichert. Und Sie, Schwaiger, werden nie wieder Polizist sein. Fahren Sie los, Lechner.«
Es gab ein merkwürdiges Geräusch, als Schwaiger abdrückte, ein metallisches Klicken, wie wenn ein Schloss aufspringt. Die Kugel aus der MP traf Pilz genau in die Schläfe, und sein Kopf zuckte ein wenig. Dann kippte der Körper wie in Zeitlupe nach links und landete auf dem Schoß des Fahrers. In Panik riss Lechner die Tür auf und sprang aus dem Wagen. Der Kopf des Toten hing unten aus der Tür, und hellrotes Blut floss in Regenbächen die Straße hinunter.
Schwaiger ließ die MP fallen und hob langsam die Arme. Es sah aus, als wäre er in Trance. Nur seine Blicke sprangen von einem Menschen zum andern, ununterbrochen, während er seine Arme immer weiter in die Höhe streckte. In der Ferne, neben einer grünen Minna, sah er Dani stehen, und sein Blick blieb an ihr haften. Sie wollte sofort zu ihm gehen, aber ein junger Streifenbeamter hielt sie fest.
Benedikt Schwaiger legte den Kopf in den Nacken, und ein riesiger runder Mond glotzte ihn an.

»Wer ist dein Lieblingsschauspieler?«, fragte sie.
»Johnny Depp«, sagte er sofort.

Als sie ihn abführten, hielt er die Arme noch immer in die Höhe, die Finger lang gestreckt, und er starrte in den grauen, aufgedunsenen Himmel.
Der Mond war verschwunden.

»Weißt du, wer meine Lieblingsschauspielerin ist?«, fragte sie.
»Sag's mir.«
»Kati Outinen.«

»Go!«
Die vermummten Männer schossen die Tür auf und stürmten die Wohnung.
Sie waren zu zehnt.
Und alle zweiundvierzig Kugeln trafen.
Simon und Katharina hielten sich einfach an den Händen und tanzten.
Blut spritzte an die Wände, ans Fenster und auf den Duschvorhang über der Couch.
Und wie von einem scheuen Wind bewegt, flatterten weiße Blätter in der Dunkelheit.
Und die Maschinenpistolen spuckten Projektile.
Und plötzlich war es still.

»Warum?«
Der junge Streifenbeamte, der sie schon die ganze Zeit über bewacht hatte, packte sie am Arm und drehte sie zu sich her.
»Warum hat er das getan?«

Daniela Schneider gab keine Antwort. Sie machte sich von ihrem Kollegen los und bahnte sich einen Weg durch den riesigen Pulk der Polizisten, Fotografen und Schaulustigen, die neugierig und erschrocken die St.-Martin-Straße bevölkerten.

Sie erinnerte sich an die Bemerkung, die Benedikt Schwaiger immer machte, wenn er wieder einmal auf eigenwillige Art einen Fall gelöst und damit sogar seine engsten Mitarbeiter überrumpelt hatte.

»Bären sind unberechenbar.«

Am St.-Martins-Platz, einen Kilometer vom Haus Nummer 8 entfernt, stand eine verwitterte Holzbank, und Daniela Schneider setzte sich hin.

Sie fror, als wäre sie nackt in der Antarktis gestrandet.

11

Nachdem der Motor des VW abgestorben war, hatte er zwei Versuche unternommen, ihn wieder anzulassen. Aber die alte Kiste tat keinen Muckser mehr. Er ließ das Auto stehen und wanderte nach Lochhausen, mindestens fünf Kilometer. Dort aß er in der Bahnhofsgaststätte eine Leberknödelsuppe und einen Wurstsalat aus Regensburgern und trank vier Helle. Zwei Stunden später stieg er in die S-Bahn.
Ob es sich um ein Wunder handelte oder um einen simplen technischen Defekt, interessierte ihn nicht. Als feststand, dass sein Selbstmordversuch gescheitert war, nahm er sein neues Leben sofort an. Augenblicklich hatte er beschlossen, reinen Tisch zu machen, der Partei heimzuzahlen, was sie ihm angetan hatte, seine Verbrechen zu gestehen, ins Gefängnis zu gehen und demütig zu werden.
Alles andere würde sich finden.
Heinrich Eberle war froh, wieder vor der Pension Lydia angekommen zu sein, die er inzwischen als sein Zuhause empfand.
Da sprach ihn ein Mann an, den er vorher nicht bemerkt hatte.

»Was ist?«, fragte Eberle, und dann erkannte er den Mann: Es war derselbe, der ihn in den Wald gefahren hatte.
»Ich geh immer auf Nummer sicher«, sagte Deiser. »Ich hab auf dich gewartet, und wie du siehst: nicht umsonst.«
Dann stach er zweimal zu, und Eberle sackte zusammen.
Deiser ging zu seinem Mercedes und fuhr davon.
Die beiden Polizisten, die die Pension in der Gollierstraße bewacht hatten, waren eine halbe Stunde zuvor von Kriminaldirektor Pilz ins Präsidium zurückbeordert worden.
Heinrich Eberle verblutete in der Hofeinfahrt.

Zum Rhythmus der Musik klopfte Deiser aufs Lenkrad. Nach dem Ende des Liedes meldete sich der Moderator mit der neuesten Nachricht.
»Wie die Polizei soeben mitteilte, handelt es sich bei dem Schauspieler, der in der Werinherstraße erschossen wurde, doch nicht um Oberinspektor Derrick. Das Opfer heißt Eugen Schmid und arbeitete seit acht Jahren als Double für Derrick, der aus Altersgründen viele Einsätze nicht mehr selbert bewältigen kann. Offenbar hat die Polizei all die Jahre verheimlicht, dass ihr Star ein Double braucht. Und jetzt ein Song von den Hooters: Graveyard Waltz.«
Vor einer beleuchteten Apotheke hielt Adalbert Deiser an.

»Liebe, Neugier und Leidenschaft«

Ein Interview mit dem Schriftsteller Friedrich Ani

Lieber Friedrich Ani: Wie sind Sie dazu gekommen, Schriftsteller zu werden?

Im Alter von elf Jahren schrieb ich meine erste Kurzgeschichte, eine Hausaufgabe im Deutschunterricht. Niemand glaubte, dass sie von mir war. Aus Wut schrieb ich sofort zwei weitere Geschichten und las sie in der Klasse vor, sie waren komisch, und alle lachten. Das war ein großartiger Moment – ich war eine Art Entertainer geworden, durch mein Schreiben, meine Sätze, meine Pointen. Von da an hörte ich nicht mehr auf zu schreiben, ich probierte sämtliche Genres aus, die Erzählung, die Horrorstory, ich verfasste Gedichte und kurze Theaterstücke und eine Unmenge von Songtexten. Ich hatte nur noch ein Ziel: zu schreiben. Und ich las ununterbrochen. Johannes Mario Simmel neben Nelly Sachs, Hölderlin, Kafka, Beckett, Pinter, dessen Dialogtechnik

ich dermaßen kopierte, dass meine Texte zeitweise nur noch aus Pausen bestanden.
Was ich in der Literatur nicht erlebte, wollte ich auch in der Welt nicht erleben. Dann trat Thomas Bernhard auf den Plan, und ich eiferte ihm nach (später stellte ich fest, dass ich zum Glück nicht der einzige Autor war, der vom Bernhard'schen Sound gebeutelt worden war). Und natürlich war da noch ein anderer Poet, der meine Nächte besang, meine Sehnsucht erhörte und mich erlöste, wenn die Wände wieder einmal näher kamen: Bob Dylan.

Das hört sich an, als sei die Schriftstellerei für Sie nicht nur Beruf, sondern auch Berufung.
Als ich das Schreiben für mich erfunden hatte, war ich mir sicher, ich würde dieses Leben irgendwie hinkriegen. Und das denke ich noch heute.

Wie kamen Sie auf die Idee, einen Krimi zu schreiben?
Im Jahr 1995 lernte ich über eine Bekannte den Kölner Verleger Emons kennen. Er war und ist der Großmeister des Regionalkrimis und plante damals, sein Bücherspektrum in den Süden zu erweitern. Er wollte einen München-Krimi in seinem Programm. Zu dieser Zeit schrieb ich zum neunten Mal meinen ersten Roman um, den ich acht Jahre zuvor begonnen hatte und der nun endlich erscheinen sollte. Ich hatte eigentlich keinen Blick frei für eine andere Art von Buch. Aber die Herausforderung stachelte mich an. Als Leser habe ich seit jeher Kriminalromane gelesen, die üblichen Verdächtigen – Hammett,

Simenon – ebenso wie jemanden wie den Brasilianer Rubem Fonseca, dessen Short Storys meiner Meinung nach unerreicht sind. Außerdem hatte ich gerade meine ersten Drehbücher für Krimiserien im Fernsehen verkauft (»Ein Fall für zwei«, »Faust«), ich war also mit dem Genre auch als Autor vertraut. Ich fing an, Kontakte zur Münchner Polizei herzustellen, ich interviewte Kriminalisten. Innerhalb eines Monats schrieb ich *Killing Giesing*, packte alles hinein, was mir zum Thema Regionalkrimi einfiel – und wunderte mich, dass mir die Arbeit so gefiel.

Wie waren die Reaktionen auf Ihren ersten Kriminalroman?
Die Buchpremiere von *Killing Giesing* fand im Hofbräuhaus statt, wo auch eine Szene des Romans spielt (Lokalkolorit!), und im Laufe der nächsten Monate las ich an den unterschiedlichsten Orten, meist vor einem Publikum, das sich besonders über die konkreten Ortsbeschreibungen und die Dialoge freute. Nach einiger Zeit las ich dann aber auch Stellen vor, die das seltsame Liebespaar in dem Roman betreffen, Momente weit entfernt vom gängigen Krimi, und das Publikum hörte trotzdem zu. Ein Glück für mich, weil meine Romane im Wesentlichen von unscheinbaren Menschen in schlecht beleuchteten Zimmern handeln, die versuchen, einen Schritt über die Schwelle hinaus ins Unwägbare zu machen, und erst an dritter bis fünfter Stelle von Spektakeln und üblen Verbrechen.

Die sprichwörtliche eine Schwalbe macht noch keinen Sommer. War für Sie nach Killing Giesing *trotzdem sofort klar, dass Sie weiter Kriminalromane schreiben wollten?*
Nach meinem zweiten München-Krimi *Abknallen* begegnete ich eines Nachts im Augustinerstüberl an der Tegernseer Landstraße in München-Giesing einem langhaarigen Kerl in einer merkwürdigen Hose und seinem bleichen, ewig rauchenden Freund. Ich beobachtete sie eine Weile, bevor ich meinen kleinen Block hervorholte, den ich immer bei mir trug für den Fall, dass zwischen dem zweiten und dritten Bier etwas Wesentliches in meinem Kopf passierte, und notierte mir die Namen der beiden Gestalten: Tabor Süden und Martin Heuer. Am 24. November 1997 schrieb ich die ersten drei Seiten meines Romans *Die Erfindung des Abschieds*, und nichts mehr war wie bisher in meinem Leben als Schriftsteller.

Viele Krimis fesseln ihr Publikum mit den detaillierten und Angst einflößenden Beschreibungen der Morde und Verbrechen. Sie verzichten darauf. Kann der Autor Friedrich Ani kein Blut sehen und will dies daher auch seinen Figuren ersparen?
Blut ist gut – aber das wird mir auch vom Fernsehen ins Haus geliefert. In der Literatur kann man darauf verzichten, auch im Kriminalroman. Mich treibt das innere, nicht das nach außen strömende Blut meiner Helden um, ich bevorzuge ihren Herzschlag und weniger ihren Faustschlag (obwohl ich den auch zulasse, wenn's sein

muss). In meinen Romanen entsteht die Spannung aus dem Ringen einer Figur mit ihrem Schatten oder dem Schatten der Welt.

Ihr berühmter Ermittler Tabor Süden arbeitet ja auch nicht für die Mordkommission, sondern im Vermisstendezernat ...

Wenn einer verschwindet, dann ist dies eine Heldentat, ein Aufbruch ins Größere, die absolute Action im Leben dieses Menschen. Und das kann, nebenbei, durchaus komisch, tragikomisch, zum Lachen sein. »Nichts ist komischer als das Unglück«, schrieb Samuel Beckett. Wenn wir an manchen Tagen in den Spiegel sehen, begreifen wir, was gemeint ist.

Wenn Sie die Handlung für einen Krimi entwickeln, wie gehen Sie vor – beginnen Sie mit dem Verbrechen, dem Charakter des Täters?

Am Anfang steht immer eine Silhouette. Daraus entwickelt sich eine Gestalt, eine Figur, ein Charakter. Dann kommt eine zweite Silhouette, eine dritte. Erst, wenn ich meine Personen kenne, beschäftige ich mich mit der Handlung, dem Plot, den Konflikten. Zu diesem Zeitpunkt kann ich mich schon vollkommen auf meine Figuren verlassen, sie erzählen mir, worum es gehen muss, und das tun sie noch, während ich bereits begonnen habe zu schreiben. Wie ein Roman ausgeht – darauf bin ich ebenso gespannt wie später die Leser.

Welche drei Krimis sollte man Ihrer Meinung nach gelesen haben?

Die Nacht hat tausend Augen von Cornell Woolrich. Woolrich ist, obwohl ich größtenteils ganz andere Krimis schreibe, mein einziges Vorbild im Genre, er ist mir als Schriftsteller näher als jeder andere (sogar als Simenon), sein Blick auf den Menschen kommt dem meinen erschreckend nah. Eines Tages werde ich einen Roman über ihn schreiben.

Der Schneemann von Jörg Fauser. Fauser ist für mich der beste deutschsprachige Kriminalschriftsteller, und natürlich ist er vor allem ein Dichter, was seiner Sprache ein Leuchten verleiht, in dem man sich als Autor sonnen sollte, wenn's einem wieder einmal an Energie mangelt.

Der Schakal von Frederick Forsyth. Für mich ist *Der Schakal* immer noch der spannendste Kriminalroman, den ich kenne. Ein Jammer, dass ich ihn schon dreimal gelesen habe, aber einmal schaffe ich, glaube ich, noch, ohne dass das Buch an Reiz für mich verliert. Die absolute Pflichtlektüre für alle angehenden Kriminalschriftsteller.

Und welchen Ihrer Krimis möchten Sie den Lesern ganz besonders ans Herz legen?

Vielleicht *Gottes Tochter*, vielleicht *Süden und der Mann im langen schwarzen Mantel.* Ich glaube, man muss selbst entscheiden, welches Buch man sich ans Herz legen möchte.

Sie schreiben sehr erfolgreich Krimis, Jugendromane, Drehbücher. Welche Form des Geschichtenerzählens ist Ihnen am liebsten?
Ich bin Schriftsteller, meine Profession ist das Schreiben. Das bedeutet, ich nähere mich jeder Form des Geschichtenerzählens mit größtmöglicher Liebe, Neugier und Leidenschaft und dem Staunen eines Fisches über den Flügelschlag der Möwen.

Lieber Friedrich Ani –
wir danken Ihnen für das Gespräch!

Killing Giesing II war ursprünglich eine weitere Auftragsarbeit für den Kölner Verleger Emons, der eine Geschichte für seine Anthologie *Rattenpack* suchte. Sie erschien dort unter dem Titel *Abknallen II* in Anspielung auf mein zweites Emons-Buch, *Abknallen* (Neuausgabe im Knaur Taschenbuch Verlag, München). Später erschien *Killing Giesing* im Münchner Magazin *BISS – Bürger in sozialen Schwierigkeiten* – und in der Anthologie *Tatort München.*

Friedrich Ani
München im Oktober 2006

Friedrich Ani
Killing Giesing II

Ich hasse diese Stadt, ich hasse München. Wieso bin ich nicht in Berlin geboren worden, oder in Hamburg, oder wenigstens in Aachen? Ich erblickte – und jeder weiß, dass das Unsinn ist, denn Babys blicken nicht – in Giesing das Licht der Welt. Ausgerechnet in Giesing! Wieso nicht in Bogenhausen, oder wenigstens in Haidhausen? Dann hätt ich als der Gaudi-Haid von Haidhausen am Faschingsdienstag auf dem Viktualienmarkt tanzen und trompeten können. »Schauts 'n oo, da isa wieda, da Gaudi-Haid von Haidhausen, he!«, hätten die Leute gerufen, und ich hätt ihnen auf den Kopf gespuckt oder in ihr Löwenbräu.

Ich hasse Löwenbräu. Mein Vater, der beim MVV angestellt war, bevor er an Krebs starb, trank jeden Abend sieben Löwenbräu, das entspannte ihn, wie er mir erklärte. Ich war ihm dankbar für diese Erklärungen, da er wenig redete, und wenn, dann verstand ich ihn nicht. Er trank nämlich nicht nur Löwenbräu, er brüllte auch wie ein Löwe. Und zwar auf Bayerisch. Schon als Kind hab

ich mich geweigert, diesen Dialekt anzunehmen. Für die Psychologin war ich eine Art Phänomen, weil das normalerweise nicht passiert, dass ein Kind beschließt, seinen Dialekt abzulehnen. Ich hab aber Nein gesagt.
Günstig für mich wirkte sich die Herkunft meiner Mutter aus, sie stammte aus Hannover und hatte sich in den Nachkriegswirren an die Isar verirrt. Sie sprach lupenreines Hochdeutsch, soweit das möglich ist, mit einer Lupe jemandem auf die Sprache zu schauen. Ich nehm's gern genau.
Deswegen hab ich auch meinen Wirt, Franz Penzberger, nicht einfach abgeknallt, sondern bin ihm erst tagelang hinterhergeschlichen, und als er dann in der guten Dunkelheit ein Summen hörte, hab ich ihm gezielt in den Kopf geschossen. *Shadows on the wall hmhm, shadows on the wall hmhm ...*

Die genaue Todesursache lautet jetzt Tod durch Erschießen. Ansonsten hätt es womöglich Tod durch inneres Verbluten oder dergleichen lauten können, und das wollte ich vermeiden. Franz hat schon meinem Vater das Löwenbräu serviert, und meiner Mutter, die lieber Pils trank, aber keine Wahl hatte. In dieser Stadt hat niemand eine Wahl.
Ich hasse München. In der Schlierseestraße, wo ich geboren wurde – ich bin eine Zimmergeburt –, herrscht jetzt Trauer. Überall bayerische Tränen, gemischt mit türkischen und ein paar griechischen Tränen.
Tränenreiches Giesing. Was hätt ich tun sollen? Vom

esoterischen Standpunkt aus hat der Wirt das Schicksal bekommen, das ihm zusteht. Genau wie ich. Also wurde ich Giesinger. Wär aber lieber Haid- oder Bogenhausener geworden, selbstverständlich kein Schwabinger oder Harlachinger.

Ich hasse Giesing. Auch der Tod des Hausmeisters Luitpold »Lalli« Rosstäuscher ist nach wie vor ungeklärt. Ob Butz mehr Glück hat als seine Vorgänger? Das Phantombild des Mörders im ZDF sah mehr Franz Beckenbauer ähnlich als mir. Vielleicht hab nicht ich Lalli Rosstäuscher erschossen, sondern unsere Lichtgestalt. Schlich ihm tagelang hinterher, und als er ein Summen im guten Dunkeln hörte, drückte ich ab. *Shadows on the wall hmhm, shadows on the wall hmhm ...*

Liegt jetzt schon drei Jahre zurück, der Mord, und die Polizei wird feststellen, dass das Kaliber immer dasselbe ist, neun Millimeter, preiswerte Pistole alles in allem. Mit dieser Waffe dezimiere ich Giesing, aber ich bin nicht schnell genug, es erblicken immer noch mehr Babys das Licht der Welt als Erwachsene die Dunkelheit durch meine Hand. Hab mir Mühe gegeben, siebzehn Leichen in zwölf Jahren, das ist für Münchner Verhältnisse Höchstgeschwindigkeit.
Auf keinen Fall wollte ich mich erwischen lassen und der *tz* den Stoff wegnehmen, den sie seit zwölf Jahren auswalzt und auswalzt mit immer neuen Vermutungen und Untersuchungen und fantastischen Interviews, zum

Beispiel mit mir. Die junge Frau fragte mich, ob ich den toten Hans Feigl gekannt hätte. Flüchtig, sagte ich, und das war die Wahrheit, *tz*-mäßig.
Früher, als mein Vater noch lebte, kam uns Herr Feigl jeden Samstag besuchen und schaute die *Sportschau* mit meinem Vater und mit mir. Sie redeten beide Bayerisch, und Herr Feigl spuckte mich beim Sprechen an und sagte mir Worte vor, die ich nachsprechen sollte. Bayerische Worte.
Hab ich nicht getan. Da wurde er wütend und zeigte mit dem Finger auf mich. Nach dem elften Löwenbräu verschwand er. Bei der Beerdigung meines Vaters sah ich ihn wieder, danach nur noch einmal kurz vor seinem Tod, den ich ihm in neun Millimetern Stahl mitgebracht hatte. *Shadows on the wall hmhm, shadows on the wall hmhm ...*

Flüchtig, von früher kenn ich ihn, sagte ich zu der jungen Reporterin von der *tz* und freute mich schon darauf, am nächsten Tag mein Bild in der Zeitung zu sehen. Ich liebe die *tz*. Jeden Morgen, wenn ich durch Giesing schlendere und alte Bausubstanz betrachte, lese ich die *tz* an der erstbesten roten Ampel. Wenn die Ampel dann auf Grün umspringt, bin ich mit dem Lesen fertig und reiche die Zeitung dem nächstbesten Münchner, der sie freudig nimmt. Hoch lebe die *tz*!
Esoterisch gesehen, konnte auch Hans Feigl nichts anderes widerfahren, als mich in meiner Kindheit zu treffen. Dafür hat ihm seine Familie ein aufwändiges Begräbnis

spendiert und riesige Anzeigen in der *tz*, denn er war ein großer Geschäftsmann und Gaudibursch, dessen pfundiger Humor über die Stadtgrenzen hinaus bis nach Gräfelfing und Dorfen bei Erding bekannt war. Gegen meine neun Millimeter war jedoch auch diese Stimmungskanone machtlos.

So verliefen die Jahre, und jetzt bin ich vierzig, und das muss genügen. Ich hab meinen Beitrag in dieser Stadt geleistet, speziell in Giesing, meiner Heimat. Heute feiere ich Geburtstag, und zwar am Pariser Platz in Haidhausen. Da sitzen gerade ein paar Penner, und wir trinken auf meine Kosten französischen Rotwein, und ich frage die Männer nach ihren Erlebnissen. Sie erzählen mir von ihren Frauen, die abgehauen sind, und von den Dingen, die hätten passieren sollen, damit das Leben einen Sinn ergibt. Ist aber alles anders gelaufen.
Darauf trinken wir zügig. Einer fragt mich nach meiner Herkunft, und ich antworte *tz*-gemäß, dass ich aus Giesing stamme und immer dort geblieben bin bis zum heutigen Tag. Als ich acht Jahre alt war, sagte meine Mutter einmal zu mir: Heute fahrn wir in die Stadt, und ich freute mich auf große Dinge. Doch dann gingen wir bloß die Sonnenstraße entlang, und meine Mutter blieb vor jedem Geschäft stehen und schaute ins Schaufenster und schaute.
Später aßen wir in einem italienischen Restaurant Pizza, die salzig schmeckte. Dann fuhren wir mit der Straßenbahn zurück über die Isar. Mein Vater kam vom MVV

nach Hause, und alles war wie immer. Das Ding in meiner Hand ist meine liebe Pistole, die mir auf der Zunge zergehen wird. Mein Hass ist verbraucht. Vom esoterischen Standpunkt aus gesehen ist alles im grünen Bereich.

Der ungewöhnlichste Ermittler Deutschlands

Friedrich Anis Romane um Tabor Süden

»Tabor Süden hat mir das Tor zum Genre geöffnet und mir gleichzeitig unglaubliche Möglichkeiten geboten, Geschichten zu erzählen, die weit über das Kriminal-Übliche hinausgehen.
Oft werde ich gefragt, ob Süden eine autobiografische Figur sei. Was soll ich sagen? Ja, ich bin Tabor Süden. Aber nicht immer.«

Friedrich Ani

Tabor Süden – ein Steckbrief

Name:	Tabor Süden
Alter:	44
Größe:	1,78 m
Gewicht:	88 kg
Augen:	grün

Beruf:	Kriminalhauptkommissar auf der Vermisstenstelle
Sein Spezialthema:	Quemose (Zimmerlastigkeit)
Mutter:	gestorben
Vater:	verschwunden
Sein bekanntester Satz:	»Ich arbeite auf der Vermisstenstelle der Kripo und kann meinen eigenen Vater nicht finden.«

Tabor Süden – die Romane im Knaur Taschenbuch Verlag

Süden und das Gelöbnis des gefallenen Engels

Der Schuster Maximilian Grauke ist verschwunden. Hauptkommissar Tabor Süden braucht eine Weile, bis er das Schweigen von Graukes Ehefrau und deren Schwester zu deuten weiß – und die Welt des Schusters erscheint plötzlich in einem völlig neuen Licht.

Süden und der Straßenbahntrinker

Jeremias Holzapfel taucht in der Vermisstenstelle auf, um mitzuteilen, er sei wieder da. Kurios daran ist nur: niemand hat ihn als vermisst gemeldet. Und so kümmert sich Süden um diesen seltsamen Rückkehrer – und tritt mit ihm eine Reise in eine schmerzhafte Vergangenheit an ...

Süden und die Frau mit dem harten Kleid

Johann Farak ist verschwunden. Doch außer seiner Schwester scheint ihn niemand zu vermissen. Dann taucht eine junge Frau auf – und Tabor Süden begreift, was für ein trauriges Leben Johann Farak bisher geführt hat. Und dass dieser vielleicht gar keine Wahl hatte, als sein bisheriges Leben hinter sich zu lassen.

Süden und das Geheimnis der Königin

In einem leer stehenden Haus wird die Leiche eines Mannes gefunden. Niemand meldet sich, als die Polizei seinen Namen und sein Bild veröffentlicht. Doch die Kripo findet bei ihm den Hinweis auf eine Frau, die seit mehr als zehn Jahren vermisst wird. Hauptkommissar Tabor Süden beginnt erneut mit der Suche ...

Süden und das Lächeln des Windes

Ein neunjähriger Junge verliebt sich in ein Mädchen und ist so besessen von ihr, dass die Eltern beider Kinder beschließen, sie streng getrennt zu halten, ehe Schlimmeres passiert. Der Junge läuft schließlich von zu Hause weg. Doch zur Verblüffung von Kommissar Süden scheint das die Eltern wenig zu beunruhigen ...

Süden und der Luftgitarrist

Bei der deutschen Ausscheidung zur Weltmeisterschaft der Luftgitarristen steht Südens Kollege Martin Heuer im Finale. Da ist plötzlich sein härtester Konkurrent unauffindbar. Gemeinsam mit Süden macht sich Heuer auf die Suche – und trifft auf einen Mann, dem die Wirklichkeit abhanden gekommen ist.

Süden und der glückliche Winkel

Nach einunddreißig Jahren Dienst ist der Postbeamte Cölestin Korbinian plötzlich verschwunden. Weder seine Kollegen noch seine Frau können sich vorstellen, wo er steckt. Gemälde von Carl Spitzweg bringen Süden auf eine Spur, die so unglaublich erscheint, dass er nicht einmal seinen engsten Vertrauten davon zu erzählen wagt.

Süden und das verkehrte Kind

Die sechsjährige Nastassja Kolb ist verschwunden, und alle Ermittlungen laufen zunächst ins Leere. Bis Tabor Süden begreift, welches Spiel die Familienangehörigen mit ihm treiben und wie Recht sein Freund und Kollege Martin Heuer mit seinen Vermutungen hatte …

Süden und das grüne Haar des Todes

Eine dreiundsiebzigjährige Frau ist spurlos verschwunden. Nachdem ein Foto der Vermissten in den Zeitungen veröffentlicht wurde, meldet sich ihre Schwester und macht eine Aussage, die Südens Fahndung in eine völlig neue Richtung lenkt: Die Frau hat die Vermisste seit Kriegsende für tot gehalten.

Süden und der Mann im langen schwarzen Mantel

Süden fährt in sein Heimatdorf, um das Grab seiner Mutter zu besuchen. Die Reise in die Vergangenheit nimmt eine unerwartete Wendung, als ihn der Lehrer des Ortes um Hilfe bittet, dessen Tochter seit einem Jahr vermisst wird. Süden kann sich der neuen Herausforderung nicht entziehen ...

Außerhalb der Tabor-Süden-Reihe
sind von Friedrich Ani
folgende Titel im Knaur Taschenbuch Verlag
erschienen:

Die Erfindung des Abschieds

Die Erfindung des Abschieds ist der erste Roman mit der Figur Tabor Süden.
Nach dem Tod seines geliebten Großvaters ist der neunjährige Raphael Vogel spurlos verschwunden. Die zerstrittenen Eltern – und bald auch Öffentlichkeit und Medien – sind in höchstem Alarmzustand.

German Angst

Christoph Arano, vor mehr als 30 Jahren aus Nigeria nach Deutschland gekommen, hat Sorgen mit seiner Tochter: Seit dem Tod ihrer Mutter wird das Strafregister der Vierzehnjährigen immer länger. Da entführt eine rechtsradikale Gruppe die Verlobte Aranos, um die Abschiebung von Vater und Tochter zu erzwingen. Ein Medienrummel ohnegleichen beginnt ...

Abknallen

Ein Serienmörder entführt die 24-jährige Tochter eines Staatssekretärs im Bayerischen Innenministerium und löst eine Großfahndung aus. Was alle insgeheim befürchten, trifft jedoch nicht zu. Natascha ist noch am Leben, wehrt sich auf ihre Weise – und beschwört ein unauslöschliches Drama herauf.

Gottes Tochter

Rico und Julika lernen sich bei einem Fest kennen und lieben. Doch ihre Liebe droht an persönlicher Schuld und gesellschaftlicher Realität zu scheitern. Zwei Verbrechen und die Vergangenheit Ricos im Dunstkreis politisch fragwürdiger Freunde lösen ein Verhängnis aus ...

Sebastian Fitzek
Die Therapie

Psychothriller

Keine Zeugen, keine Spuren, keine Leiche. Josy, die 12-jährige Tochter des bekannten Psychiaters Viktor Larenz, verschwindet unter mysteriösen Umständen. Ihr Schicksal bleibt ungeklärt.
Vier Jahre später: Der trauernde Viktor hat sich in ein abgelegenes Ferienhaus zurückgezogen. Doch eine schöne Unbekannte spürt ihn dort auf. Sie wird von Wahnvorstellungen gequält. Darin erscheint ihr immer wieder ein kleines Mädchen, das ebenso spurlos verschwindet wie einst Josy. Viktor beginnt mit der Therapie, die mehr und mehr zum dramatischen Verhör wird ...

Knaur Taschenbuch Verlag